대회 중에 잠시 숨 돌리기 촬영?!
"세 사람의 초상화를
그려보시지 않을래요?"

——이 시합은 개인적으로 무척 기대됩니다. 리넷 블란 선수 대 아스마 히노키 선수, 지금 링 위에 섰습니다. ——리넷 선수, 방패를 들고 있군요. 지금까지의 시합에서는 들고 있지 않았습니다. 벼락치기 기술이 통용되는 상대가 아니라는 것은 알고 있을 텐데요. 그렇다면 그에 상응하는 실력을 갖고 있다고 볼 수 있겠죠. ——아스마 히노키 선수, 차분합니다. 지금까지의 시합에서는 분위기에 휩쓸리지도 않고, 애를 쓰지도 않고, 나아가 투기조차 보이지 않았습니다. 항상 자연스러운 저 상태였죠. 저런 상태의 무인은, 강합니다. ——아스마 선수의 자세는 오래된 검술 종류인 것 같네요. 베는 것만을 추구한, 한없이 부드러운 자세. 그리고 공격해 오는 상대를 기다리는 자세. 싸움도 견제도 없이, 오직 베는 것뿐. 저건 진검을 써야만 진가를 발휘합니다. 목검으로는 조금…… 아니, 목검으로 충분할지도 모르겠네요. ——리넷 선수, 공격합니다. ——아스마 선수, 베는 자세로 들어갔습니다. 저건 목검으로 벨 생각이군요. 달인이라면 가능합니다. 그리고 리넷 선수, 멈췄습니다. 아스마 선수의 의도를 알아차린 것 같습니다.

LIVE
해설 담당
니아 리스톤
COMMENTATOR NIA LISTON

"난 이 근처에 있는 마왕보다 강하니까.
안심하고 전력으로 덤비도록 해."

미나미노 우미카제
Minamino
8
흉란영애
니아 리스톤
병약한 영애로 전생한 살신 무인의 화려한 무쌍담
Illust. 카타나 카나타
Nia Liston

커버 그림, 본문 일러스트 | **카타나 카나타**

Contents

프롤로그

"이봐, 좀 너무한 것 같지 않아? 내가 그렇게 잘못했나?"

"했어."

"넌 원한을 너무 많이 샀어."

"나도 네놈이 싫고, 빨리 어딘가로 가줬으면 좋겠어. 네가 사주는 거라고 하니까 같이 있는 것뿐이야. 딱 지금만."

"매정한 소리하지 말라고……. 알았어, 앞으로는 좀 신경 쓸 테니까……."

승자가 있으면 패자가 있는 법.

알투아르 왕국 격투 대회의 예선이 무사히 종료되었다.

승자는 회장의 섬에 남고, 예선에 떨어진 사람은 신속하게 섬에서 철수했다. 이제부터 그 섬은 관계자 이외의 출입 금지가 된다.

그런 패자들은 일단 왕도에 온다.

국경을 넘어 알투아르에 온 사람도 많았다. 이유가 없으면 굳이 나라를 바로 떠날 필요는 없었다.

그 결과, 모험가 길드가 북새통이 되었다.

테이블이 가득 차고, 술이 오가고, 이야기가 달아오른다.

대성황이었다.

뭐, 주된 화제는 예선의 반성회였지만. 그래서 전체적으로 조금 가라앉은 느낌은 있었다.

"난 더는 모험가 일 못해……."

"자업자득이지."

"그래도 잘된 거 아니야? 그 정도로 화려하게 당했으니 많은 녀석의 속이 좀 풀렸을 거 아냐."

"그러게. 죽이고 싶을 정도로 원망하는 놈들은 마음이 좀 풀리지 않았을까? 나는 그래도 죽이고 싶지만."

예선에서, 어쩌면 앞으로의 본선을 포함해도 대회 최고 수준의 대패를 한 모험가 어반이, 반쯤 울상을 하고 같은 고향 동업자에게 불평하고 있는 모습이 특히나 눈에 띄었지만.

어느 테이블이나 화제는 대체로 비슷했다.

——노골적으로 말하자면, 패배자들의 모임인 셈이었다.

여기 있는 시점에서 다들 패배했다는 뜻이니까.

전원이 예선 탈락이었다.

무관한 사람은 있어도 승자는 한 명도 없었다.

"하아."

"하아."

예선 전부터 그토록 기세등등하던 호랑이 수인 형제도 구석에서 한껏 쪼그라들어 있었다.

덩치도 크고, 외형도 강해 보이고, 사전 평판도 무척 좋았고, 인기도 높았다. 특히 아이들의 인기가 대단했다. 그만큼 당사자들의 의욕도 넘쳤는데.

그러나 사이좋게 예선 탈락이다.

적어도 한쪽만이라도 이겼으면 좋았을 텐데, 하는 심정일 것이다.
“그러고 보니 머리 파괴 각은?”
“가게에 들어가면 방해가 된다고 밖에서 마시고 있어. 다른 녀석들도 있고 일반인들도 섞여 있는 것 같아. 꽤 소란스러운 모양이야.”
“진짜로? 하긴, 1만 명 정도가 예선에서 졌으니까.”
그랬다. 승리한 약 300명을 제외하고, 나머지 전원이 예선 탈락이었다. 그 인원이 단번에 쏟아져나온 것이다.
도저히 모험가 길드에 들어갈 수 있는 숫자가 아니었다.
물론 일찍 고향에 돌아간 사람도 있지만, 그런 경우는 적은 것 같았다. 격투 대회의 결과가 궁금한 사람도 많을 테니까.
“그나저나 패자부활전은 어떡할 거야?”
“나는 이제 됐어……. 승리한 녀석들을 보고 있으면 할 의욕도 안 들어.”
“알지. 리노는 정상이 아냐. 그거 진짜 사람 맞아?”
“내 말이. 어반의 시합 때도 굉장했잖아. 그 녀석 예선전 내내 계속 힘을 빼고 있었던 게 분명해.”
“무기부였다면 우승이 확실했을 테니까 맨손부로 나온 건가.”
“그 녀석이 우승 후보 필두래. 괴물이라는 게 정말 있었구나.”
——그런 푸념 섞인 소문이 왕도 전체에 퍼져 나갔다.
한 가게에는 다 들어갈 수 없어서 여기저기 보이는 가게마다 모여들었고, 거기에 더해 일반인까지 뒤섞이며 말도 안 되게 북적

거렸다.

거기서 벌어지는 거친 사람들의 술자리, 패배자라는 불명예스러운 직함에 울거나 화를 내는 감정의 쓰나미.

그것들이 왕도 안에서 일제히 벌어진 것이다.

안 그래도 축제로 시끄러웠던 도시 안에서.

잠들지 않는 도시가 아닌 잠들지 못하는 도시가 된 알투아르 왕도의 소동은 사흘 정도 계속 이어졌다.

◆

"데려가."

패자 방출 소동은 뒷세계에도 영향을 미치고 있었다.

'키론'의 두령 다우 잔시를 필두로, 뒷세계의 주민들은 술에 취해 소란을 피우고 날뛰는 무리들을 처리하느라 분주했다.

뒷세계의 시설에 접근하는 자들이나 그 근방에서 싸움이니 분쟁을 일으키는 무리들을 처리하는 일이었다.

보통은 두들겨 팬 다음 쓰레기장에 던져버리는 것이 기본이었다. 이 일대에서 정중하고 예의 바른 대접 같은 것은 기대할 수 없었다.

굳이 말하자면 죽이는 것만 최대한 피할 뿐이었다.

뭐, 술이 깨면 알아서 돌아가겠지.

"——두목, '본가'에서 온 편지입니다."

어둠 속에서 더 깊은 어둠으로 질질 끌려가는 바보들을 배웅하는 다우의 곁에, 검은 옷을 입은 직원 한 명이 소리 없이 다가섰다.

"'본가'에서?"

"네."

"알았다. 경계를 계속하도록."

그가 받자, 직원은 사라졌다.

그리고 다우는 그 자리에서 편지를 열었다.

"……후우."

깊은 한숨이 새어나왔다.

다행이다. 큰 걱정거리는 하나 사라진 듯했다.

편지 내용은 매우 간결했다.

'일이 끝났으니 돌아가겠다', 그뿐이었다.

――'본가 키론'이 왔다는 것은 알고 있었다.

그쪽에서 가볍게 인사를 하러 오긴 했지만, 그 이상의 간섭은 없었다. 여름 초에 조금 인연이 있었는데, 그 일도 정리가 되었다. 적어도 이쪽의 기준으로는.

격투 대회에 맞춰 정예가 왔고, 그리고 예선에 참가했는데.

그런 그들은 돌아갔다고 한다.

……무엇을 하러 온 것인지, 대략적인 예상은 갔다.

하지만 이 일은 다우 쪽에서 건드릴 문제가 아니었기에 굳이 캐내지도 않았다. 자칫 잘못 건드리면 피해가 커질 수도 있었으니까.

누가 표적이 되었는지에 대해서는, 생각하지 않았다.

적어도 예선에서 사망자는 나오지 않았으니 그것만으로 충분했다.

어쨌든, 골칫거리에 지나지 않았던 '본가' 무리들은 돌아갔다.

이는 희소식이었다.

이제 곧 커프스 잭스 쪽으로 외국 손님들이 찾아올 예정이었다. 그래서 이 창고 거리의 경계는 상당히 삼엄한 상태였다.

그런 상황에서, 실수로라도 '본가'와 접촉해 버렸더라면 귀찮은 일이 벌어졌을지도 모른다.

"나머지는 안젤에게 달렸군."

커프스가 500억 크람을 건다고 하는 안젤의 우승.

녀석이 이기느냐 지느냐에 따라 커프스도, 다우도, 앞으로의 거취가 크게 달라진다.

아니, 몇몇에만 국한된 문제가 아니다.

알투아르의 뒷세계 전체에 영향을 미칠 것이다. 지배자 커프스가 사라지는 것이니 당연히 빈자리를 둘러싸고 소동이 벌어질 것이 뻔했다.

외국인들이 진출해 올 것인가.

아니면 뒷세계의 전면 항쟁이 시작될 것인가.

——안젤이 예선에서 졌다면 도박 이전의 문제에서 끝났을 텐데.

하지만 녀석은 제대로 이겨서 올라갔다.

이로써 500억 승부는, 성립된 것이다.

이제 다우가 할 수 있는 일은 없다. 앞으로는 귀추(歸趨)를 지켜볼 뿐이다.

……아니.

한 가지 신경 쓰이는 것이 남아 있었다.

"……."

떠올리는 것만으로도 뭐라 형용할 수 없는 기분에 사로잡혔다.

안젤와 마찬가지로 예선을 통과한 검귀 아스마 히노키.

녀석을 보고, 떠올려 버렸다.

나이 열 살도 채 되지 않은, 그 애송이를.

그날 밤, 암투기장에 난입해서 검귀를 가볍게 제압하고 다우 '키론'을 농락한, 그 애송이를 말이다.

최대한 생각하지 않으려고 애쓰며 지내왔지만, 역시 어떻게 해도 잊히지 않았고—— 검귀를 보면 싫어도 생각이 나는 존재였다.

어디의 누구인지도 모르고, 그 이후로 엮인 적도 없었다.

굴욕인가, 두려움인가.

둘 다 있었다.

그 나이에 그 강함. 뒷세계 주민이기는 하지만 다우를 포함한 직원들도 무인 나부랭이에 속했다. 아무 감정이 안 들 수가 없었다.

지금까지 만난 그 누구보다 강했다.

분명 '본가'보다도 압도적으로 강하다. 백 번 싸운다 해도 단 한 번도 승산이 없을 정도로.

그 아이는 지금 어디에 있고, 무엇을 하고 있을까.

이 격투 대회에 참가하는 것일까.

만나고 싶지 않았다.

그것과 조우하면 모든 것이 끝장날 것만 같다는 생각이 들어 소름이 돋았다.

만나지 않기만을 바랄 뿐이다.

적어도 격투 대회가 끝날 때까지는.

——"예선은 무사히 종료되었다. 다들 수고 많았다."

매직비전에 비친 현 국왕 휴렌츠가 격투 대회 예선이 무사히 종료되었음을 선언했다.

"……피곤해……."

나는 그 영상을 내 기숙사 방에서 레리아렛과 함께 보고 있었다.

절절하게 중얼거린 그녀는 삶에 지친 노인 같은 닳고 닳은 얼굴을 하고 있었다. 그리고 졸려 보였다. 하룻밤 푹 잔 정도로는 피로가 풀리지 않았던 모양이다.

"그러게, 피곤하네."

예선 동안에는 계속 시합과 관련된 촬영, 그 후에도 인터뷰 촬영.

상당히 무리한 스케줄이 어제까지 계속되고 있었던 탓이었다.

특히 마지막 일주일은 정말로 혹독했다.

폭삭 늙을 만도 하지, 라는 느낌이었다.

나조차도 지쳤으니 아이들의 피로는 분명 상당할 것이다. 뭐, 그녀들은 중간중간 적당히 휴식을 취한 것 같지만…… 아니, 상관없나.

모두 열심히 했다. 벤델리오는 때려주고 싶다. 그뿐이다.

"그러고 보니 니아의 시녀는?"

최근 한동안 레리아렛은 이 방에 오지 않았다. 그래서 뒤늦게 리노키스 부재를 깨달은 듯했다.

그녀의 시녀는 부재중인 것을 알고 있을 텐데, 이야기하지 않은 모양이다. 뭐, 리노키스와 레리아렛은 직접적인 관계가 없으니까.

"집안 사정 때문에 잠시 본가에 내려갔어."

"어? 가족한테 무슨 안 좋은 일이라도 생겼어?"

"자세한 건 나도 못 들었어. 어쩌면 가족 중 누군가가 거액의 매장금을 발견해서 가족회의를 여는 걸지도 모르지."

"매장금? 누군가의 숨겨둔 재산이라…… 꿈같은 이야기네."

정말 꿈같은 이야기다. 돈에 전혀 관심은 없지만, 있어서 나쁠 것은 없다.

그런 이야기를 하면서 왕의 방송을 한 귀로 흘려들었다.

대략 향후 스케줄, 외국에서 오는 관광객을 위해 숙박 시설을 늘렸다는 것, 격투 대회 장소인 부유섬에는 관계자 이외의 출입을 금한다는 것을 설명한다.

――"이제 패자부활전을 시작하겠다. 계속해서 격투 대회를 즐겨주길 바란다."

그리고 우리의 촬영은 아직 계속된다.

"아, 쉬고 싶어. 학교 가기 싫다."

매우 동감하지만, 그럴 수도 없었다.

국왕에게 이어받아 기사단장 월커스가 상세 설명을 시작하고 있었다. 우리는 매직비전을 끄고 몸을 일으켰다.

이제부터 등교다.

지난 일주일간 촬영 때문에 수업에 참석하지 못했다. 국가의 의뢰로 촬영에 참가했다, 라는 형태였기 때문이다.

오늘과 내일은 수업에 나가고, 바로 패자부활전 관련 촬영을 가게 된다.

그 일정에 역시 '쉬어도 좋다'라는 이야기가 나오긴 했지만, 나와 레리아렛은 등교를 택했다.

학교에 가는 것은 알투아르 국민의 의무. 귀인인 나와 레리아렛은 국민들의 본보기가 될 수 있도록 모범적으로 지내야 한다는 가르침을 받았으니까.

나는 그나마 괜찮지만, 레리아렛에게는 힘든 일이다. 아이들에겐 지나친 노동이었다.

"니아! 레리아!"

격투 대회 이야기로 반 아이들에게 둘러싸여 있는 사이 순식간에 점심시간이 되었다.

그리고 교실까지 온 상급생의 호출을 받았다.

"키키리라다!"

그랬다, 학교 준 방송국원 키키리라 아몬이었다. 그 기운 넘치는 녀석 말이다.

그녀가 왔다는 것을 알자마자 알자 반 친구들이 우르르 몰려갔다.

"응~ 나 맞아~."

못 본 사이에 인기가 꽤 많아진 모양이었다.

최근 그녀도 격투 대회와 관련해 매직비전에 자주 나오고 있어서 인지도가 높아졌다. 이렇게 보니 상당한 인기였다.

뭐, 다시 말해.

반 아이들에게는 일상적으로 교실에서 만날 수 있는 우리보다는 만나기 힘든 키키리라가 더 귀중한 존재라는 거겠지. 중등학부와는 학교 건물도 다르니까.

"영상으로 보고 있으면 조금 불편한데, 지금은 왠지 고맙네."

레리아렛의 말뜻은 같은 입장인 만큼 잘 알 수 있었다.

매직비전 업계는 인기 장사다.

각 방송국들은 물론이고 나도 레리아렛도 힐데트라도 시청자를 끌어모으기 위해 인기에 신경을 쓰고 있었다.

그것은 준 방송국도 마찬가지다.

인기인의 등장은 우리의 인기를 빼앗아 가는 존재. 말하자면 경쟁 상대다. 그러니까 속 편하게 쌍수 들고 환영한다고 말하기엔 어려운 부분이 있지만…….

하지만 지금은 다르다.

저런 존재가 한 명이라도 더 많으면 개개인이 짊어지는 부담, 일의 양이 줄어든다. 지금은 꽤 바빴기에 일이 분산되는 것은 고마웠다. 정말 고마웠다.

"무슨 일 있나요?"

호출을 받아, 아이들 상대에 열중하고 있는 키키리라에게 다가가 보았다.

"아, 응. 힐데 님이 부르시는데 와줄 수 있어?"

아, 분명 패자부활전을 위한 미팅 제안이겠지.

"키키리라 선배가 왔다는 건 준 방송국도 관여한다는 거네요."

레리아렛이 묻자 그녀는 고개를 끄덕였다.

"그런가 봐. 아직 자세히는 듣지 못했지만. 아쉽게도 준 방송국은 예선에 직접 관여하지 못했지만, 패자부활전은 괜찮다는 것 같아."

그런가.

솔직히 정말 살았다. 우리가 짊어질 일이 줄어든다는 뜻이니까.

셋이 식당에 들어가자…… 오, 제법 많은 인원이다.

테이블을 모아 놓은 한구석에는 열 명 가까운 학생들이 기다리고 있었다.

호출한 힐데트라에 준 방송국 멤버들. 키키리라와 마찬가지로 인터뷰어로 얼굴이 알려지기 시작한 조세콧 코이즈도 있었다.

중간중간 매직비전에서 활동하는 이들이 많은 만큼 주위 학생들의 시선이 쏠리고 있었다. 우리에게는 낯익은 얼굴뿐이다.

하지만 의외의 얼굴이 한 명 있었다.

"어? 닐 님?"

그랬다. 우리 오라비도 있었다.

여전한 미모였다. 예상치 못한 만남에 레리아렛도 기쁜 모양이었다.

"빈 의자에 앉으세요."

힐데트라의 말에 따라 의자에 앉았다.

"시간이 아까우니까 인사는 생략하죠."

그게 좋다.

귀중한 점심시간에 이만한 인원이 모였다. 이야기만 나눈다 해도 시간이 걸릴 것이다. 초면도 아니고.

어디까지나 업무 미팅이다.

"각자 점심을 먹으면서 들어주세요. 먼저 패자부활전 이야기에 대해서인데——."

힐데트라가 간단히 패자부활전의 흐름을 설명했다. 참고로 오늘 아침 이에 관한 내용은 이미 방송으로 나왔기 때문에 감출 것은 없었다.

주위에 새어나가도 되는 이야기라는 뜻이었다.

"저와 니아, 레리아는 지금까지와 같은 촬영 스케줄이지만, 밤에는 시간이 비게 됩니다. 그래서 지금까지보다는 좀 수월해질 것 같아요. 운영 측에서도 '아이들을 너무 혹사시킨다'는 목소리가 있었거든요."

그것은 전적으로 동감이다.

있단 말이지. 아이라도 거리낌 없이 부려먹는 못된 어른이. 안 그래? 벤델리오?! 이 이야기 어떻게 생각해?! 네 머릿속에는 없는 이야기지?!

"거기서 준 방송국의 차례가 옵니다. 패자부활전은 예선과 달리 저녁부터 시작해서 밤에 끝난다고 들었습니다. 장소는 왕도에서 진행되기 때문에 준 방송국이 참가할 수 있는 거죠. 비행선으로 이동할 일도 없으니까요."

아, 그렇구나.

학교가 끝나면 일해라, 방과 후엔 잘 부탁한다, 그런 말인가.

……그건 그거대로 싫다.

하지만 당사자인 준 방송국 멤버들의 표정은 의욕에 가득 차 있었다. 예선에 참가하지 못한 탓에 욕구도 쌓여 있을 것이다.

하지만 우리는 알고 있었다.

격투 대회와 관련된 촬영은 정말로 힘들다.

과연 이 얼굴이 며칠이나 가게 될까. 분명 3일이면 생기가 사라지지 않을까.

"일단 말해 둘게요."

힐데트라의 말이 멈춘 틈을 타 나는 입을 열었다.

"필요한 건 순간적인 의욕이 아니라 지속적인 의욕이에요. 힘을 좀 빼고 오래 달릴 생각으로 움직이세요. 아니면 숨이 차서 지칠 테니까요."

강하게 고개를 끄덕이며 동의를 표하는 전우 힐데트라와 레리아렛. 같은 지옥을 맛본 사람밖에 모르는 감각이었다.

……하지만 준 방송국 사람들에게는 전해진 것인지 아닌지 알 수 없는 느낌이다.

아무래도 직접적으로 마음에 와닿지는 않는 거겠지. 사람들은 실패를 통해 많은 것을 배우지만, 실패하기 전까지는 자신을 과신하기 때문이다.

그건 그거대로 상관없지 않을까.

하지만 이번 일의 경우 그들의 실패는 고스란히 우리의 뒷수습으로 돌아온다……. 뭐, 됐다. 일단 업계 선배이니 어느 정도는 도와주자.

"——그래서, 닐 군의 일에 대해서인데."

설명이 진행되면서 마침내 신경 쓰이던 인물에 대한 화제로 넘어갔다.

그래, 왜 이 멤버에 오라비가 있을까. 오라비는 매직비전의 관계자이긴 하지만 확실하게 한 발짝 물러선 곳에 있었다.

이번 격투 대회에서도 오라비의 출연을 생각해 본 적은 한 번도 없었다.

"윙 로드와 관련하여 상담할 것이 있다고 합니다. 관련된 내용인 만큼 모두의 의견도 듣고 싶어서 동석을 요청했습니다."

어? 오라비가 상담을? 윙 로드라면 그거잖아? 단선 경기.

"힐데트라 님, 나머지는 제가 직접 설명하겠습니다."

오라비는 간단히 현 상황을 이야기해 주었다.

"격투 대회 개회식에서 윙 로드에 의한 편대 비행을 선보이기로 했습니다."

호오.

윙 로드와 관련된 현황은 잘 모르지만, 이 나라가 윙 로드 도입에 긍정적이라는 것만은 알고 있다.

격투 대회에서의 공개를 발판 삼아 이 알투아르 왕국에 단선 경기를 도입해 나가겠다는 이야기겠지. 좋은 기회라고 생각했을 테니까.

참고로 이 일도 이미 주위에 알려져도 상관없다는 뜻이었다. 주변에서 꽤 많이 듣고 있었다.

“이후 반돌루즈에서 윙 로드 프로팀이 방문할 예정입니다. 우리나라에서는 아직 윙 로드 선수가 육성되지 않았으니까요.”

그래, 전문가를 부르는 건가.

“하지만 모든 것을 다른 나라 선수에게 맡겨도 되느냐는 국가 측의 의견도 있었던 것 같습니다. 그래서 저에게 이야기가 들어왔고요.”

응? 이 흐름에서 오라비에게 이야기가?

“4계급 리스톤 가문의 장남, 게다가 어린아이. 이미 윙 로드를 경험해 본 적이 있고 어느 정도 조종할 수도 있다. 그래서 홍보 역할에 적합하다는 생각에 이전부터 염두에 두고 있었던 것 같습니다. 이번 기회에 본격적으로 홍보 대사가 되어 보지 않겠느냐는 제안이 있었습니다.”

흐음, 오라비 주변에서도 여러 움직임이 있었구나.

평범한 어린아이처럼 지내면 좋겠다고 생각했는데, 평범한 어린아이로 살기에는 귀인의 자식이라는 입장이 그것을 허락하지 않는 거겠지.

“매직비전은 리스톤가의 가업이고, 언젠가 깊이 관여하게 될 것이라 생각하고 있었습니다.”

오라비가 나를 바라보았다.

“언제까지나 여동생에게만 전부 맡겨둘 수는 없으니, 이번 기회에 긍정적으로 매직비전에 참여해 나가기로 결심했습니다.”

호오! 드디어 각오를 다졌구나!

오라비는 리스톤가의 장남이니까. 가업인 매직비전과 관련해서는 어떻게 해도 엮일 수밖에 없었다.

겉으로 나서든 뒤에서 움직이든, 아니면 경영을 하든.

앞날을 알 수는 없지만, 일단 오라비는 이번에 메인 무대에 서기로 결심한 모양이었다.

“제 개인적인 일은 여담이었네요. 실례했습니다. 그래서, 앞으로 개회식 윙 로드 편대 비행 연습이 시작됩니다만, 그 연습 풍경을 촬영하는 것이 어떻겠냐는 이야기가 나왔습니다.”

뭐, 이 테이블에 왔다는 건 촬영과 관련되어 있다는 거겠지.

하지만 그에 대해서는 우리가 아니라 왕도 방송국 쪽에 이야기하는 것이 좋지 않을까.

그 윙 로드 이야기는 국가의 요청이니까 리스톤 방송국이 나설 차례는 아니었다. 움직인다면 왕도 방송국이겠지. 반돌루즈에서 팀도 온다고 하면 국정에 가까운 일이니까.

“다만, 전 다른 방안을 떠올렸습니다. 이 방안에 대한 의견을 여러분께 묻고 싶습니다."

또 하나의 방안?

"학생들만을 위한 윙 로드 편대 비행 팀을 만들고 싶습니다. 실전은 약 1개월 후로, 그때까지 저 개인이 프로에 섞여도 손색없을 정도의 실력을 기르는 것은…… 현실적으로 어렵습니다. 시간이 부족하니까요. 그럼 어떻게 할 것인가? 괜히 섞이는 것보다는 차라리 탐을 나눠서 날면 됩니다. 홍보 대사인 저는 프로 비행에 앞선 들러리로도 충분하니까요."

흠.

요컨대 프로의 발목을 잡고 싶지 않으니 다른 방향으로 참가하고 싶다, 라고 해석하면 되는 걸까. 오라비가 그러고 싶다면 나는 응원할 뿐이다.

"윙 로드 프로팀은 타국 국적의 사람입니다. 타국 국적의 사람을 촬영하는 이상 이런저런 규제가 들어올지도 모릅니다. 이건 방송해도 된다, 이건 안 된다, 라는 식으로 말이죠. 하지만 학생들로만 꾸린 팀이라면 규제는 꽤 느슨해집니다. 이 시기엔 모든 방송국이 바쁘니 그런 걸 신경 써서 촬영하는 것도 힘들 테고요. 하지만 이런 형태라면, 촬영도 방송도 모두 하기 쉬울 거라 생각합니다."

음, 이렇게 들으니 나쁘지는 않은 것 같은데.

윙 로드를 자세히 모르는 만큼 역시 나로서는 뭐라 말하기 어려웠다. 이렇게 되면 국가 측의 의견을 듣고 싶었다.

똑같이 생각하는 이들이 많은 것인지, 힐데트라에게 시선이 쏠렸다.

"인원 계획은요? 지금부터 모을 시간은 없을 텐데요."

"편대 비행의 기본 포메이션은 3명, 5명, 9명, 12명으로 되어 있습니다. 이 기본에 따르는 방식으로, 변형은 하지 않는 방향으로 생각하고 있습니다. 일단 저 그리고 거기 있는 샬 선배님, 그리고 윙 로드에 관심이 있는 사람이 몇 명 있으니 딱 한 명이라도 확보할 수 있으면 세 명, 최저 인원이 모입니다."

샬은 사전에 들은 것인지 이름이 거론되어도 별 반응은 없었다.

"알겠습니다. 제가 아버지와 상담해 볼 테니, 답변은 내일까지 잠시만 기다려주세요. 참고로 윙 로드용 단선은 준비할 수 있는 건가요?"

"네. 세드니 상회에 상담하니 현재 10척은 확보되어 있다고 합니다. 필요하다면 빌려줄 수 있다는 확약을 받았습니다."

"역시 대단하군요, 닐 군."

척하면 척이라는 것이 바로 이런 것일까. 제대로 빈틈없는 계획을 세워두고 있었다. 초등학부 학생답지 않은 뛰어난 사전 준비였다.

"닐 님……."

그래, 다시 반해도 이상하지 않지, 레리아렛.

"닐 님……."

어? 조세콧도?

……뭐, 상관없지만. 오라비의 미모라면 이해하지 못할 것도 없었다. 근데 코이즈 집안의 재정 사정은 괜찮은 거야? 리스튼 집안도 비슷한 처지라 남의 일 같지 않은데.

“준 방송국 쪽은 어떤가요? 닐 군을 촬영하는 건 여러분의 일이 될 겁니다. 단순히 말하자면 촬영이 늘어난다, 일이 늘어난다고 봐도 되겠네요.”

“조정해 보겠습니다.”

준 방송국 대표인 감독 와그너스의 답변은 믿음직했다. 의욕에 가득 찬 표정이었다.

그 기세등등한 얼굴이 끝까지 계속되기를 기대할 뿐이다. 일주일만 버텨도 다행이라고 생각한다.

좀 힘을 빼고 장기적인 활동에 대비했으면 좋겠지만. 저 모습을 보니 아까 내가 한 말은 완전히 흘려버린 모양이었다.

……사람은 실패를 통해 배운다고 했나.

그 후에도 미팅은 차질 없이 진행되었다.

◆

곧 패자부활전이 시작된다.

예선이 끝나고 얼마 되지 않았지만, 예정대로였다.

예선에서는 통과한 약 300명을 제외한 약 1만 명이 패배했다. 터무니없는 인원이지만, 그 전원이 패자부활전에 임하는 것은 아니었다.

이야기를 들으니 약 3천 명의 선수가 패자부활전에 엔트리했다고 한다. 그렇다면 30% 정도였다.

뭐, 그건 그렇고.

"……."

선수가 있다는 것은 즉 리노키스, 모험가 리노도 당연히 이곳에 있다는 뜻이 된다.

우승 후보 필두로서 주위 사람들이 그녀를 상당히 경계하고 있는 것을 알 수 있었다.

그리고 그런 리노키스는 나를 보고 있었다. 이쪽을 보고 있구나, 리노키스. 대놓고 보고 있잖아. 그렇게 빤히 쳐다보지 말라고.

――오늘 우리는 격투 대회 예선이 열렸던 부유섬에 와 있었다.

경기장…… 지금은 투기장으로 사용되고 있는 건물 앞, 푸른 하늘 아래 본선 진출자 약 300명과 각 스태프들이 모여있었다. 물론 리노키스도 있다. 엄청나게 이쪽을 보고 있다.

나와 레리아렛, 힐데트라, 각 방송국원, 대회 운영 스태프.

거기에 더해, 오늘은 실버 가문의 장녀가 있었다. 이름은 라피네 실버였나? 20대 후반쯤 되는 성인 여성이었다.

"레리아네 언니는 뭐 하러 온 거야?"

그녀와는 몇 번 만났었고 함께 촬영한 적도 있었다. 학교 입학할 때였던가. 교복을 가지러 간다는 실버가의 촬영에 함께했었다.

내가 묻자 레리아렛은 자랑스러운 얼굴로 대답했다.

"물론 일 때문이지. 언니는 복식 관련 회사를 운영하고 있으니까."

아, 그래그래, 언젠가 그런 말을 들은 적이 있는 것도 같다.

"300명의 정장 발주니까요. 라피네 씨가 큰일을 맡아주셨어요."

힐데트라의 말이 맞았다.

그녀와 그녀의 회사 또한 앞으로 지옥 같은 작업에 시달릴 것이 틀림없었다. 정말로 대규모 이벤트는 뒤에서 일하는 사람들이 고생이다.

——얼추 사람이 모였을 때, 스태프 중 한 명이 큰 소리로 외쳤다.

"그럼 지금부터 치수를 재겠습니다! 각자 안내받은 장소로 이동해 주세요!"

이제 본선이 시작되기까지 약 한 달.

그동안 선수들의 홍보 활동이 진행된다.

인터뷰나 단련하는 모습 촬영, 그중에는 파티 같은 행사도 있었기에 그것을 위한 옷을 맞추려는 것이었다. 물론 옷은 무료 증정이다. 배포가 크다.

오늘은 선수들의 치수 측정에 더해 그 모습을 촬영하거나 인터뷰를 진행할 예정이었다.

모든 것은 다가올 본선의 흥을 돋우기 위해서였다.

혼잡을 피하기 위해 치수는 세 구획으로 나뉘어 진행되었다.

우리들 촬영반은 각자 백 명씩 담당했다.

"……."

이쪽 보지 마라, 리노키스. 슬픈 표정 짓지 마. 빨리 가.

——다행인지 불행인지, 아니면 감사하다고 해야 할지, 리노키스는 내 담당이 아니었다.

저 녀석은 주위를 무시하고 달려들 것 같으니까. 이게 최선이라고 생각한다.

내가 눈에 띄는 것은 둘째치고 개인적으로 관련이 있는 것처럼 보이면 나중에라도 곤란한 일이 생길 것 같았다. 리노로서 함께 촬영은 했지만 그건 어디까지나 공동 출연자로서다.

지금 알투아르 제일의 유명인이라고 말할 수 있는 모험가 리노가, 만일 내 시녀라는 사실을 들킨다면…… 당연히 귀찮은 일밖에 일어나지 않겠지. 부디 조심해 주길 바랄 뿐이다.

……음?

가만, 내가 있는 곳에는 내 제자가 없는 거 아냐? 한 명도 없잖아? 다섯 명이나 있는데 한 명도 없다고?

아니, 뭐, 상관은 없지만. 이 상황에서는 제대로 대화도 못 할 테니까.

치수 측정 장소가 되는 건물 안의 넓은 방으로 안내한 뒤 남녀를 나누거나 체격에 따라 나누면서 척척 작업을 진행해 나갔다. 라피네가 데려온 복식 스태프들의 실력도 훌륭했다.

그리고 우리들 촬영반은 그 풍경을 촬영했다.

"보시는 것처럼 선수들의 치수 측정이 진행되고 있습니다. 다들 몸이 참 좋네요. 근육이 굉장합니다. 팔이나 종아리에 솟아난 굵은 혈관, 술통처럼 커다란 가슴, 채소를 갈 수 있을 것 같은 갈라진 복근. 이 근육에 보호받고 싶네요."

등등 마음에도 없는 소리를 이어갔다. 내 발언은 아무래도 상관없다. 필요한 것은 선수들의 영상이니까.

참고로 이곳에 있는 것은 남자들뿐이었다.

남자는 그렇다 쳐도 여자의 노출은 영상 윤리상 문제가 있을 것 같아서 구분해 놓은 것이었다. 물론 타이밍을 맞춰서 촬영할 예정이다. 뭐, 전체적으로 봤을 때 여성 선수 자체가 그렇게 많지 않았기에 이 부분은 수월했다.

남자들이 차례차례 옷을 벗어갔다.

우락부락한 남자들의 알몸, 근육질의 몸이 대담하고도 선정적으로 드러났다.

두께감이 느껴지는 두꺼운 근육부터 유연하고 섬세한 근육까지.

단련한 육체는 참으로 훌륭하다.

그리고 그런 근육의 무리를 카메라가 쫓고 있었다.

내 멘트는 더 이상 필요 없었다. 주인공은 그들의 나체였으니까.

"이거 정말 굉장한 광경이군."

옆에 있던 밉살맞은 벤델리오가 그렇게 말했다.

기분이 좋아 보였다. 매력적인 피사체가 눈앞 여기저기서 굴러다니고 있기 때문이겠지. 젠장, 오늘도 윤기가 반질반질 흐르는 말끔한 면상을 하고 있구나. 조금 정도는 피곤한 기색을 보이라고. 나조차도 피로가 쌓이고 있는데.

정말로 귀여운 구석이 없는 녀석이다. 그런 부분도 마음에 안 든다. 반드시 때려줄 거다.

"그렇군요."

고개를 끄덕였지만, 속으로는 실망스러웠다.

……겉모습은 좋지만.

그에 따르는 실력이 없다. 이놈이고 저놈이고 빛 좋은 개살구들뿐이다.

그런 생각을 하면서 멍하니 보고 있는데, 우쭐한 몇몇 남자들이 내 눈앞에서 알통을 만들거나 섹시 근육 포즈를 취해 보인다.

음? 뭔데 그게? 아, 그래그래. 보여주려는 거구나, 근육을. 나한테 근육 안 보여줘도 돼. 그래그래, 굉장하네. 아, 굉장하다. 팔이 엄청 굵네, 응응. 어깨에 작은 말 한 마리는 태울 수 있을 것 같네. 알았으니까 빠르게 치수나 재고 옷이나 입으렴. 부탁이니까 손바닥 한 방에 움푹 팰 것 같은 어중간한 근육 좀 보여주지 마.

적당히 웃으며 흘려보내는 사이에 치수 측정도 촬영도 진행되었다.

"슬슬 이동할까? 니아."

"알겠습니다."

남자들의 나체는 이 정도면 충분하겠지. 근육을 자랑하고 싶어 하는 경박한 녀석들이 마침내 팬티까지 손을 뻗을까 말까 고민하는 기색이 엿보이니까. 거기까지는 안 된다. 윤리적으로 안 돼.

더 흥분하기 전에 철수하고, 다음은 여자 선수들의 촬영이다.

윤리적으로 여성은 속옷 차림도 곤란하다는 판단하에 치수 측정을 마친 후 대기하는 모습을 촬영하게 되었다.

그런 이유로 그녀들의 대기실인 큰 방으로 이동하자── 오, 이건 제법.

"여러분, 그대로 계셔주세요. 그 자연스러운 상태 그대로."

지체없이 벤델리오가 소리를 질렀다. 나와 같은 생각을 한 모양이었다.

"지금부터 촬영을 진행할 텐데 괜찮으실까요? 혹시 불편하신 분들은 대단히 죄송하지만 이동을 부탁드립니다. ……상관없으신가요?"

이동하는 사람은 없었다.

그녀들의 시선이 이쪽, 아니, 발언한 벤델리오에게 향해 있는 것을 보면 못 들은 것도 아닌 것 같았다.

들었음에도 움직이지 않는다. 다시 말해 그녀들의 의지였다.

"그럼 촬영을 시작하겠습니다. 이쪽은 신경 쓰지 말고 편히 쉬고 계세요."

카메라가 돌아가고, 그녀들도 각자 자신들의 일을 시작했다.

──여성들은 가봉한 천을 두른 채 의자에 앉거나 테이블에 둘러앉아 각자 느긋하게 대기하고 있었다.

인원은 스무 명 정도였다.

예선에서는 무장하고, 머리를 한데 묶고, 남자에게 지지 않을 정도의 투쟁심을 두르고 있던 늠름한 모습이었지만, 지금은 그렇지 않았다.

마치 목욕 후 보내는 느긋한 한때처럼, 날카로움은 사라진 부드러운 표정과 분위기였다. 옷과 함께 투지까지 벗어던진 듯했다.

아무리 여성이라도 예선을 통과한 프로들이다. 쉴 수 있을 때는 쉬고 할 때는 한다는 의식이 제대로 박혀 있었다.

그래, 항상 신경 쓰고 있으면 피곤하다. 만일의 경우 움직이지 못하면 본말이 전도되니까.

이 촬영의 핵심은 격투 대회에 임하는 선수의 다른 얼굴을 찍는 것이다. 싸우는 사람의 싸움 이외의 모습을 찍는 것이다. 장기간의 촬영이니 획일적인 모습만 찍으면 재미가 없을 테니까.

평온하게 지내는 이들의 모습은 무척 보기 좋았다.

몸에 있는 상처 하나에도 드라마가 느껴지고, 옷을 걸치지 않는 모습 역시 사적인 부분에 가까웠다. 쉽게 볼 수 있는 것은 아니다.

귀중한 광경이었다.

싸울 때는 남자보다 더 남자다웠던 몸집 큰 사람조차 이렇게 하고 있으니 제대로 여성으로 보였다. ……이런 평가는 조금 실례인가. 뭐, 언제나 긴장 상태로 있지는 않는다는 거겠지.

"이곳은 치수 측정이 끝난 여성 선수들의 대기실입니다. 긴장이 풀린 광경이 정말 보기 좋네요. 늠름함과 강인함, 그리고 부드러운 분위기가 공존하고 있어 남자 선수들과는 다른 인상을 주고 있습니다.”

나는 카메라를 이끌듯이 빠르게 이동하여 유독 큰 여자에게 다가갔다.

남자 못지않은 탄탄한 체격과 근육과 굵은 뼈, 그리고 무수한 상처 자국. 한눈에 봐도 역전의 병사라는 것을 알 수 있었다. 머리카락도 자란 대로 놔둔 것 같은 와일드함이 느껴졌다. 나이는 20대 중반…… 아니, 의외로 좀 더 젊을지도 모른다.

기억하기로, 그녀는 반 아이들이 인상이 험악하다고 수군거렸던 여자 모험가였다. 덩치도 크고 상처도 눈에 띄어서 아이들 눈에는 무서울 수도 있었다.

“흉터의 수만큼 수라장을 뚫고 계속 싸워온 몸. 정말 아름답네요. 상처를 입었다는 것은 미숙함의 증거, 흉터는 약함의 증거……라고 말하는 사람도 있을지도 모릅니다. 하지만 저는 아닙니다. 언제나 편안하게 이길 수 없는 강적과 싸워왔다는 증거, 결코 승리를 확신할 수 있는 승부만을 해온 도전하는 이의 증거라고 생각합니다. 실전은 호락호락하지 않죠. 방심 하나로 목숨이 떨어져 나갑니다. 흉터 따위는 얼마든지 남겨도 됩니다. 살아남은 자가 진정한 승자니까요.”

……좋아, 멘트는 이 정도면 되겠지.

카메라 옆에 있는 벤델리오에게 시선을 돌리자 그가 고개를 끄덕였다. 이거면 충분한 모양이다. 이 자리의 주인공은 내가 아니니까.

"갑자기 찾아와서 죄송합니다. 찍은 영상을 사용해도 괜찮을까요?"

말없이 내 모습을 보고 있던 험상궂은 여성 모험가에게 돌아서서 물었다. 이름이 분명 지나탄이었나?

협의도 하지 않고 제멋대로 다가가 카메라의 한가운데에 넣어버렸다. 평소 같으면 이런 동작을 할 거라면 미리 미팅을 했을 텐데.

입실 시 벤델리오의 양해도 있었기에 분위기상 해도 괜찮겠다고 판단했다. 이 자리의 분위기를 깨고 싶지도 않았고.

"별로, 상관은 없어."

그거 다행이다. ……음? 뭔가 미묘한 얼굴을 하고 있네.

"무슨 문제라도……?"

"……아니, 대놓고 아름답다느니 흉터가 어떻다느니 하는 소릴 들은 적이 없어서."

아아, 그건가. 쑥스러워하는 건가.

"멋지다고 생각해요. 남자든 여자든 강한 사람을 동경하는 사람은 많으니까요."

"하지만 인기 있었던 적은 없어."

"그건 당신이 눈치채지 못한 것뿐 아닐까요? 다가가거나, 유혹하거나, 헌팅하는 것 외에도 인기라는 건 존재해요."

"인기가, 있다고……?"

"있고말고요. 자연스러운 인기도 있고. 멀리서 지켜보기만 하는 인기도 있죠. 저는 아이라서 잘 모르겠지만 어쨌든 강한 사람은 인기가 많답니다. 나머지는 좀 붙임성만 좋으면 완벽하죠. 엄청난 인기인이 될 거예요."

"엄청난 인기……?"

"쉬워요."

"쉬워……?"

그래, 강한 자는 인기가 많다. 남자든 여자든. 나도 전생에서는…… 기억은 거의 없지만, 아마 이상할 정도로 인기가 있었던 것 같다. 이번 생에서는 지나칠 정도로 리노키스에게 인기가 많으니까, 틀림없을 것이다. 기쁜가 아닌가를 따지면 별개의 문제이긴 하지만.

……하지만, 이렇게 보니.

이 자리의 전원이 강하지는 않았다.

지나탄도 좀 더 강해야 인기가 생길 텐데. 거친 일 전문이잖아? 더 단련하지 않으면 인기고 뭐고 죽는다. 마수에게 잡아먹힐 거라고.

이 중 눈길이 가는 것은 두 사람이다.

푸른 여우 수인 토하로우와 또 한 사람은…… 분명 레스트라, 였나.

토하로우는 아마도 용성회의 일원. 용사 후보다.

확인할 방법은 없지만, 스렌클라드 왕국에서 예선을 통과한 사람은 그녀와 그녀의 동료 정도일 테니 소거법으로 확정이라고 봐도 좋겠지. 설마 용사 후보가 예선패를 하진 않을 거라고 믿고 싶기도 하고.

호리호리한 체격이지만 당연히 잘 단련되어 있었다.

수인은 신체 능력이 높지만, 거기에 만족하지 않고 단련을 거듭하고 있다는 것을 알 수 있었다. 지금은 홍차가 뜨거운지 혀를 내밀고 있지만.

그리고 모험가 레스트라.

원래도 유명한 모험가로 굉장한 실력자라고 한다.

뾰족한 귀가 특징인, 조상 중 엘프의 피를 이은 미녀. 현대에는 순혈 엘프는 남아 있지 않고 시대의 흐름에 따라 사라져 버렸다고 교과서에는 실려 있었다.

마법이 특기인 엘프와 마찬가지로 레스트라도 마법이 특기였다. 힘으로 밀어붙이는 육탄전이 아니라 특기인 마법으로 싸우는 것 같았다.

모든 사람은 마력을 갖고 있지만, 마법을 쓸 수 있느냐 하면 별개의 문제였다.

마법은 알투아르에서 별로 중요하게 여겨지지 않았다. 사람마다 쓸 수 있고 쓸 수 없는 것이 들쭉날쭉한 마법보다 일정량의 마력이 있으면 누구나 쓸 수 있는 마동력과 마도구 방면을 중시한 결과, 이 나라도 그런 방향으로 성장해 왔다.

마력이 있으면 마동력 장치인 무언가, 단선이나 공업기계 등을 쓸 수 있었다. 그래서 마법보다 그쪽의 노동력이 우선시되었다.

그리고 그 성장 과정에서 매직비전이 탄생했다.

물론 외국에는 마법을 중시하는 곳도 있었다. 분명 귀왕국 하발헤임은 마법과 전통을 중시하는 나라, 라고 배웠다. 그리고 꽤 멀지만 몇 곳 더…… 이름이 뭐였더라? 마광신국이니, 암야왕국이니…… 교과서에는 실려 있지 않았고, 교사가 수업 시간에 흘러가듯 알려준 정보였기에 잘 기억나지 않았다.

레스트라에게서는 매우 강한 마력이 느껴졌다. 마법은 나와는 근본적으로 다른 종류의 강함이었기에 잘 알지 못한다. 뭐, 그렇다 해도 내가 한참은 더 강했지만.

그래도 마법사는 얕볼 수 없었다.

강한 마법사는 정말 강하니까.

예선에서 나는 그녀를 특별히 신경 쓰지 않았다. 그녀의 시합도 보지 못했다. 어떤 식으로 싸웠을까. 눈에 띄지는 않았겠지. 하지만 그래도 통과했다면, 힘을 숨기고 조용하게 싸워서 예선을 통과했을 것이다. 마법 중에는 화려한 것이 많으니까.

분명 기교가 많은 타입이다. 그렇다면 더더욱 성가시다.

좀 신경 쓰이는 존재다.

촬영은 순조롭게 진행되었다.

여성인 만큼 가봉 단계부터 세세하게 신체 사이즈를 확인하고, 두 번째 치수 측정까지 문제 없이 완료했다.

이걸로 이쪽은 끝인가? 남자들 쪽을 다시 한번 촬영해야 하나?

"실례합니다."

그 이후의 흐름을 생각하고 있는데, 방에 여섯 명 정도의 하얀 가운을 입은 무리가 들어왔다.

"저희는 이번 대회의 의사팀입니다."

그렇게 대답한 것은 알투아르 왕국 의학계의 일인자 도리스라. 벤델리오와 좋은 대결을 벌일 것 같은 중후한 느낌의 중년 사내다. 얼굴의 느끼함이라면 이쪽이 압승이지만.

그와는 간호사 직업 체험을 했을 때 잠시 이야기를 나눈 적이 있었다. 어린아이들에게도 친절하게 대해 주는 성실한 사람이었다.

"만일을 위해 여러분들의 건강 검진을 진행할 예정입니다. 이것도 규칙이니 꼭 협조 부탁드립니다. 세세한 부상 등은 검진 때 마법으로 치료해 드릴 테니 사양하지 말고 말씀해 주세요."

아, 선수들이 모여있으니까 겸사겸사 검진도 끝내두려는 건가.

본선에는 만전의 상태로 도전해 주길 바랄 테니까. 충분히 이해한다.

……아.

"……."

의사팀 중 한 명과 눈이 딱 마주쳤다.

저 녀석, 암투기장에서 만났단 그 여의사다. 리노키스의 팔을 붙여준 그 마법의.

예선이 시작되기 전, 이 섬에 왔을 때 마주쳤는데…… 이런 장소에서 다시 보게 될 줄이야.

……이런, 좀 난감한데.

뭔가 눈치챈 것 같은 얼굴이다.

감정이 실리지 않은 눈이라 무슨 생각을 하고 있는지는 모르겠지만. 어쩐지 모든 것을 꿰뚫어 보고 있는 느낌이었다. 눈빛도 날카롭고.

암투기장에서 만났던 그때는 변장도 하고 머리도 염색하고 있었다. 좀 더 말하자면 이미 몇 년 전 일이고, 게다가 한 번 만났을 뿐이다. 키도 더 컸고, 인상도 꽤 달라졌을 것이다.

그런데도 기억하고 있을까.

아니, 불가능하지는 않다.

나도 조금은 기억에 남아 있던 인물이었다. 기억력에 자신이 없는 나조차도 이렇다. 그렇다면 상대방이 기억하고 있어도 이상하지 않겠지.

그녀는 차가운 눈으로 나를 보더니 아무 일도 없었다는 듯이 시선을 돌렸다.

눈치챈 것인지, 눈치채지 못한 것인지.

어쨌든 소란을 피울 생각은 없어 보였다. 그렇다면 방치해도 되려나?

"그보다, 혹시 싸움을 하신 분은 없으십니까?"

응? 싸움?

"아니요, 없다면 괜찮습니다. 다른 곳에서 좀 실랑이가 있었거든요."

아마도 그들은 힐데트라나 레리아렛이 있는 곳 중 한 곳, 혹은 양쪽 모두의 건강 검진을 끝마치고 왔을 것이다.

근데, 저쪽에서 무슨 일이 있었던 건가? 싸움인가?

궁금하네. 매우 궁금하다.

이 정도의 실력자들이 모여있는 셈이니 예의를 차리지 못하는 자가 있어도 이상하지는 않았다.

애초에 격투가는 상대가 강한가 약한가로만 서로를 측정할 수 있는 어리석은 자들뿐이다. 힘겨루기를 하고 싶은 것도 자연스러운 일. 서로가 그렇게 생각하면 필연적으로 충돌도 할 것이다.

격투가, 힘겨루기를 하고 싶은 자가 두 명……도 아니고 잔뜩.

그야 당연히 싸움이 날 수밖에 없다. 뭐야, 난투야? 난투를 벌인 건가? 불특정 다수가 뒤엉킨 난투극인가? 피는 튀었나? 피가 튀지 않는 난투 따위는 인정 못 한다?

재미있을 것 같으니까 돌아가는 배에서 물어보자.

◆

"뭐야, 이 자식이!"

"아앙?! 네가 뭔데 이 자식아!"

계기는 무엇이었을까.

약 백 명의 선수가 넓은 방으로 안내되고, 이번에는 남자와 여자로 나눠달라고 한 시점에서 집단의 일부가 소란을 피우기 시작했다.

"지, 진정하세요!"

스태프의 당황한 목소리.

귀찮은 표정으로 거리를 벌리는 자, 말리는데 협력하는 자, 무책임하게 부추기는 자.

반응은 각양각색이다.

"……하아."

한숨을 내쉰 안젤은 벽 쪽으로 이동했다.

험한 일에 종사하는 무리가 이 정도로 모여있는 것이다. 트러블이 벌어져도 이상하지 않았다.

신체 측정인지 치수 측정인지 건강 검진인지는 모르겠지만, 빨리 끝내줬으면 했다. 하지만 이 다툼 때문에 당분간은 정체되어 있을 것 같았다.

조급하게 굴어도 어쩔 수 없었기에 느긋하게 기다리자는 생각으로 담배를 물었다가…… 케이스에 도로 넣었다.

옆에 있는 여자가 불쾌한 표정을 짓고 있었기 때문이다.

리넷 블란이다.

안젤 바로 옆에 서 있었다. 먼저 와 있었는지 나중에 왔는지는 모르겠지만, 어느 쪽이든 안젤이 눈치채지 못한 사이에 여기까지 접근해 왔다. 위협밖에 되지 않았다.

얼마 전 '본가 키론'의 두령에게 습격당한 기억이 되살아났다.

그 일은 일시적으로 모면했을 뿐 해결되지는 않았지만.

도박 건도 그렇고, '본가 키론'도 그렇고, 골치 아픈 일들뿐이었다.

"무슨 용건이라도?"

니아의 제자라는 점을 제외하면 안젤과 리넷은 접점이 없었다. 개인적인 대화를 나눈 적도 별로 없었다.

그런 리넷이 뭔가 말하고 싶은 얼굴로 안젤을 바라보았다.

"말리러 가지 않는 건가 싶어서."

"뭐? 내가?"

사람들의 무리 너머에서는 여전히 다투는 소리가 들려오고 있었다.

여전히 스태프의 초조한 목소리나 사람들의 야유가 날아드는 것을 보니 일촉즉발의 상황인 것일까. 언제 주먹다짐이 시작되어도 이상하지 않을 것 같았지만…….

"귀찮은 일은 사양이야. 그보다 리노가 있으니까 그 녀석이 말리겠지."

그랬다. 이 집단에는 모험가 리노가 있다. 무슨 일이 있으면 그녀가 어떻게든 처리할 것이다. 말리든지, 양쪽 모두 때려눕히든지.

"안젤."

리넷이 다가와 속삭였다.

"앞날을 생각한다면 점수를 벌어두는 게 좋아."

"……의미를 모르겠는데."

점수를 번다.

리넷의 예상외의 말에 안젤은 말의 의미를 파악하지 못했다.

무엇을 위해, 누구에게서 점수를 벌라는 말인가.

너무 뜬금없어서 잘못 들었나 하는 생각도 들었다.

하필 이때 리넷의 발음이 꼬이고 안젤의 귀 상태가 안 좋았던 것일지도 모른다.

만약 그런 거라고 해도 대체 뭐라 말한 건지 후보조차 떠오르지 않지만. '혼잡을 틈타 녀석들의 지갑을 털어 돈을 버는 편이 좋아'라거나…… 아니다. 그렇게 말이 길지는 않았다.

"말했잖아, 다툼은 사양이라고. 애초에 난 여기 있어도 될 신분도 아니야."

"그래서 가라고 말한 건데."

"……? 정말 모르겠는데. 확실히 좀 말해."

"그럼 말할게."

리넷은 더 가까이 다가와 이렇게 말했다.

"인기를 올려두라는 거야. 과거의 죄나 범죄 경력 같은 게 있어도, 인기만 있으면 누군가가 변호하고 지켜줄 테니까. 이대로 본선에 가봤자 안젤은 어차피 체포되는 거 아냐?"

이렇게까지 확실하게 말하자 비로소 이해할 수 있었다.

그렇다. 체포된다.

그것은 예선이 시작되기 전부터, 선수로 엔트리하기 이전부터 계속 고민하고 있던 부분이기도 했다.

뒷세계의 인간은 공개된 무대에 서서는 안 된다.

눈에 띌수록 리스크가 높아진다.

안젤처럼 깊숙하게 발을 들인 뒷세계의 주민은 털면 털수록 먼지가 나온다. 본인조차 기억하지 못하는 여죄가 수두룩할 것이다.

술집 경영을 시작한 뒤 안정되긴 했지만, 그 이전에는 여러 악행을 저질러왔다.

그래.

인기다.

도대체 어떻게 해야 살아남을 가능성이 있을까 고민하고 있었다. 역시 여차하면 국외 도피 이외에는 없는 것일까 하고 반쯤 포기도 하고 있었는데.

그래, 인기는 많을수록 좋았다.

리넷의 말대로 인기가 있으면 누군가가 알아서 지켜준다. 세상의 목소리가 별로 크지 않다 해도, 만약 그것이 권력자의 목소리라면? 그 효과는 헤아릴 수 없었다.

그래, 숨을 문제가 아니다.

오히려 앞으로 나와서 눈에 띄고, 대중의 눈길을 끌며 인기를 얻는다.

그야말로 매직비전에 나오는 니아처럼.

"——좋아, 잠깐 다녀올게."

어차피 본선이 시작되면 싫어도 눈에 띄게 된다. 앞으로 나서든 아니든 눈에 띌 수밖에 없었다.

이렇게 된 이상, 여기에 베팅할 수밖에 없었다.

마침내 자기 몸을 보호할 방안을 찾은 셈이니, 할 수밖에 없었다.

인파의 틈을 비집듯이 앞으로 나갔다.

"이 자식이! 해 보자는 거냐, 이 자식아!"

"이 자식이라니 뭐야! 이 자식아!"

마침내 다툼을 일으킨 두 남자 중 한쪽이 필사적으로 말리는 스태프를 뿌리친 타이밍에── 안젤이 재빠르게 앞으로 나섰다.

"거기까지만 해."

때리려는 남자의 뒤에서 벨트를 잡아 억지로 멈춰 세웠다.

"너, 넌 뭐야, 이 자식아!"

"이런."

흥분한 것인지 몸을 돌린 기세 그대로 팔꿈치가 날아와 비어 있는 한 손으로 받았다.

"좀 진정하라고."

벨트와 팔을 잡고, 힘으로 그 근처 바닥에 던졌다. 부드럽게. 다치지 않게. 미끄러뜨려 굴리듯이. 절대 바닥에 세게 부딪히지 않게.

"의외의 반응이네."

"음?"

던진 남자를 보고 있는데 귓가에 목소리가 들려왔다……. 돌아보자 그곳에는 리노키스가 있었다. 그녀도 다툼 현장에 끼어들려고 한 모양이었다.

"이런 건 내버려 둘 줄 알았는데."

"평소였다면 말이지. 사정이 좀 바뀌었어."

——모험가 리노와 그녀의 단골인 술집 마스터.

조금만 알아보면 알 수 있는 관계였으니 주변에 보는 눈이 있다고 해도 대화하는 것 정도는 상관없겠지.

"당신들, 이제 충분하지? 결판은 본선에서 가려."

리노키스의 말은 조용했지만, 거부할 수 없는 힘이 있었다.

다툼을 벌이던 당사자들도, 무책임하게 부추기던 자들도 그저 입을 다물었다.

우승 후보 필두인 리노의 말은 다르다는 것이겠지.

모두가 한눈에 알아볼 만큼, 그 존재감과 영향력은 절대적이었다.

"내가 나설 필요도 없었네."

리노키스가 중재에 나섰다면 거기서 바로 끝났을 테니까.

하지만 뭐, 어쩔 수 없다.

인기 쟁취를 위해 필요할 때는 최대한 앞으로 나가야 한다. 오히려 이제는 그것 외에는 살아남을 길이 없다는 생각마저 들었다.

도저히 내키지는 않지만, 그래도 할 수밖에 없었다.

거물일수록 당당하다.

전 결코 나쁜 사람이 아니에요, 사람에게 해를 끼치지 않는 선인이에요, 라는 얼굴을 하고 있다.

——한 꺼풀만 벗기면 절대 그렇지 않지만.

저녁 무렵 알투아르 왕도의 창고 거리를 걷는 삼인방에게 검은 옷의 직원 한 명이 다가왔다.

"초대장을 보여주십시오."

직원의 말에 삼인조 중앙, 가장 차림새가 좋은 남자가 움직였다. 말없이 품에서 검은 봉투를 꺼낸다.

"확인하겠습니다—— 실례했습니다, 그리그 님."

비행황국 반돌루즈의 뒷세계 실세 중 한 명인 그리그 크렛.

그는 무엇보다 머리가 비상했다. 특히 경영과 숫자에 강해 뒤에서도 앞에서도 폭넓게 사업을 벌이고 있었다. 완력이 아닌 지력으로 올라온 사내다.

그리고 옆에 있는 것은 그의 오른팔이자 심복, 호위인 건장한 청년 로아.

또 한 명은 올터. 전직 군인이라는 소문을 가진 초로의 사내였다.

"이쪽으로."

세 사람 모두 초대장에 있는 이름이었다.

직원은 사전에 받은 명령에 따라 그들을 한 창고로 안내했다.

안에는 몇 명이 이미 와 있었다.

“여어. 오랜만이야, 그리그.”

테이블에 앉아 있던 남자가 읽고 있던 책을 덮었다.

이곳은 창고임에도 넓은 거실 같은 느낌이었다. 약간 창고 같은 모습도 있었지만 제대로 된 가구가 놓여 있었다.

뒤죽박죽인 느낌이 상당한데, 뭐 그것은 상관없다.

“초대해 줘서 고맙군, 커프스.”

그랬다. 앉아 있는 남자는 커프스 잭스.

이 알투아르 뒷세계의 지배자였다.

“별말씀을. 자, 앉아.”

과거 뒷세계 관련 일로 몇 차례 협력하거나 다투기도 했지만 관계는 나쁘지 않았다.

서로가 돈 계산에 능하다——라는 공통점이 있어서 둘 다 충돌은 되도록 피하고 있었다.

일에서든 뭐든 부딪쳐 봐야 얻을 것이 없었기 때문이다.

——부딪칠 때는, 승산이 있을 때뿐.

서로가 그것을 알고 있는 만큼 더 어울리기 편하기도 했다.

“격투 대회, 생각보다 판이 커졌군.”

그렇게 말한 그리그가 커프스의 정면에 앉았다.

등 뒤에 서 있는 두 명의 호위가 커프스를 압도했다. 아니, 위압적인 태도를 보일 생각은 없을지도 모른다. 그저 두 사람 다 몸이 크고 험상궂게 생겨서 그렇게 보일 뿐.

다만 경계는 하고 있을 것이다. 분명.

섣부른 행동을 했다가는 즉시 덤벼들 것 같았다.

——그것은 커프스 쪽도 마찬가지였지만.

창고 안에 있는 검은 옷의 직원들도 그리그 쪽을 경계하고 있었으니까.

공기가 무겁다.

아주 작은 일에도 뭔가 터질 것 같은, 숨 막히는 긴장감으로 가득 차 있었다. 마치 많은 양의 화약이 공기에 섞여 있는 것 같았다.

그와는 무관한 척을 하는 것은, 태풍의 눈이 되는 테이블뿐이었다.

둘 다 뒷세계의 거물.

힘이야 어떻든 배짱과 담력은 보통이 아니었다.

"나도 의외였어. 설마 이렇게까지 벌일 줄은 몰랐는데 말이지. 여러 곳에서 출자금이 모인 결과 자연스럽게 대규모가 됐다더군. 격투 대회가 아니더라도, 이렇게까지 큰 이벤트는 나도 처음이네."

화제는 역시, 지금 개최 중인 격투 대회였다.

애초에 그리그가 온 것도 그 일 때문이었다.

"개최 측도 예상하지 못했다는 건가?"

"나는 그렇게 들었는데. 하지만 국영 이벤트니까. 그 폐하 성격상 어디까지 계산하고 있었는지는 모르지."

이번 격투 대회는 국가가 주관한다.

즉, 현 알투아르 국왕 휴렌츠가 지휘를 맡은 것이다.

"알투아르의 왕이라. 그래, 그 사람이라면 모든 걸 손에 두고 쥐락펴락하고 있다고 해도 이상하지 않지."

지금까지의 알투아르의 정치, 경제의 동향.

그리고 이번 대형 이벤트.

어디를 봐도 큰 흠이 없었다.

알투아르를 이야기할 때 흔히 나오는 '평화에 찌든'이라는 말은 결코 멸칭이 아니었다. 오히려 멸칭으로 쓰는 이들은 별 볼 일 없는 이들이었다.

이는 오랜 시간 평화를 유지하고 있는 정치인에게 보내는 찬사의 말이었다.

――뭐, 국민들이 금방 도망칠 수 있는 시대인만큼 무능한 지도자가 군림하는 나라나 영지는 그리 많지 않았지만.

"마시겠나?"

"아니, 처리해야 할 일이 있어서. 며칠 후면 시간이 좀 날 것 같군."

"알았어. 패자부활전이나 보면서 느긋하게 마시자고."

앞으로의 이야기를 잠시 나누고, 그리그는 창고를 떠났다.

프라이빗 룸에 들어서자마자 그리그는 웃었다.

"흠…… 흥미로운 이벤트가 될 것 같군."

이제부터 한 달 정도 머물 고급 호텔로 돌아온 참이다.

빌린 방은 패밀리용의 큰 방이었다. 하룻밤에 백만 크람이 넘는 호화로운 방이지만, 그리그에게는 별로 가렵지도 않은 액수였다.

로아와 올터 이외에도 3명 정도의 호위나 부하를 데려왔고, 체재 기간 중에는 전원이 이 방에서 지낼 예정이었다.

물론 다른 부하들도 데려왔다. 잠입을 시켜둔 탓에 이곳에 없을 뿐이었다.

"그리그 씨, 이제 어쩔 겁니까?"

방에 비치된 바 카운터에서 술을 따르고 있던 로아가 물었다. 참고로 자신이 마실 용이었다.

"예정대로 하면 돼. 너희들은 패자부활전을 관전하고 가능한 한 선수들의 상세한 데이터를 수집해라. 나는 일을 마치겠다."

"여행을 와서도 일입니까?"

"그래. 너희들의 밥값과 용돈을 벌어야 하니까."

"하하. 그거 감사."

"칫."

역시 '감사'라는 말에는 화가 난 것인지 그리그가 혀를 찼다.

"네놈은 실력만 없었으면 백 번은 더 해고됐을 거다."

"하하하."

그리그는 실력을 본다. 조금의 흠집이 있더라도 실력만 있으면 어느 정도 중요한 일을 맡긴다.

――올터는 진심으로 생각했다.

악도 선도 이익과 효율로만 판단한다.

이런 남자야말로 군 사령이 되어야 한다, 라고.

어설픈 의리로 병사를 죽게 만드는 무능한 자보다는 훨씬 낫다.

"올터, 이리로."

웃는 로아에게서 시선을 돌린 그리그가 올터를 불렀다. 일 이야기를 하려는 것이었다.

그리그가 개인실로 정한 방으로 향하고, 그는 책상에 앉고 올터는 정면에 섰다.

"지휘는 맡기겠다. 우선순위도 변함없이, 말이지."

우선 순위.

그것은 알투아르에 오기 전부터 이야기해 두었던 예정이었다.

아까 만난 커프스에게서 얻은 정보를 대조한 결과 나온 '변함없이'였다. 이야기의 내용에 따라서는 변경도 있었을 것이다.

"당신의 예상대로였나?"

"그래, 커프스는 우릴 잡아먹을 생각으로 불렀더군."

큭큭, 하고 그리그가 웃음소리를 냈다. 실로 사악한 얼굴이었다.

"반돌루즈에서는 나와 프로젠 가이츠. 그리고 레스텐. 우하이튼에서는 케야 킨과 젠 포워. 그 밖에도 최근에 들은 이름이 두세 개…… 뭐, 예상했던 멤버들이야."

주변국에 둥지를 튼 이름난 악당들이다.

모두가 각자의 나라에서 뒷세계를 주무르고 있었다.

그런 거물들에게 커프스가 연락을 취한 것이다.

'다가올 격투 대회에서 같이 도박을 해보는 게 어떻습니까?'라고.

그런 커프스의 권유에 따라 악당들이 몰려든 것이다. 그리그도 그중 한 명이었다.

"그럼 속셈은 없다는 건가?"

"내 판단으로는 없어. 올터, 네 생각은 어떻지?"

"모르겠군. 나는 타고난 악당의 속내는 읽지 못하니까. 당신을 포함해서."

"그런가. 그럼 내 판단을 믿어보도록 해."

어느 쪽이든 속셈이 없다면 믿고 말고 할 것도 없었다.

"도박만 하면 된다고 생각하면 되는 건가?"

"그래, 그렇기 때문에 더 무서운 거지만."

그리그는 손을 마주잡고 의자 등받이에 기댔다.

"아까 말한 대로야. 커프스는 우리를 파산시킬 각오로 도박에 임할 거야. 그러니까 이 이야기에 속셈은 필요가 없지. 비합법적인 도박이지만 정공법으로 무너뜨릴 생각이니까. 게다가――."

그리그의 사악한 미소가 더욱 깊어졌다.

"그는 나에게만 일찍 오도록 일정을 살짝 유도했다. 이게 무슨 뜻이겠나? 내게 협조하라는 거지. 누군가를 파산시킬 생각이니까 힘을 빌려달라고 말이야. 협력할 이유는 없어. 하지만 결과적으로 눈에 거슬리는 놈을 죽일 수 있다면 나에게도 이득이지."

그리그에게 이득이다.

즉, 반돌루즈에 이득이다, 라고 해석해도 좋았다.

이 남자는 악당이지만, 반돌루즈의 경제를 크게 좌지우지하고 있는 실력 좋은 경영자이기도 했다.

애국심으로 움직이는 올터가 감시하는 것조차 신경 쓰지 않았다.

해야 할 일과 하면 안 되는 일을 모두 알고 있기 때문이다.

그 부분을 모두 간파하고 있었기 때문에, 올터를 이렇게 편리하게 이용까지 해 먹고 있었다. 부하의 훈련을 맡기고, 신뢰할 수 있는 말로서 호위에 세우고, 당당하게 부려먹는다.

'옆에서 감시하게 해 줄 테니 내 명령을 들어라'라면서.

"리스크는 커프스가 짊어질 거다. 나는 안전지대에 있으면서 방해자를 배제할 수 있을지도 모르는 거야. 조금 거드는 것만으로 말이지. 실패해도 리스크는 없어. 실로 의미 있는 체류가 될 것 같군."

——실로 흥미롭다.

국가의 중추나 귀족의 행동 범위 밖에서도 의외로 정치가 행해지고 있다는 사실이.

이 악당들은 법이 미치지 않는 뒷세계를 살아간다.

그리고 거기서 행해지는 것은, 정치와 비슷한 이권 다툼과 머니 게임. 법이 닿지 않기 때문에 거친 일도 목적을 위한 수단이 될 수 있었다.

군에서 물러나 이 남자에게 고용된 지도 벌써 몇 년.

올터는 왠지 모르게 느끼고 있었다.

자신은 뒷세계의 일이 더 적성에 맞을지도 모른다는 것을.

올터도 목적을 위해서라면 수단과 방법을 가리지 않았다. 현역 시절에는 법과 규제와 규약 때문에 움직이기 힘들다, 하기 어렵다고 생각한 적도 많았다.

그뿐이라면 모르겠지만, 법과 규칙을 고려하여 수단을 택한 결과 전우와 부하가 죽었다. 나라를 위해 죽었다면 그나마 납득이 갔겠지만…….

통감했다.

현장의 판단에 따라서는 수단이고 뭐고 없었다. 안전한 장소에서 지도와 자료만 보고 있는 사령부가 대체 무엇을 알 수 있단 말인가. 법이나 규칙이 없는 뒷세계가 훨씬 더 수월했다.

"확인하겠다. 나는 당신에게서 지휘권을 받아 부하를 사용해 정보를 수집한다. 우선순위는 커프스 잭스와 녀석이 부른 손님의 조사, 그다음은 본선 출전 선수, 이걸로 문제 없는 거겠지?"

"그거면 됐어. 아, 로아와 모리는 남겨줘. 내 호위를 겸해서 패자부활전을 관전하게 할 거니까."

관전.

아마도 선수 조사일 것이다.

도박에 참여할 때를 위한 정보 수집이다. 그 매직비전을 사용하는 거겠지.

"리노는 어쩔 거지? 정말 조사하지 않아도 되는 건가?"

모험가 리노.

그리그와도 올터와도 약간의 인연이 있는 인물이었다.

실력을 감안하면 당연하다고 해야겠지만, 지금은 우승 후보 필두라 불릴 정도의 인기인이다.

인기가 있으면 대중의 눈이 모여든다.

지금은 본인에게 다가가는 것은 어려웠다. 뭐, 알아보려면 방법은 있겠지만.

"상관없어. 올터, 네가 격투 대회에 출전하지 못한 시점에서 그녀와는 인연이 없었다고 생각하니까. 만남도 좋지 않았으니 말이지. 이제 재회는 포기했어."

처음 리노와 만난 그날 밤의 일은 그야말로 '불가사의'라는 한마디로 요약할 수 있었다.

무슨 일이 일어났는지도 알 수 없었고, 누가 움직였는지도 알 수 없었다. 목격조차 할 수 없었던 누군가가 그리그의 일터 중 한 곳을 습격했다.

그 사건의 진상은 여전히 아무것도 알려지지 않았다. 물론 조사도 했지만 모든 것이 수수께끼로 남아 있었다.

그렇기에—— 그리그의 본능이 경종을 울리는 것이다.

리노 옆에 그녀만큼 위험한 인물이 있다. 그것은 확정이었다.

그리고 그것이 누구인지는 모른다.

그 부분에 대한 전망이 서지 않는 이상, 더 이상 리노에게는 접근해서는 안 된다. 발밑이 보이지 않는 길을 걸을 만큼 그리그는 어리석지 않았다.

특히나 힘에 있어서는 전폭적인 신뢰를 두던 올터와 로어가 당했다.

선불리 건드렸다가는 단순한 화상으로 끝나지 않을 가능성이 높았다.

"알았다. 그럼 행동을 개시하겠다."

"분쟁은 일으키지 말도록 해. 알투아르의 그림자가 감시하고 있으니까."

"그래, 조심하지."

◆

——"이쪽은 본선 회장입니다. 출전자들은 단련하거나 휴식을 취하며 각자 자유롭게 보내고 있습니다. 그럼 인터뷰를——."

가까워지는 발소리를 깨닫고 시선을 돌렸다.

"지온 씨, 나갈 차례입니다."

십여 명이 대기하고 있는 선수 대기실에 있던 한 명, 늑대 수인이 움직였다.

매직비전 너머에서는 밝은 햇살 아래에서 본선 진출이 확정된 선수가 웃고 있었다.

이 음울하고 어둡고 좁은 방과는 크게 다른 세상이었다.

뭐, 상관없다.

여기 있는 모두가 갈망을 쌓아 왔으니까.

저쪽으로 가기 위해.

자리는 많지 않지만, 건너편으로 갈 기회는 남아 있었다.

지온은 방을 나와 스태프가 가리키는 방향으로 향하며── 햇빛 아래로 나아갔다.

""와아아아아!""

함성이 터져 나왔다.

아까 그 대기실에서도 들리고 있었지만…… 실제로 몸으로 느끼니 충격이 상당했다.

엄청난 인파와 중앙에 있는 링.

그곳으로 가는 길은 좁아서, 관객들이 뻗는 손길이 지온의 몸에 닿을 듯 말 듯했다.

""지온! 지온! 지온!""

많은 사람이 큰 소리로 이름을 불렀다.

마치 본선이 아닐까 싶을 정도의 분위기였다. 평일인데 이 많은 인원은 뭐지. 다들 일은 어쩌고 온 거야?

지온은 눈에 띄는 것을 별로 좋아하지 않았고, 평소에는 주목받을 만한 행동도 피하고 있었다.

하지만.

이것은── 알 것 같았다.

눈에 띄고 싶다, 주목받고 싶다, 라고 생각하는 동업자의 마음을, 알 것 같았다.

자신의 공적을 자랑하고, 힘을 과시하고, 주위에 보여주려는 자의 마음이 이해가 갔다.

수인의 나라에는 그런 패거리들이 많았지만, 지온은 그것과는 연이 없다고 생각했는데.

그렇구나, 이거다. 이 느낌이구나.

"지온! 지온!"

통로를 걷는 바로 옆에서 앳된 목소리가 들려왔다.

다섯 살이나 여섯 살쯤 되어 보이는 어린 남자아이였다.

필사적으로 뻗은 아주 짧은 팔과 작은 손.

"……."

지온은 그 손에 자기 손을 가볍게 맞댔다.

구경거리가 되는 것은 싫고 눈에 띄는 것도 싫었다. 누군가에게 보여주는 싸움 따위는 좋아하지 않았다. 이 대회 자체도 그렇게 내키지 않았다.

하지만, 조금은 의욕이 생겼다.

어른들은 몰라도 저런 아이들까지 응원해 준다면, 한심한 모습을 보일 수는 없었다.

——패자부활전은 이제 막 시작되었다.

알투아르 왕도의 광장.

평소에는 공간을 개방해 국민들이 자유롭게 이용할 수 있는 공원이었다.

허가를 받으면 이벤트를 진행하거나 노점을 낼 수도 있었고, 콘서트나 무대를 열 수도 있는 그런 곳이다.

평소에는 연인끼리 이야기를 나누기도 하고, 악기 연습을 하는 사람이 있기도 하고, 극단원이 연극 연습을 하기도 하고. 그런 한가로운 휴식 공간이 되어주는 곳이었지만.

이번 이벤트는 상당히 과격했다.

바로 이곳이 패자부활전 경기장이었기 때문이다.

무기부는 다른 곳의 실내에서, 맨손부는 이곳에서 열리고 있었다.

맨손부는 참가자가 적기 때문에 이곳에서 하게 되었다. 들어보니 링을 특설해서 링과 관객의 거리를 최대한 가깝게 만들었다고 한다.

요컨대 꽤 가까운 거리에서 주먹싸움을 볼 수 있는 그런 구조로 되어 있었다. 조명도 많이 준비되어 있어 밤에도 편하게 관람할 수 있었다.

참고로 날씨에 따라서는 맨손부도 실내에서 시합을 치르게 된다. 야외 링의 약점은 비였다.

그리고 본선에서는 만약 비가 올 것 같으면 비를 막아주는 마법을 쓸 예정이라고 한다. 비용이 들기 때문에 패자부활전에는 없다.

“지온 씨, 수고하셨습니다!”

여유로운 승리로 막을 내린 ‘음속의 지온’ 첫 시합.

링에서 내려와 스태프의 안내에 따라 승자의 통로로 갔다가……
붙잡혔다.

기다리고 있던 것은 카메라를 든 촬영반.

그리고 키키리라 아몬.

전에 강아지 귀니 뭐니 하면서 엄청난 기세로 달려들었던 아이였다.

그때는 순간적으로 놀란 나머지 도망쳐 버렸지만, 체류 중 이런저런 매직비전 영상을 보면서 여러 가지 것들을 이해했다.

그때 달려온 것도 아마 인터뷰…… 이야기를 들으려 했던 것이겠지.

뭐, 눈에 띄고 싶지 않은 지온의 입장에서 도망친 것은 잘한 선택에 가까웠다. 그 이후로 계속 도망치고 있는 것도 사실이다.

……하지만, 이제 그만해도 되겠지.

주위의 상황을 보고 알았다.

이 격투 대회는 그런 행사인 것을.

모두가 흥분하고, 구경거리가 되고, 보는 사람을 매료시키고 열광하게 만든다. 그런 시끌벅적한 나라인 알투아르의 축제라는 것을.

고향에도 비슷한 것이 있었다. 일단은 제사였고 신을 모시는 행사였지만, 그것의 대규모 버전이라고 생각하면 될 것 같았다.

"아아…… 응."

지온은 걸음을 멈추고 키키리라의 말에 대답했다.

애초에 말이 많지 않은 탓에 상당히 퉁명스럽지만, 그 부분은 이해해 줬으면 했다.

"인터뷰 좀 해도 될까요? 아, 어려운 건 없어요. 제가 묻는 말에 대답만 해 주시면 되거든요. 물론 대답하고 싶지 않다면 대답하지 않아도 됩니다! 그럼 잘 부탁드려요!"

하지만 그녀는 조금도 개의치 않는 듯 빠른 어조로 사정을 설명하더니 지온의 옆에 섰다. 밀어붙이는데 능숙한 타입이었다.

그리고 카메라로 시선을 돌리며 말을 이어간다.

"이쪽은 '음속의 지온'이라는 별명을 가진 모험가 지온 선수입니다! 인기, 실력 모두 나무랄 데 없고, 이 방면의 전문가들에게 본선 출전 확정이라며 후한 사전 평가를 받았지만, 아쉽게도 예선에서 탈락해 패자부활전에 도전했습니다!"

아쉽게 예선에서 탈락해.

아쉽지도 않고, 꽤 처참하게 졌다고 생각하는데.

상처를 아무렇지도 않게 긁어대는 아이였다.

"첫 시합 돌파를 축하합니다! 꽤 여유롭게 싸우시는 것처럼 보였는데 실제로는 어땠나요!"

"아, 응…… 뭐, 그랬지."

"그렇군요! 실제로 여유가 있었던 것 같네요!"

확실히 여유는 있었다.

아까의 시합은 상당히 일방적인 시합이었고, 조금 힘을 빼고 하기도 했다.

"본선 티켓은 얼마 없는데요, 앞으로의 포부를 들려주시겠어요!"

포부.

그 말을 들으니, 뱃속에 있던 작은 불씨 같은 것이 연기처럼 피어올랐다.

"——복수와 사죄."

"그렇…… 네?! 사, 사과?!"

키키리라의 예상에는 없던 대답이었는지 그녀는 노골적으로 당황했다.

하지만 지온은 보지 않았다.

카메라를 뚫어지게 바라보며, 그 앞에 있을 인물에게 말했다.

"얕본 기억도 방심한 기억도 없어. 그때 취할 수 있는 최선의 한 수를 둔 결과가 그 시합이었다. 하지만, 그럼에도, 꼴사나운 시합을 했다고 생각한다. 그 일에 관해서는 아무리 사과해도 모자라. 이번에야말로, 그가 본 실력을 내게 만들겠다. 제대로 된 시합을 하고 싶어."

거의 자멸과도 같은 결말을 내 버렸다.

대전 상대는 아무것도 하지 않은…… 것은 아닐 것이다. 그 한 순간의 공방이야말로 상대의 실력이다. 한 치의 오차 없는 근육에 의한 방어에, 지온이 패배한 것에 지나지 않았다.

그러나 곁에서 보기에는 자멸로밖에 보이지 않았을 것이다.

게다가 아무리 고도의 공방이 오갔다고 해도 어이없이 졌다는 것은 부인할 수 없었다.

그래서는 상대도 불만족스러웠겠지.

"내가 본선에 바라는 건 그것뿐이다."

이 격투 대회는 모험가 길드 쪽의 사정으로 참가한 것이다.

의욕도 없었고 예선에서 져도 상관없다는 생각마저 하고 있었다. 누가 아무리 강하다 해도 지온이 싸우는 상대는 마수다. 사람과 싸우는 것은 상정하지 않았다.

그런 지온이 패자부활전에 참가한 이유는, 그와 한 번 더 시합하기 위함이었다.

결코 자신이 패배했다는 오명을 씻기 위해서도 아니고, 실력을 과시하기 위해서도 아니다. 결코 '설마 예선에서 질 줄은 몰랐는데……'라며 애매하고 어정쩡한 비아냥을 날린 알투아르의 모험가 길드 마스터를 위해서도 아니다.

꼴사나운 상대일 수밖에 없었던 자신의 추태에 대한 사과와.

그저 단순히 패자에 의한 복수.

지금 지온을 움직이게 하는 이유는 이 두 가지였다.

"반드시 본선에 간다."

그렇게 마무리하고 지온은 걸어가기 시작했다.

――그리고 소소하지만 응원해 주는 사람들을 위해서라도.

이 축제 분위기의 격투 대회에서는, 그런 싸움의 이유도 제법 잘 어울릴 것 같다고 생각했기 때문이다.

◆

"역시 지온은 강하네."

"그러게."

아침에 기숙사 방으로 마중을 온 레리아렛과 함께 잠시 패자부활전 방송을 보는 중이었다.

어제 열린 시합이다. 우리에게는 업무상 알아둬야 할 일이었다. 전부 파악해야 할 필요는 없지만, 조금이라도 봐두는 것과 보지 않는 것은 큰 차이가 있었다.

"본선에 갈 것 같네."

"그래?"

강하다기보단 상대가 너무 약했다고 할까. 뭐, 아마추어 눈으로도 확실히 알 수 있을 정도로는 실력 차이가 나기는 했다.

패자부활전은 저녁부터 밤까지 열린다.

그리고 그 영상은 다음 날 방송된다.

학교에 가기 전부터 흘러나오는 것을 보니 편집을 어지간히도 서두른 모양이었다. 현장에 가지 않는 방송국 직원들도 고생이 많을 것 같다.

"……흐음."

시합을 마치고 인터뷰 영상으로 전환되었다. 키키리라가 나왔다.

음속의 지온, 이라.

모험가에 대해 잘 아는 사람이라면 누구나 안다는, 확실한 실력을 가진 늑대 수인. 굉장히 유명한 모험가라고 한다.

확실히 예선 시작 전에 만나본 느낌으로는 근처에 있는 어중이떠중이보다는 머리 하나는 뛰어나다고 생각했다. 조합에 따라서는 제자들과도 대등하게 맞설 수도 있다고 생각했다. 뭐, 나라면 숙제하면서도 이길 수 있을 수준이지만.

일단 눈여겨보고는 있었다.

그러나 나는 예선패도 납득이 갔다.

초상화 건으로 잠깐 접촉한 적이 있다. 그때 지온에게서는 의지가 느껴지지 않았다. 격투 대회에 별로 나가고 싶지 않은 것처럼 보였다.

그렇지만 통과한다면 그것으로 상관없다. 의지가 없어도 강한 자는 강하니까. 나처럼.

하지만, 결코 압도적으로 우승할 수 있을 만큼 강하지는 않았다. 그리고 그와 맞설 만한 실력자는 그 밖에도 있었다.

그런 두 사람이 시합하면 결과는 보지 않아도 정해져 있다.

승리에 집착하지 않는 녀석은 이길 수가 없다. 지는 것이 당연하다.

그렇게 생각하고 있었는데…….

――"반드시 본선에 간다."

말을 마친 지온은 표정이 좀 달라져 있었다.

마정판을 통해 강한 의지를 내뿜고 있는 지온의 눈동자. 의욕 없던 강자가 아니라, 제대로 된 무인의 얼굴을 하고 있었다.

저 모습이면 본선까지 갈 수 있을지도 모르겠네.

뭐, 어쨌든.

"인기도 실력도 있는 선수는 꼭 본선에 나갔으면 좋겠어."

지온의 탈락은 꽤 큰 화제가 되었다.
그에 반비례하듯 지온을 꺾은 간돌프의 평판이 껑충 뛰었다. 아니, 지명도가 높아졌다고 해야 하나.
지금도 그 시합 내용에 대해서는 여러 가지 설왕설래가 있는 모양이었다. 지온이 건 공격에 맞았는데도 그럼에도 지온이 졌으니까. 이해할 수 없는 점이 많다느니 뭐니 하면서.
내가 보기엔 바로 예상이 됐지만.
간돌프는 단단하다.
그 녀석은 '기'를 방어의 방향으로 사용하고 있었다. 근육의 경화 말이다. 그것에 당하면 어설픈 공격은 통하지 않는다. 통하지 않는 것은 고사하고 어설프게 시도한 쪽이 다친다.
겉모습 그대로 그야말로 바위처럼 단단해지는 거니까.
지온은 제대로, 아무 망설임 없이 정면에서 바위를 찼다. 그래서 다리뼈가 부러진 것이다.
"아, 시간이 아슬아슬한데. 슬슬 가야 해. ……가기 싫다."
"동감이야."
이대로 늘어져서 패자부활전을 보고 싶었다.
연일 촬영으로 피곤하기도 하고, 그냥 이대로 멍하니 관전을 즐기고 싶었다. 나로서는 졸음이 피크에 달했다고 해도 몇 초 만에 전원을 쓰러뜨릴 수 있는 선수들이었지만, 역시 비슷비슷한 강자들 간의 싸움은 제법 볼만하다. 무인으로서 빛나는 순간이니까. 그리고 피 같은 것도 당연하다는 듯이 튄다. 아, 이대로 느긋하게 보내고 싶다. 졸면서 관전하고 싶다.

……하지만 그럴 수도 없었기에, 우리는 몸을 일으켰다.

자, 학교에 갈 시간이다. 오늘도 졸음을 쫓으면서 공부해 볼까.

"니아 씨, 레리아 씨."

아, 상급생이다.

이름을 부르는 소리에 뒤를 돌아보니, 교실 출입문 근처에 중등학부 학생인 조세콧 코이즈가 서 있었다.

"조세콧이다!"

"아, 음, 네……."

같은 반 아이들이 조세콧에게 달려갔다. 최근에 한번 본 광경이다.

키키리라와 마찬가지로 요즘은 그녀도 매직비전에 자주 나오는 얼굴이니까. 이들의 존재가 상당 부분 침투하고 있다는 뜻이겠지.

뭐, 가장 큰 이유는 1년 전 모험가 리노의 격투 대회 참가 표명인가.

다들 '리노가 대체 누구인가?'라는 것을 궁금해할 때, 그 리노의 인터뷰를 맡은 것이 바로 조세콧이었다. 그것으로 단번에 이름과 얼굴이 알려졌다.

그녀가 유명해졌다는 것은 곧 준 방송국의 존재도 알려지고 있다는 뜻이었다.

"무슨 일 있나요?"

몰려드는 아이들에게 당황하고 있는 조세곳을 향해 나와 레리아렛이 다가갔다.

"그, 잠깐 촬영에 관해 논의하고 싶은 일이 있다고, 우리 감독이……."

우르르 다가오는 아이들을 달래면서 그녀는 그렇게 대답했다.

우리 감독이라고 하면 와그너스를 말하는 거겠지.

"점심시간인가요? 저희는 방과 후에는 시간이 없는데……."

레리아렛의 말이 맞았다.

방과 후는 바쁘다. 오늘도 촬영 일정이 꽉 차 있어서 미팅을 잡을 틈은 없었다. 그보다 그건 준 방송국도 마찬가지일 것이다.

"물론 점심시간이지. 학교 방송국까지 와줄래? 점심은 이쪽에서 준비해 둘 테니까."

점심시간에 저기까지 가야 하나. 꽤 귀찮은 초대다. 식당에서는 안 되는 건가? ……안 되니까 그렇게 말한 거겠지.

어쩔 수 없지, 뭐.

"알겠습니다. 그럼 점심시간에 가죠."

이것도 일의 일부였다.

——그렇게 졸음을 유발하는 수업이 지나가고, 점심시간.

조금 빠른 걸음으로 나와 레리아렛은 교사 밖에 있는 준 방송국의 사무실…… 솔직히 말해 부실로 보이는 장소를 향해 서둘렀다.

엄밀히 따지면 준 방송국은 클럽으로 취급한다고 하니까. 그러니 부실이라고 해도 되는 거겠지. 활동비, 소위 말하는 부비도 나온다고 하고.

“여기는 오랜만에 오는 것 같네.”

“그러게.”

레리아렛과 마찬가지로 나도 전혀 오지 않았다. 전에 마지막으로 온 게 언제였더라?

선배들의 안내를 받아 안으로 들어가 테이블에 앉았다.

아직 전원이 다 모인 것 같지는 않았다. 도착한 준 방송국 사람들은 저마다 기자재 점검 등의 작업으로 분주해 보였다.

조금 피곤해 보이는 것은 분명 최근의 빡빡한 스케줄 때문이겠지. 아직 갈 길이 멀다, 안타깝게도.

“미안해, 오래 기다렸지.”

준 방송국 학생들이 우르르 모여들고, 마지막으로 와그너스가 들어왔다. 분명 촬영과 관련된 잡무로 인해 늦어진 거겠지……라고 생각했는데.

“아, 닐 님!”

레리아렛이 소리를 질렀다. 근래 가장 기뻐 보이는 얼굴로. 다행이네.

그랬다. 와그너스는 오라비인 닐을 데리고 왔다.

아니, 그 밖에 3명 정도 더해서. 초등학부에서 중등학부 정도로 보인다. 여자도 한 명 있었다. 제일 키가 작은 오라비가 최연소일지도 모른다.

그리고 근처에서 잡일을 하고 있던 스태프 샬 고르까지 더해져서 총 다섯 명.

이제 알겠다.

이 다섯 명은 그거구나, 그 팀인 거지?

"이 사람들은 전에 말했던 윙 로드의 선수가 될 거야. 얼굴도 익힐 겸 모여달라고 했어."

역시 이 다섯 명이 윙 로드의 편대 비행 멤버인 것 같았다. 사전 비행으로 나는 것이다.

"그래서 미팅 내용 말인데, 일단 먹으면서 들어줘."

누군가가 식당에서 주문했을 샌드위치를 먹으면서 와그너스의 이야기를 들었다.

오늘부터 편대 비행 연습 풍경을 찍기 시작한다고 한다.

단선과 연습 장소도 확보되었고, 제공하는 세드니 상회에서 프로 정비사도 붙여주었다고 한다. 으음, 이 정도면 제공이라기보단 거의 스폰서네. 신세를 많이 지는구나.

그래서, 본론은.

"가끔이라도 좋으니까 니아나 레리아도 참가해 줬으면 좋겠어. 힐데 님께는 이미 허가를 받았는데……."

힐데트라는 이 이야기를 받아들였다는 건가.

"어째서요?"

레리아렛이 물었다. 그래, 그 부분이 나도 궁금했다.

"인터뷰어라면 거기 두 명 있잖아요."

거기, 라고 말하며 내가 가리킨 것은 키키리라와 조세큇이었다.

이들은 이제 준 방송국의 간판이었다. 더는 '아무도 모르는 얼굴'이 아니니 기용하지 않을 이유가 없었다.

"별로 말하고 싶지 않지만, 인기의 차이 때문이야. 단순하게 누가 나와야 시청자가 늘어나는가를 따지면 너희가 훨씬 위니까. 그렇지 않아도 격투 대회와 관련된 것들이 과열되고 있는 지금, 격투 대회와 관련되어 있다고는 해도 다른 영상을 내보내는 거니까. 아무도 안 볼 수도 있어. 하지만, 적어도 시청자의 마음을 끄는 노력은 해 봐야 하니까."

그렇군. 시청자 대책의 일환이라는 건가.

인기라기보단 우리는 출연한 시간이 축적되어 있으니까. 자주 보는 익숙한 얼굴에 지나지 않는다. 키키리라나 조세큇보다 업계에 더 오래 몸을 담가왔으니까.

오히려 그녀들의 인기의 급상승세가 경이로울 정도인데…… 아니, 그게 아니지.

"알겠습니다. 그런 거라면."

나로서는 가족이 나오는 데다 앞으로 활성화하려는 분야의 이야기이기도 했다. 응원하고 싶었다.

다만 필요 없을 것 같기도 하지만.

윙 로드의 주역은 그들이었다.

그러니까, 오라비 말이다.

우리 리스톤 가문의 후계자 닐 리스톤의 인기를, 와그너스는 아직 모르고 있는 모양이었다.

아주 가끔 밖에 출연하지 않아서 별로 눈에 띄지는 않지만, 오라비의 인기는 무시무시할 정도였다. 첫 출연부터 지금까지 계속, 열광하는 팬들이 실시간으로 늘어나고 있었다. 한번 팬이 된 여자가 떠나지를 않는다. 어쩌면 우리보다 거물인 고객이 딸려 있을 가능성도 높았다.

그런 오라비가 본격적으로 매직비전 진입을 결정한 것이다.

나는 솔직히 앞날이 두려울 정도였다.

오라비의 인기가 천정부지로 올라간다면 대체 무슨 일이 벌어질까……. 우리가 예상조차 하지 못한 사건이 일어날지도 모른다.

이렇게 되면 어설픈 마음으로 오라비에게 '기'를 가르쳐주었던 리넷을 마냥 비난할 수 없게 된다.

만약 무슨 일이 생겼을 때 오라비가 자력으로 대처할 수 있어야 하니까.

"저도 할게요! 라고 말하고 싶지만, 스케줄이……."

레리아렛 역시 거절할 이유는 없었다.

스케줄 문제를 제외하면.

아무래도 몸이 하나니까. 두 촬영장에 동시에 참여할 수는 없었다.

나도 조정을 좀 해야 할 것 같네.

하지만 오라비의 일이니까 안 된다고 하지는 않겠지.

지금 왕도에 와 있는 리스톤 촬영반은 벤델리오가 책임자로 있었다. 눈치 빠른 그 녀석 성격상 반드시 협력하는 방향으로 움직여줄 것이다.

그보다, 만약 안 된다고 해도 내가 밀어붙일 것이다. 강제로라도.

이 격투 대회는 국제적인 규모다.

이 큰 무대에서 닐 리스톤을, 우리 리스톤 가문의 차기 당주를 선보일 기회였다. 협력하지 않는다는 선택지는 처음부터 없었다.

◆

"아, 물론 좋지."

역시나, 라고 해야 할까. 오라비의 일을 이야기하자 벤델리오는 두말없이 허락했다.

방과 후 오늘도 레리아렛과 함께 왕도 방송국에 와 있었다.

접수처에서 헤어진 뒤 각자의 스태프가 있는 방으로 향했다.

여기에 생긴 출장소…… 이른바 각 영지의 임시 방송국에서 영상을 만들거나 회의하고 있었다.

현재 리스톤, 실버, 그리고 왕도 3개의 방송국이 제휴하여 움직이고 있었기에 한곳에 모여 언제라도 협의할 수 있는 환경이 바로 이곳인 셈이었다.

앞으로는 또 형태도 바뀌어 나갈 것이다. 기본적으로 영상은 찍은 방송국의 소유니까. 만에 하나 극비 영상이 유출되기라도 하면 큰일이다. 외부인은 최대한 가까이 오지 못하게 하는 편이 좋았다.

하지만 이번 격투 대회와 관련된 영상은 모두 세 개의 방송국이 공유할 예정이었다.

비밀로 하고 싶은 영상이나 창고에 들어가야 하는 영상, 혹은 겉으로 드러나면 위험한 영상 등. 그런 것들이 유출될 염려가 없으니 이곳에 모일 수 있는 것이었다.

"그거, 왕도 촬영반의 미르코 여사한테 조금 들었어. 학생들이 타는 윙 로드 편대 비행 이야기. 이제 본격적으로 진행하려는 모양이구나."

아아, 그런가. 그럼 대화가 빠르겠네.

……근처에서 오늘 촬영 준비를 하면서 듣고 있던 스태프들은 떨떠름한 표정을 짓고 있었지만. 이 이상 일을 늘리려는 건 아니지, 제발 그러지 마, 라는 내적 비명이 들려오는 것 같았다.

하지만 어쩔 수 없다. 오라비 때문에라도 이것만은 뺄 수가 없었다.

"영상 구성에 대해서는 들었니?"

"네, 예전에 준 방송국에서 만든 '윙 로드를 꿈꾸며'라는 프로그램 있죠? 그런 느낌으로 가고 싶다고 하더라고요."

"아, 그거 말이지. 꽤 재미있는 형식이었지."

매일 조금씩 찍고 이어붙여서 한 편의 프로그램으로 만드는 형식이었다.

오라비 일행은 윙 로드 연습을 할 뿐이다. 내내 붙어서 촬영한다 해도 단선이 날아다니기만 하는 영상이 90% 이상은 된다.

물론 당사자들의 이야기를 듣는 시간은 거의 없을 것이다. 어디까지나 연습이 메인이니까.

요점은 거기서 볼거리만 이어붙이자는 이야기였다.

“그렇다면 우리가 할 건 특별히 없는 건가?”

“그렇죠. 촬영은 준 방송국이 할 거고 덤으로 제가 있었으면 좋겠다, 라는 이야기니까요. 저만 가면 충분할 거예요.”

“알았어. 그럼 앞으로의 스케줄을 좀 미룰게.”

응, 움직이는 건 나 혼자만으로도 충분하다.

단순히 말해 내 일이 더 늘어난다는 뜻이었지만, 이 일만큼은 하지 않을 수 없었다. 가족으로서 오라비가 처음 등장하는 모습을 장식해 주지 않을 수 없었다.

레리아렛도 허락을 받으면 도와준다고 했다.

뭐, 기대는 하지 말자. 지금은 어디나 다 바쁘니까.

◆

“이쪽은 격투 대회 본선 개회식에서 윙 로드 편대 비행을 선보일 팀입니다.”

먼저 오라비 일행 5명을 소개했다.

장소는 창고 거리 끝이다. 이 부근은 세드니 상회 소유의 부지라고 한다.

"닐 군!"

"닐 니이임!"

"우오오오오오오! 리스톤가의 왕자님 실물이다아아아아!"

그리고 부지의 아슬아슬한 경계선 밖에서 날아드는 새된 함성.

방과 후인 만큼 학생도 많았다.

그리고, 약간 굵직한 남자 목소리도 섞여 있다.

남자 목소리는 무슨 생각으로 지르는 거야? ……잘은 모르겠지만, 뭐 어쨌든 거의 전원이 오라비의 팬인 것만은 확실해 보였다.

이미 두 번 정도 '촬영할 거니까 목소리를 좀 줄여 달라'고 부탁했지만, 제대로 전달되지 않고 있었다.

준 방송국이고 학생들이 촬영하고 있어서 밀어붙이는 힘이 약한 걸지도 모른다.

그래서 이제 그냥 놔두기로 했다. 힘을 써서 강제로 배제할 수도 없고. 이 촬영에 한해서는 잡음을 만들고 싶지 않으니 그냥 참자.

목소리가 들어가도 상관없다. 이대로 촬영 속행이다.

"현역 학생만으로 구성되어 있으며, 이 나라에서는 최초의 윙 로드 편대 비행팀이 됩니다. 멤버는 닐 리스톤을 리더로 하여――."

이어서 다섯 명의 이름을 거론했다.

알투아르에서는 아직 윙 로드의 지명도가 낮았다.

다만 이웃 나라 반돌루즈에서 유행하고 있는 만큼 서서히 침투해 가고 있는 것만은 확실했다. 이번 격투 대회 개회식에서 선보여 단번에 저변을 늘려갈 생각인 거겠지.

참고로 팀은 초등학부 2명과 중등학부 3명으로 구성되어 있었다. 오라비와 한 살 위의 아이, 그리고 중등학부 학생 셋. 이 중 한 명은 여자였다.

오라비는 최연소였지만 귀인이라는 신분이기도 했고, 발안자이자 멤버를 모은 첫 번째 인물이었기에 리더가 된 것 같았다. 여러모로 준비한 것도 오라비였으니까.

경기용 단선 경험자가 오라비와 샬뿐이라 그 부분도 이유 중 하나가 됐을지도 모른다.

“그럼 한 사람씩 각오를 들어보겠습니다.”

전원에게서 간단한 한마디를 듣고 오늘 나의 차례는 끝이 났다.

남은 것은 연습 풍경 촬영이니까. 나는 없어도 된다.

“컷! 고마워!”

감독 와그너스에게서 컷 사인이 들어오자 주인공 다섯 명에게서 긴장이 탁 풀렸다.

어깨에 힘을 주고 어른처럼 진지한 얼굴을 하고 있던 멤버들이 그 나이에 맞는 얼굴이 되었다.

“역시 긴장되네.”

“촬영이란 건 이런 느낌이구나.”

아마도 첫 경험일 법한 촬영의 감상이 제각각 튀어나왔다.

“니아, 어때?”

의견을 구해 온 와그너스에게 “나쁘지 않은 것 같아요”라고 대답했다.

끼어드는 함성이 좀 거슬리긴 했지만 그 외에는 괜찮았다. 다섯 명 모두 대답도 제대로 했고, 소개 영상으로서는 합격점이 아닐까.

영상적으로 재미있을지 어떨지는 오히려 지금부터 어떻게 하느냐에 따라 달라질 것이다.

무엇을 촬영하고 어떻게 이어붙여 나갈 것인가. 어떤 방식으로 보여줄 것인가.

그야말로 감독의 실력을 보여줄 때였다.

"그럼 전 이만 실례할게요."

꽤 정신없었지만, 나에게는 다음 스케줄이 있었다.

그거다. 정장을 가지러 가는 선수들의 촬영이 있었다. 정장을 입은 근육들의 모습을 찍고, 이런저런 이야기를 나눌 예정이었다. 그 녀석들은 자꾸 보여주려 한단 말이지. 근육을.

"아, 벌써 가는 거야? 바쁘네."

"남 말할 상황은 아닌 것 같은데요?"

준 방송국도 이곳의 촬영이 끝나면 바로 패자부활전 촬영을 하러 가야 했다. 이제 곧 시작할 테니까.

"그러게, 시간적인 여유는 거의 없어. 통금 시간은 늘어났지만."

패자부활전은 밤까지 이어지니까.

"지금이라면 알겠나요?"

"응?"

"순간적인 의욕이 아니라 지속적인 의욕. 어깨에 힘을 빼고

긴 싸움에 대비해 주세요. 이 바쁜 일상은 앞으로도 계속될 테니까요."

"하하…… 그렇지. 그러는 게 좋겠네."

이번에야말로 마음에 와닿은 모양이다.

음, 지금 너무 열심히 하면 중간에 쓰러질지도 모른다. 나도 조심해야지.

"그럼 오라버니, 저는 이만 가볼게요."

"응, 니아도 촬영 힘내."

그래그래, 힘낼 거다.

◆

본선 출전 선수 인터뷰, 패자부활전, 그리고 윙 로드.

주된 촬영의 축은 이 세 가지였다.

현재, 찍은 영상은 바로 다음 날에 방송된다는 꽤 빠른 템포로 돌아가고 있었다.

윙 로드만큼은 추후 편집해 방송되지만, 그 대신 직접 촬영을 보러 오는 관람객이 늘고 있었다.

방과 후인 만큼 상당수의 학생이 보러 온다. 오라비의 인기 굉장하네. 아니, 오라비만의 인기는 아닌가.

오라비보다는 못하지만, 팀 전원의 외모가 꽤나 준수했다.

샬도 나쁘지 않았고, 팀의 홍일점인 여자도 이목구비가 또렷한 미소녀라고 해도 무방했다. 남자에게나 여자에게나 인기가 있을 것 같은 느낌이었다.

하나같이 얼굴을 보고 뽑은 것이 아닐까 하는 의심이 들 만큼 꽤나 외모가 괜찮았다. 다들 인기가 제법 있지 않을까.

——자, 그럼.

"오늘은 이 정도면 될까요?"

"음, 그렇지……."

와그너스는 생각에 잠긴 얼굴로 팔짱을 꼈다.

촬영은 매일 조금씩 진행된다.

오늘은 윙 로드 단선에 대해 간단히 소개했다. 아주 간단히. 관심 없는 사람에게는 깊은 이야기를 해 봤자 전해지지 않기 때문에 수박 겉핥기 수준이었다.

오라비 일행은 지금 미팅 중이었고, 그 사이에 그들이 탈 단선을 촬영했다. 그랬다, 경기용 단선은 의외로 작았다. 기체는 그렇게 작지 않은데, 탑승하는 곳이 작았다. 그래서 체중이 가볍고 작은 편이 속도가 나서 더 유리하다고 한다.

예전에 아이의 체구로 인해 단선을 타지 못했던 굴욕의 순간이 떠올랐다. 이거라면 탈 수 있을지도…… 아니, 이 정도도 아직은 힘들려나. 손도 발도 닿지 않을 것이다. 뭐 상관은 없지만. 목적지로 향하는 속도라면 지지 않으니까. 달리면 되니까.

"조금 더 많은 이야기를 들려줘도 좋을 것 같은데, 니아가 보기엔 어때?"

아, 너무 형식적이라 재미가 없다는 뜻인가.

물론 나도 그렇게 생각한다. 그저 딱딱하게 단선을 설명한 것에 지나지 않았다.

솔직히 말하면 설명서를 읽어준 정도의 느낌이었다. 재미는 없다.

"여기서 굳이 과장되게 꾸민 멘트는 필요 없을 것 같은데요."

그러나 어디까지나 주인공은 팀과 윙 로드로, 내가 눈에 띌 필요는 없었다.

그러니 일단 단선만 찍으면 된다고 생각하는데.

"그렇지? 나도 그렇게는 생각하는데, 모처럼 니아가 왔으니까……."

너무 기대해도 곤란한데.

"감독, 너무 무리한 소리하지 마."

"맞아. 안 그래도 바쁜 니아가 기껏 시간 내서 와준 건데."

거봐라, 스태프들도 이렇게 말하고 있잖아.

……하지만 뭐, 심정적으로는 동감한다.

왜냐하면 오늘 촬영은 내가 아니어도 상관없는 일이었으니까. 멘트만 치는 거라면 소리는 나중에 넣어도 그만인 거고. 굳이 내가 있을 의미는 없었다. 감독으로서 답답한 이유도 충분히 이해가 갔다.

그럼…… 아, 그래.

"그럼 일단 찍어볼까요?"

"응?"

"사용할 수 있는 영상이 될지는 모르겠지만, 조금 재미있을 법한 소재가 있어요."

"어? 지금 여기에?"

"네, 나중에 본인에게 확인하면 되니까 일단 찍죠."

"아, 알았어."

카메라가 작동하고, 다시 한번 촬영이 시작되었다.

"이쪽을 보세요."

나는 천천히 이동해 하나의 단선을 손으로 가리켰다.

"샬 고르 선수가 알투아르의 가게에서 발견하고, 오랜 시간을 들여 차근차근 수리한 경기용 단선입니다. 외장은 다른 것들과 맞췄지만, 내부는 상당히 다릅니다. 기동음이나 구동음이 다른 것과 다른 것도 이 한 척뿐입니다. 어떤 사연이 있어서 알투아르에 왔는지는 본인도 모른다고 하네요. 이번에 이웃 나라 반돌루즈에서는 프로 선수도 방문할 예정입니다. 어쩌면 그때 이 단선의 수수께끼가 밝혀질지도 모르겠네요. 도대체 어떤 기구한 운명을 거쳐 이 나라까지 오게 된 것일까요. 여러분과 마찬가지로 저도 그 진실이 풀리기를 기대하고 있습니다."

좋아, 이 정도면 되겠지.

와그너스가 신호를 보내고, 카메라가 멈췄다.

"그러고 보니 그런 일도 있었지."

샬의 단선에 대해서는 앞서 촬영한 '윙 로드를 꿈꾸며'에서도 나온 내용이었다. 준 방송국 사람들도 모두가 알고 있는 내용이다. 겸사겸사 그 방송을 본 시청자도.

"뭔가 재미있는 드라마가 있을지도 모르죠."

뭐, 분명 돈을 노린 누군가가 들여온 밀수품이겠지만.

하지만, 그래도 상관없다.

약간의 수수께끼가 있고, 그 수수께끼가 밝혀질지도 모른다.

그것만으로도 충분하다. 그것이 메인은 아니니까.

"확실히, 나중에 이야깃거리가 있을 수도 있겠네."

결과에 따라서는 창고행이 될 수도 있겠지만. 유출 루트가 위험한 쪽이라거나. 반돌루즈 공무원의 용돈벌이였다거나. 자칫 잘못하면 국제 문제로 번질 수도 있었다.

"이 이야기는 이후 더 큰 사건으로 이어지게 되었다……라는 일도 있을지 모르죠."

내가 말하자 와그너스가 웃었다.

"하하하. 그런 게 있으면 대특종감이겠네."

분명 와그너스와 스태프들도 같은 생각을 하고 있을 것이다.

아마 밀수품이겠지, 라고.

그래서 편하게 웃을 수 있었다. 대단한 수수께끼는 아닐 것이라고 생각했을 테니까.

그러나 실은 이 단선에는 모두가 놀랄 만한 큰 비밀이 숨어 있었는데……라는 이야기는, 없었다. 아니나 다를까, 없었다.

정말 사소한 수수께끼에 지나지 않았다.

◆

웡 로드 관련 촬영이 시작된 지 일주일이 지났다.

패자부활전도 반환점을 돌았다.

예선과 달리 천천히 진행되고 있었다. 이곳 왕도에서 시합을 치르고 있는 만큼 관객도 많이 들일 수 있다. 연일 대성황이었다.

패자 중에서도 조금씩 강한 녀석들이 눈에 띄기 시작하고, 딱 좋은 소문의 대상이 되기 시작했을 무렵.

"오랜만입니다, 니아 님."

오늘도 세드니 상회 소유의 창고에서 촬영 준비를 하고 있는데 뜻밖의 사람이 방문했다.

"아, 다론 씨, 오랜만이에요."

세드니 상회의 다론이다. 신사다운 초로의 사내였다.

아마 높은 확률로 상회의 간부가 아닐까 생각하지만, 자세히는 모른다. 자주 만나는 것도 아니고, 확인할 기회도 없었다.

직책을 물어 두는 편이 좋을까……. 뭐, 다음에 물어봐도 되겠지. 다음엔 또 언제 만날지도 모르고.

그는 두 명의 청년을 데려왔다.

나이는 20대 정도. 둘 다 외모가 좋아서인지 오라비 일행을 보러 왔던 관람객들이 당황하고 있었다. 저건 누구냐, 응원하고 싶다, 팬이 되고 싶다, 라면서.

"이분들은 반돌루즈에서 오신 윙 로드 선수입니다."

"아, 프로팀!"

온다고 했었지! ……어? 이 경기는 선수를 얼굴을 보고 뽑는 시합인가?

아니, 우연일지도 모른다. 설마 정말 얼굴만 보고 뽑진 않겠지.

"처음뵙겠습니다. 니아 리스톤입니다."

"에뮤 이란입니다."

"카이입니다. 반갑습니다."

아, 아니다. 카이 쪽은 청년이 아니다. 목소리가 여자다.

남장한 여자, 라고 할 정도로 투박한 느낌인 건 아니지만…… 음, 듣고 보니 여성으로 보인다.

이런 타입을 보면 극단 아이스 로즈의 루시다가 생각난다. 요즘에는 만나지 못했는데 잘 지내고 있으려나.

"오라버니! 이쪽으로 와주세요!"

단선 점검을 하고 있던 우리 오라비를 불렀다.

"이쪽 두 분은──."

그리고 반돌루즈에서 온 프로 두 명을 소개했다.

"환영합니다! 제가 이 팀의 대표인 닐 리스톤입니다!"

오오, 오라비가 좀 흥분했다. 동경하는 사람을 만난 것 같은 반응이네.

이들의 이야기를 들어보니 먼저 온 사람은 에뮤와 카이 둘뿐이라고 한다. 두 사람은 이른바 코치 역할로 와준 모양이었다. 본선 개회식까지 아직 3주나 남았으니 모두 오기에는 조금 이르다고 생각한 것이다.

그들의 팀은 2주 후, 본선 일주일 전에 와서 합류한다고 한다.

그렇구나, 하긴 그렇지. 제대로 지도해 줄 사람이 필요하겠지. 지금까지는 가져온 매뉴얼을 바탕으로 자력으로 배우고 있었던 모양이니까.

그에 관한 미팅을 간단히 마친 후 오라비가 이쪽을 힐끔 바라보았다.

“이미 들으셨겠지만, 연습 중에는 촬영이 진행될 예정입니다. 괜찮으실까요?”

조금 불안한 표정으로 묻는 오라비에게, 에뮤는 ‘물론 들었지’라며 웃는 얼굴로 응했다.

“우리도 우리 얼굴이나 윙 로드를 알리려고 온 거야. 이번 기회에 단선 경기를 널리 알리고 싶거든. 오히려 많이 찍어줬으면 싶을 정도야.”

즉, 서로 공통의 목적이 있는 셈이었다.

“그렇다면 다행입니다. 그럼 멤버를 소개하겠습니다.”

첫 만남은 원활하게 진행되었다.

이 정도면 문제없을 것 같다.

“다론 씨. 이번에도 세드니 상회의 전폭적인 지원에 감사드립니다.”

“주인님께 전해 두겠습니다. 저희야말로 큰 이득이 될 만한 거래를 해 주셔서 감사합니다.”

10억 크람을 번다는 계획과 격투 대회는 이들에게 모두 큰 돈벌이가 됐을 것이다.

이 기회에 재빨리 올라탄 세드니 상회는 막대한 이권을 쥐고 있을 터.

이제는 크게만 넘어지지 않는다면 대성공은 떼놓은 당상이었다.

실제로도 정말 신세를 많이 졌으니까. 부디 많이 벌어주기를.

참고로 샬의 단선에 얽힌 수수께끼에 대해 말하자면.

프로인 이들은 한눈에 보고 알아차렸다.

——어? 이거 사고로 바다에 빠졌다고 하는 초기형 아닌가?

——아, 이 부분의 형태가 초기형 그대로네. 알투아르까지 흘러들었구나.

……라는 것이었다.

작은 수수께끼의 진상이란 게 다 그런 거지.

뭐, 밀수품이 아니라는 것만으로도 다행인가.

이리하여 윙 로드 편대 비행 프로그램 1회가 방송되었다.

우리 오라비가 메인으로 나오는 첫 번째 프로그램이라고 할 수 있었다.

약 일주일 치 분량의 영상을 한 편의 프로그램으로 만들어서 윙 로드에 대해 차분히 설명해 나간다. 지금은 '이런 게 있구나' 정도만 알면 충분했기에 어려운 이야기는 하지 않았다.

본선 개회식에서 비행할 예정인 5명.

오라비를 비롯한 학생팀은 프로 편대 비행에 앞서 들러리 겸 사전 비행을 할 예정이었다.

연습 풍경이 흐르고, 미팅 풍경이 흐르고, 정비 풍경이 흐르고.

비가 와서 해산한 날도 있었다. 혼자서 매뉴얼을 읽거나 단선을 손보기도 한다. 저마다 자유롭게 움직이는 학생들의 모습이 담겼다.

그리고 방송 말미에 반돌루즈에서 온 에뮤, 카이 같은 코치가 합류하며 첫 방송이 종료되었다.

응, 제법 나쁘지 않다.

격투 대회 예선부터 패자부활전까지 꽤나 자극적인 영상이 이어지고 있어서 그런지 상당히 느긋한 분위기의 방송처럼 느껴졌다.

자극이 부족하다고 하면 부정할 수는 없지만, 이것이 평소의 매직비전이었다. 현재 격투 대회와 관련된 영상이 너무 격렬할 뿐이지.

예선이 끝나고 약 일주일이 지나고, 본선까지 3주가 남았다.

지난 일주일간 패자부활전의 절반이 끝났다. 참가 인원에 따라서는 최장 3주까지도 보고 있었다는데, 이대로 간다면 앞으로 일주일이면 끝날 것 같다고 했다.

그 패자부활전이 끝나면 본선까지는 2주가 남는다.

선수들의 인터뷰나 이벤트, 이른바 얼굴 알리기와 소개를 하고, 지난 시합의 재방송 등으로 이어가면서 본선을 맞이하게 된다.

그러니까 우리들 촬영팀이 바쁜 것도 패자부활전이 끝날 때까지였다.

게다가 마지막 일주일은 선수들도 자유 시간을 보내게 된다.

촬영이나 이벤트도 들어가지 않고, 국가의 간섭도 최대한 삼간다. 완전한 자유 시간이었다.

단련을 해도 되고 놀아도 된다. 물론 일을 해도 좋고 알투아르에서 벗어나는 것도 허용되었다. 뭐, 당연히 기한 내에 돌아오지 않으면 출전권은 사라지겠지만.

그 이후에 본선이 시작된다.

그때까지, 가능한 한 분위기를 띄우고 싶은데── 뭐, 걱정할 필요는 없겠지.

지금의 알투아르는 열광의 도가니.

여기서 더 과열되는 일은 있어도 그 반대는 없을 것이다. 어지간한 일이 없는 한.

이제부터는 알아서 기대하고, 알아서 달아오르고, 알아서 분위기를 띄워줄 것이 분명하다.

남은 것은 이 흐름에 찬물을 끼얹지 않게 주의하면서 추이를 지켜보는 것뿐이었다.

◆

"봤어?! 응, 봤어?! 봤지?!"

……주어가 없지만 무슨 이야기인지는 바로 알았다.
알았다, 근데.
"빠르지 않아?"
자고 있었는데. 지금. 완전히 푹.
아직 아침이라 하기에도 이른, 자는 기숙사생도 많은 시간이었다.
그런 이른 아침부터 레리아렛이 기숙사 방에 쳐들어왔다. 젠장, 문 잠가두는 걸 잊고 있었다.
아니, 잊고 있었다기보단 난 기본적으로 문을 잠그지 않았다. 늘 리노키스가 하던 일이니까.
애초에 전부터 나는 늘 습격이나 야습에 대비했었다.
그런 무리들은 문이나 창문을 잠그면 도리어 화려하게 부수고 들어온다. 습격 따위는 아무래도 상관없지만, 그 후의 수리나 수선이 골치 아프다. 분명 전에는 그랬을 것이다.
그래서 특별히 문단속하는 습관은 없었는데…… 오늘만큼은 완전히 예상이 빗나갔다.
"봤지?! 봤지?!"
"봤어봤어, 알았어, 알았으니까 좀 진정해."
쳐들어와서는 아침부터 마구 흔들어대는 레리아렛을 달래며, 한숨과 함께 침대에서 일어났다.
요즘 레리아렛은 연일 촬영 등으로 지쳐서 밤에는 바로 곯아떨어지는 모양이었다.

그래서 내 방에 오는 것은 아침의 일과가 되었다.

그건 상관없는데…… 난감하네. 좀 더 자고 싶었는데. 졸린데.

하지만 아이의 반짝이는 눈을, 기대에 찬 표정을 배신하는 짓은 나는 할 수 없었다. 우는 아기는 못 당한다는 말도 있지 않은가.

"어제 윙 로드 방송 말이지?"

"맞아, 그거! 닐 님이! 엄청나게 나오고! 엄청 느낌 좋은 그거!"

엄청 느낌 좋은 그거.

어린아이인데도 야무지기로 소문난 레리아렛임에도 불구하고, 어휘력이 떨어질 정도로 흥분했다.

분명 어젯밤부터 이런 느낌이었겠지.

좀처럼 잠이 오지 않고. 깊이 잠들지 못할 정도로 흥분해서, 드디어 아침이 되자마자 기다렸다는 듯이 이곳에 온 거겠지.

그 방송에 관해 이야기하려고.

"그래, 잘 나왔더라."

나는 매일 촬영장에 가고 있고, 오라비는 가족이었기에 특별히 그 이상의 감정은 없지만.

뭐, 그거다.

가고 싶어도 가지 못했던 레리아렛에게는 감성을 건드리는 영상이었다는 뜻이겠지.

어떻게 해도 스케줄을 뺄 수 없다면서 한탄했으니까. 반쯤 울상으로.

힐데트라도 '간다'고 약속은 했다는데 스케줄이 빠듯했다고 한다. 뭐, 나도 무리해서 시간을 낸 거니까 충분히 그럴 만도 했다.

"앞으로 두세 번 더 방송이 있을 거야."

본선까지 앞으로 3주.

그러는 동안에도 계속해서 매일 촬영이 진행된다.

어느 정도의 페이스로 진행되는지는 듣지 못했지만, 아마 일주일마다 모아서 나오지 않을까. 어젯밤이 내용이 일주일 치 편집분이었으니까.

"그렇지?! 1회 방송이라고 했었지?! 1회 방송이라는 건 2회 방송도 있다는 거겠지?! 닐 님이 또 나온다는 거네?!"

응, 그렇지, 나오겠지.

……레리아렛이나 팬들에 관한 일은 그렇다 쳐도, 오라비는 성공해 줬으면 좋겠다.

그들의 노력을 나는 매일 두 눈으로 보고 있으니까.

영상에는 나오지 않았던 재미없고 반복적인 노력의 시간을, 제대로 보고 있으니까.

그리고 윙 로드 2회 방송이 나가고.

패자부활전이 끝나고.

본선까지 이제 2주가 남았다.

드디어 격투 대회는 막바지에 접어들었다.

——"괴, 굉장한 소란입니다! 정말 굉장하네요! 마치 왕도의 전 국민이 모인 게 아닐까 싶을 정도로 엄청나게 혼잡합니다! 빌딩 위층에서 우아하게 내려다보고 있을 사람들이 얄밉게 느껴질 정도로 혼잡합니다!"

——"지금! 선두의 배가 항구로 들어옵니다! 드디어! 아쉽게 패했던 선수들이 본선 회장에 진입합니다! 복수의 봉화가 오를 것인가, 아니면 선택받은 승자들 앞에서 또다시 패할 것인가! 본선에 대한 기대가 점점 높아지고 있습니다!"

정말, 대단한 혼잡이다.

"우와…… 현장에 없어서 다행이다……."

전적으로 동감이다.

큰일을 마친 밤. 목욕도 저녁도 끝내고, 존재하지 않는 숙제에 감사하고, 남은 것은 잠을 자는 것뿐.

겨우 일이 진정된 상황에서, 오늘은 밤에 찾아온 레리아렛과 함께 매직비전을 시청했다.

일단, 이것도 일의 일부라고 볼 수 있었다.

오늘 촬영을 되돌아보는 것이기도 하니까.

그런 우리가 보고 있는 것은, 패자부활전을 통과한 자들의 패기 어린 모습. 훌륭하게 본선 출전 자격을 쟁취한 선수들이 본선 회장으로 진입하는 영상이었다.

호화로운 단선이 줄지어서 메인 스트리트를 천천히, 당당하게 나아갔다.

타고 있는 것은, 또 한 번 결전의 섬에 올라탄 패자들이다.

그 모습을 보기 위해 몰려든 사람들이 환호성을 지르며, 한번 떨어졌던 무인들을 배웅하는 광경은 그야말로 영웅의 출정 같은 느낌을 자아냈다.

그리고 그 광경을 사람들 속에 끼어 정신없는 와중에도 카메라에 담고, 환호성에 휩쓸리지 않기 위해 소리치고 있는 키키리라와 조세콧.

이제는 카메라 워크도 동선도 없는, 조잡하고 어지럽고 통일성도 없는 영상.

냉정한 눈으로 보면 영락없는 아마추어의 영상이었다.

하지만, 재미있다.

현장의 혼잡에 휩쓸리면서도 촬영한 영상은, 단순히 찍기만 한 영상과는 현장감이 달랐다. 흔들리면 흔들릴수록 현장의 공기가 더욱 생생하게 전해졌다.

마지막 한 대가 항구에 들어섰다.

거기서 한번 장면이 바뀌고, 이번에는 선수들이 비행선에 오르는 광경으로 바뀌었다.

레리아렛이 나왔다.

이제부터는 레리아렛과 실버 촬영반의 차례였다.

……뭐, 여기서부터는 특별히 볼 만한 장면은 없겠지.

"메인 스트리트가 북새통이었다고는 듣긴 했는데, 상상 이상이었어……."

맞은편에 있던 빨간 머리도 똑같은 생각을 했는지, 그렇게 말하며 나를 바라본다.

"그러게. 정말 힘들었겠네."

내가 한다는 것은 생각할 수도 없었다.

만약 내가 저 자리에 있었다면 나도 모르게 방해꾼들을 날려버렸을지도 모른다.

그보다, 우리였다면 조용하게 촬영할 수 있는 장소…… 그야말로 키키리라가 말했던 건물의 위층이나 옥상을 확보했을 것이다. 우아하게.

준 방송국의 허술한 진행, 허술한 준비, 그 두 가지 요소가 합쳐진 것이 바로 저 영상인 셈이다.

아니, 그렇게까지 말하는 건 좀 잔인한가.

아직 경험이 부족한 학생들이다. 촬영 기술이 늘긴 했지만 촬영 전 준비까지 완벽하게 해내는 건 어렵겠지.

……아니, 잠깐?

혹시, 일부러 찍은 영상인가?

와그너스는 일부러 장소를 지정하지 않고 현장 촬영을 선택한 건가? 일부러 그런 촬영을 선택한 건가? 그 대혼잡, 그 현장감을 촬영하기 위해. 각 스태프와 표면에 나서는 키키리라, 조세캇이 일을 해낼 거라고 믿고.

만약 후자라면 그의 성장은 눈부실 정도다. 결국 왕도 방송국에 소속될까. 리스톤 방송국에 스카우트…… 아니, 분명 본가가 왕도에 있다고 했었지. 하위 귀인 신분이라는 이야기도 언뜻 들은 것 같은데…… 스카우트는 무리인가.

뭐, 어쨌든.

"젊음은 좋네."

젊기에 가능한 무모함, 젊기에 가능한 만행이라는 것이다.

저런 무모한 짓은 나는 더는 할 수 없다.

영상과 관련한 실수는 영원히 남을 테니까. 이쪽 방면의 모험은 별로 하고 싶지 않았다.

"뭐? 무슨 말이야? 니아는 나랑 동갑이잖아?"

마정판에서는 비행선에 오르는 선수 한 명 한 명의 이름과 약력을 이야기하는, 저기 있는 빨간 머리 아이가 나오고 있었다.

참고로 비행선 안에서 간단히 인터뷰를 하고 다닌 것은 나.

본선 회장이 되는 부유섬에서 선수들을 맞이한 것은 힐데트라였다.

여기서부터의 흐름은 대략 알고 있었기에 굳이 봐 두고 싶은 장면은 없었다. 대충 훑어보는 것으로도 충분하다.

"니아, 누가 우승할 것 같아?"

"응? 우승?"

그러고 보니 레리아렛과 그런 이야기는 해 본 적이 없었나.

누구누구가 강할 것 같다거나, 선수의 정보 교환 등은 자주 하고 있었다. 아까 나온 그녀의 영상에서도 선수의 정보를 언급하고 있었으니까. 촬영 관계상 필요한 일이다.

하지만 그 이상의 이야기는 하지 않았다.

누가 우승할까, 라.

"레리아는 어떻게 생각해?"

"에스엘라 말로는 맨손부에서는 틀림없이 리노가 우승할 거래. 나도 그렇게 생각해."

과연, 그녀의 시녀는 그렇게 점치고 있나. 그녀도 꽤 강하지만, 출전은 하지 않았다. 뭐, 보통 시녀라면 나가지 않겠지.

리노라.

확실히 강력한 우승 후보이긴 하다.

딱히 리노키스가 지길 바라는 것은 아니지만, 너무 순탄한 것은 재미가 없다. 누구나 우승 후보라고 생각하고 있는 만큼, 오히려 대반전을 기대하게 된다.

"글쎄, 나는 간돌프가 올 것 같은데."

리노키스의 대항마로 가장 유력한 후보는, 역시 간돌프일 것이다.

"어? 선생님?"

그래, 레리아렛에게는 텐파류 도장의 선생님이지.

"내 입으로 이런 말 하기도 그렇지만, 선생님이 그렇게 강해?"

간돌프가 우승한다는 것은, 다시 말해 가까운 사람이 사실 엄청나게 강했다는 이야기가 된다. 가까운 만큼 믿기 어려운 면도 있을 것이다.

"강하지. 아주 강하고말고."

솔직히 말하자면 맨손부 선수 중에 간돌프의 방어를 뚫을 수 있는 사람이 있을까 싶을 정도였다.

'기'가 동반되지 않는 주먹질이나 발차기로는 아마 아무런 대미지를 입힐 수 없을 것이다. 그리고 당연하지만 그런 간돌프도 공격을 걸어온다. 체격이 체격인 만큼 당연히 공격력도 높다.

이런 이치를 생각해 보면, 아마 상대가 무기를 들고 있어도 마찬가지일 것이다. 설사 칼을 사용하더라도 치명상은 쉽게 입힐 수 없다. 어지간한 달인이 아니고서야.

조금 신경 쓰이는 것은 푸른 여우 수인 토하로우.

겉으로 보기엔 이 녀석 역시 간돌프의 방어는 뚫지 못할 것 같았다. 하지만 용성회에서 온 용사 후보다. 아마 그에 상응하는 비장의 카드를 가지고 있겠지.

그리고 조금 응원하고 싶어진 것은, 음속의 지온.

패자부활전을 통과한 늑대 수인. 이제 승패는 제쳐두고, 간돌프와의 재전을 많은 사람이 기대하고 있을 것이다. 카메라를 향한 그 표정은 각오를 다진 무인의 얼굴이었다. 분명 아낌없이 전력을 쏟아붓겠지. 재전이 이루어진다면 볼만하지 않을까.

"흠…… 선생님이 우승이라. 뭔가 상상이 안 되네."

일단 제자지? 클럽에서 사제지간이지? 우승을 믿든 말든 응원

정도는 해도 되지 않을까. ……잠깐? 응원은 하고 있는 거지?

“레리아는 누구를 응원해?”

“역시 리노지! 우리 방송에도 나와줬고!”

아아, 불쌍한 간돌프.

스승이란 제자에게 약한 모습을 보이고 싶지 않은 법이다. 당연히 무조건 응원받고 싶고, 신뢰받고 싶었다. 그리고 존경도 받고 싶었다.

전해지지 않는구나……. 스승을 응원하라고. 제자의 의무라고 해도 과언이 아니란 말이다.

“무기부는 어때?”

“리노 만한 우승 후보는 없는 것 같아. 네 시녀는 뭐라고 해?”

“리넷 블란. 닐 님의 시녀가 이길 것 같대.”

아, 리넷 말인가.

그 녀석의 시합은 수수한 편이지만, 상당히 착실한 전략을 구사하여 이겨나갔다. 눈에 띄는 볼거리는 없지만, 아는 사람이 본다면 모든 요소가 수준급이라는 것을 알 수 있을 것이다.

왜 시합이 수수한가 하면, 늘 자신의 페이스로 싸우고 있기 때문이다.

상대의 페이스에 말려들지 않고, 무너지지도 않는다.

큰 기술, 이른바 필살기 같은 화려한 기술을 쓰지 않아도, 기본에 충실하기만 하면 이길 수 있었다. 기본만으로 이길 수 있다는 것은 격투가의 이상이기도 했다. 기본이야말로 가장 많이 단련하고 있는 것이니까. 눈에 띄지는 않지만.

"신경 쓰이는 사람은 여섯 명 있어."

"여섯 명이나?"

손가락을 접으며 이름을 열거했다.

"리넷, 안젤, 프리즈. 이 세 명 중 한 명이 우승할 것 같아. 개인적으로 신경 쓰이는 건 검귀 아스마. 실력을 가늠하기 어려운 건 사우전 플라민과 레스트라. 이 사람들은 확실히 상위권에 들어갈 것 같아."

사우전도 용성회의 용사 후보다.

그 녀석도 리넷과 같은 타입으로, 높은 레벨의 검술을 구사해 착실하게 승리해 나갔다.

레스트라는…… 타이밍이 안 좋았던 것인지 그녀의 시합만 보지 못했다. 특집으로 다뤄지지 않은 것을 보면 그녀 역시 착실한 방법으로 승리했겠지.

개인적으로 신경 쓰이는 것은 검귀 아스마 히노키.

예선에서는 아무 위험 없이 여유롭게 통과했다. 하지만 녀석의 실력은 현 단계가 아니라 접전을 통해 가늠해야 했다. 그 녀석은 실력이 팽팽한 상대와 붙는다면 반드시 성장할 것이다. 내 상상을 뛰어넘을 정도로 성장한다면 우승 후보로 올라설 수도 있었다. 지금으로서는 가장 승산이 없지만. 성장 가능성을 포함한 주목주였다.

"흐음……."

납득한 것인지 아닌지, 레리아렛의 반응은 시큰둥했다.

"저기 있지."

아니, 그렇지도 않은가?

"니아랑 안젤은 아는 사이야?"

"어? 아니, 인터뷰만 잠깐 했는데."

이 질문에는 좀 철렁했다.

안젤은 뒷세계의 주민이다. 보통 사람이라면 알게 될 기회 따위는 없었고, 나와 관련이 있다고는 생각하지 않을 것이다. 그 녀석도 사람들 앞에서는 내 이름을 부르지 않았다. 지난번 그 노인과 실랑이를 벌였을 때도 미묘하게 관계를 알기 힘든 발언을 했었다.

뭐, 나는 그 술집에 다녔던 과거가 있으니 아는 자는 알고 있겠지만. 하지만 레리아렛에게 이야기한 적은 없었다.

"그렇구나. 있지, 리클 언니 말인데."

리클, 이라면 실버가의 둘째 딸 리클비타 말이지. 화가인.

"보니까 안젤한테 관심이 있는 것 같아."

"관심이 있다니?"

어디에? 매일 어떻게 세팅하는지도 모르겠는 그 안젤의 머리 모양에? 그거 어떻게 세팅하고 있는 걸까? 옆이랑 뒤는 밀었고…… 어떻게 한 걸까.

"응…… 뭔가, 사랑을 하는 느낌이랄까……."

사랑?

……사랑이구나.

그래. 안젤도 리클비타도 20대고, 리클비타도 언제 결혼해도 이상하지 않을 나이이긴 하다. 실제 나이보다 젊어 보이고 은둔형 외톨이였지만, 결혼 적령기였다.

결혼 적령기인 남자와 여자가 관심이 있다고 하면, 역시 이성에 관한 화제겠지. 누구야, 머리에 관심이 있다느니 눈치 없는 소릴 한 녀석은. 나구나……. 하지만 그 헤어스타일도 역시 궁금하긴 한데.

"본인이 그렇게 말했어?"

"아니, 그런 건 아니야. 하지만 안젤만 엄청나게 잔뜩 스케치하고 있길래, 그런 건가 싶어서."

아아, 그건 확실히 관심이 있다는 느낌이네.

……솔직히 응원할 수는 없었다. 사는 세상이 완전히 다르고, 성격적으로도 맞지 않을 것 같고.

"듣고 보니 안젤은 멋있잖아. 뭔가 위험한 매력이 있다고 할까? 분위기가 세련됐다고 할까?"

뭐, 하지만.

"격투 대회가 끝나고 나면 아무 접점도 없어질 테고, 지금뿐이잖아? 그냥 놔둬."

"그렇지. 에스엘라도 그 사람은 안 된다고 그랬고. 무리겠지?"

응, 안 된다.

한쪽은 5계급 실버가 둘째 딸이자 인기 화가.

한쪽은 출신 불명의 뒷세계 인간, 여죄 포함.

아무리 신분차의 벽이 낮아진 현대라고 해도 역시 어려울 것이다. 두 사람의 마음이 일치한다면 모를까, 아직 그런 단계도 아닐 것이고.

"……그래도, 그 리클 언니에게 좋아하는 사람이 생겼다고 생각하면…… 응원하고 싶어."

"알아."

그 리클비타의 연애라니, 응원하고 싶은 마음밖에 없었다. 제자가 스승을 응원하는 것이 당연하듯, 그녀도 무심코 응원하고 싶어진다.

그렇다 해도 안젤은…….

하필 많고 많은 녀석 중 그 녀석이라니. 그 녀석만은 불가능하다. 간돌프라면 그나마 가능성이 있다고 생각했을 텐데.

……그 리클비타가, 사랑이라.

아이의 등에 숨을 정도로 겁이 많은 그녀가, 연애라.

"그녀도 그런 것에 흥미를 가질 나이가 됐구나."

"아니, 언니는 이미 스무 살은 넘었어. 우리보다 배 이상은 살았는데? ……하지만 묘하게 그렇게 말하고 싶은 기분은 알 것 같아."

왠지 감상에 젖고 말았다.

——자.

내일 있을 파티가 끝나면 촬영은 일단락된다. 오늘 밤은 일찍 자자.

◆

패자부활전이 끝나고, 일주일에 걸쳐 부활하는 선수의 얼굴 알리기와 인터뷰 등을 진행했다.

열광하는 관객들의 배웅을 받으며 회장이 있는 섬으로.

마지막으로 정장 차림의 선수들과 패자부활전에서 올라온 정장 차림이 아닌 선수들을 모아 한데 찍고, 기사단장 월커스의 정식 일정 발표가 진행되었다.

본선은 일주일 뒤.

참가 인원은 300명 전후.

차분히 한 시합씩 소화해 나가며 7일부터 총 9일 동안 결승전까지 치르고 나서 폐회식을 한다. 시합 진행과 소화 속도에 따라 기한 내에 끝내지 못할 가능성도 있었기에 하루나 이틀의 예비일이 있다고 한다.

선수 인원이 적은 맨손부도 무기부와 병행하여 진행된다. 그래서 두 부문의 결승은 같은 날 소화하게 된다.

룰은 대체로 예선과 동일하다. 명확한 차이라면 심판이 3명 들어간다는 점이었다.

예선에서도 그랬지만 패배를 쉽게 인정하지 않는 선수가 있다. 중상을 입거나 지나치게 소극적인 싸움으로 인해 시합을 이어갈 수 없는 경우, 이 심판 3명 전원에게서 '이 이상의 시합 속행은 무리다'라고 판단되면 강제 종료된다고 한다.

요컨대 레퍼리 스톱 같은 것이다. 있어도 괜찮은 규칙이라고 생각한다.

최대한 사망자는 내고 싶지 않다는 운영 측의 의도가 느껴졌다.

뭐, 무인이라면 스러지는 모습도 볼 만하겠지만 말이다. 물론 스스로 깔끔하게 패배를 인정하는 모습도 나쁘지는 않지만.

그리고 마지막으로 도박 이야기를 언급했다.

공영으로 개최되며, 베팅한 선수는 우승부터 상위 입상까지 배당금이 나온다고 한다. 연속되거나 입상순 등의 까다로운 규정은 없었다.

또한 개인 도박이나 불법 도박은 국가가 보장하지 않는다. 자기 책임이니 조심해라, 라는 것도.

분명 뒷세계 녀석들이 요란하게 일을 벌이고 있겠지.

월커스의 설명이 끝나고 입식 파티가 시작되었다.

본선이 열리는 것은 일주일 뒤.

그리고 촬영이 들어가는 것은 이 파티까지다. 이후로는 선수 촬영은 없었다.

패자부활전에서 올라온 선수가 가세하며 이로써 본선 출전 선수가 모두 갖춰졌다.

앞으로 일주일간은 아무도 방해하지 않는다. 선수들은 컨디션 관리나 단련, 혹은 휴식에 사용할 수 있는 자유로운 시간이었다.

호화로운 식사와 연주.

술도 많았다.

약 300명의 선수는 표면상으로는 얌전하게, 화기애애하게 담소를 나누고 있었다.

——잔인한 안배였다.

승자인 정장 차림의 선수와 패자부활전에서 올라온 사복 차림의 선수.

승자와 패자가 한눈에 드러나는 이 파티의 구도는 일부러 선수 간의 관계를 시각화하거나 새롭게 만들기 위한 구도였다.

정장 차림의 승자들 사이에 섞여, 이 구도의 의미를 알아차리고 노려보는 패자.

그리고 어딘가 여유로움이 느껴지는 승자.

아무리 잘 꾸민다 해도 그 대비는 뚜렷했다. 싫어도 의식하게 되고, 깨닫게 된다.

곳곳에서 묘하게, 피부를 찌르는 것 같은 긴장감이 생겨나기 시작했다. 화기애애하게 지내지 못하는 자들이 어두운 감정을 뱃속에 품기 시작했다.

이런 파티가 온화하게 끝날 리가 없다.

국왕 녀석, 진짜 철저하게 할 생각이구나. 정말 감탄이 나왔다.

"갈까요?"

서서히 자라나는 긴장감과 긴박감에 살기 어린 분위기.

그 압박에 짓눌린 우리 리스톤 촬영반을 이끌고 나는 걸어가기 시작했다.

자, 인터뷰다.

쿡쿡 찔러주마. 그 부풀어 오르는 검은 감정을.

예의 따위는 차리지 못하는, 투쟁심으로 가득 찬 너희들의 본성을 드러내보라고.

◆

"니아. 니아는 말이야. 그런, 뭐랄까, ……안 좋다고 생각해."

알고 있다, 안 좋다는 건.

그래도 좀 봐줘.

"나는 이 대회를 성공시키고 싶어. 그걸 위해 노력해 왔으니까. 그러니까 마지막까지 대충 넘어가지 않기로 정했어. 필요한 일이라면 뭐든지 할 거야."

"마음은 이해하지만……."

앞으로의 예정, 기사단장 윌커스의 설명, 그리고 그 입식 파티.

그날 밤에 방송된 그것을, 내 기숙사 방에서 레리아렛과 함께 보고 있었다.

——그리고 정말 대단한 그림이 나왔다.

그 파티장에는 레리아렛과 힐데트라도 있었지만, 적극적으로 촬영한 것은 리스톤 촬영반뿐이었다.

분위기가 최악이었기 때문이다.

처음엔 화기애애했지만, 시간이 지나면서 점차 조용해졌다. 음악대가 연주하는 잔잔한 음악조차 공허하게 느껴질 정도로 악감정이 만연했다. 사람의 감정이 만드는 분노가 눈에 보이지 않을까 싶을 정도로.

여기저기서 서로 노려보기 시작하고, 말없이 멱살잡이하는 사람도 나왔다. 어째서인지 운영진은 움직이지 않았고, 말리는 사람은 선수들이 되고, 하지만 그것은 그것대로 마음에 들지 않는지 노려보는 상대가 점점 늘어나고. 작은 목소리로 불만이나 악담을 내뱉는 자들도 나타났다.

그건 그거대로 무섭고 아슬아슬한 분위기였다.

그 자리에서 난투극이 벌어지지 않은 것은 그저 규칙이 머릿속에 박혀 있었기 때문이겠지.

실랑이나 사투를 벌이면 이유 여하를 막론하고 실격 처리가 된다.

실제로 예선에서는 몇 명 실격한 모양이니까. 여기까지 와서 이런 곳에서 본선 출전 권리를 박탈당하고 싶진 않다. 그런 마음이 굳게 쥔 주먹을 움직이지 않게 억누르고 있었다.

그리고 우리 리스톤 촬영반은 그런 파티장을 종횡무진 누볐다.

싸우려 하는 자들 사이로 들어가서 '어느 쪽이 강할까요?'라며 웃는 얼굴로 부추기거나, '체격 차이가 좀 나네요. 이쪽이 더 유리할까요?'라며 찔러보기도 하고.

그런, 눈치가 없어도 너무 없는 행동을, 벌였다.

별로 반응하지는 않았지만, 확실히 미동은 있었다. 관자놀이의 혈관이 꿈틀거리고 있었고. 당장이라도 '죽여버리겠어, 이 망할 꼬맹이', '그 시끄러운 입 좀 닥쳐'라는 말을 꺼낼 것 같은 얼굴이었다. 좋아, 좋아. 이왕 하는 거 달려들어도 상관은 없다. 나는 피할 거니까. 실격은 안 됐을 것이다.

——뭐, 프로들뿐이니까.

조금 찔러보기도 했고, 정말 분노를 참지 못한 사람도 있었을 거라 생각하지만, 모두가 거친 일 방면의 프로였다.

싸워야 할 장소, 싸워야 할 타이밍, 싸워야 할 상대를 제대로 알고 있다. 그래서 난투극이 벌어지지 않았다. 물론 싸움을 벌였다가 실격당하고 싶지 않다는 이유도 다분히 있었겠지만.

"그래도 분위기가 달아올랐잖아?"

"……방법은 안 좋았다고 생각하지만. 눈을 피하고 싶은데, 그래도 눈을 뗄 수 없다는 건 확실해."

점점 비난의 목소리, 말리는 목소리, 야유 등이 눈에 띄게 늘어났다.

그래, 오늘 내 행동으로 선수들 사이에서 악연 같은 것이 생겨났다. 혹은 존재하던 악연이 더 커졌다고 해야 할까.

특히 패자부활전의 출전자들.

사실 그들 모두의 인기가 급상승하고 있었다.

힐데트라의 추측으로는 왕도에서 패자부활전을 열었으니, 그것을 직접 본 관객들이 팬이 된 것이 아니냐는 것이었다.

한번 진 선수가 이번에야말로 본선에 진출한다.

잡초 근성이라고 해야 할까, 진흙탕 속에서 기어 올라가는 그 모습에 매료된 것이다.

눈앞에서 피를 흘리며 투쟁한 자가 있다. 그 빛을 봤다면 응원하고 싶은 마음이 생기는 것도 당연했다.

한쪽은 승자, 한쪽은 패자.

영상 속에서 서로를 노려보거나 투쟁하는 이들의 모습은 본선에 대한 기대를 한껏 부추겼을 것이다.

뭐, 어쨌든 파티의 분위기는 정말 뜨거웠다.

일촉즉발로 끝난 것이 신기할 정도로.

……하지만, 가장 대단한 것은.

그 상황에서도 먹고 마시는데 열중한 사람, 조금 떨어진 곳에서 히죽거리며 상황을 지켜보는 사람, 소란에 참여하지 않고 빈틈없이 주위를 경계하는 사람. 눈총을 받아도 계속 무시하는 사람, 마음이 맞는 사람끼리 담소가 끊이질 않는 사람, 이때라는 듯이 근육을 자랑하기 위해 카메라를 따라다니는 사람.

자신의 페이스를 유지하는 녀석들은, 역시 실력이 한 수 위라고 생각한다.

"좋네, 살벌하니."

영상 너머에서도 심상치 않은 현장의 분위기가 전해졌다.

이만한 격투가가 모이면 당연히 이렇게 된다는 것을 보여주는 표본 같았다. 어차피 내가 찌르지 않았어도 시간이 지나면 이렇게 됐을 것이다.

격투가는 대체로 '내가 제일 강하다', '내가 강하다는 걸 증명하고 싶다'라고 생각하는 법이니까.

그렇게 생각하는 사람들끼리 만나면 당연히 힘겨루기를 하고 싶어지는 것도 당연했다.

"니아……."

레리아렛이 어이없다는 얼굴을 하고 있지만, 상관없다.

이것이 맞는 것이다.

쓸데없이 격투가를 신성시했다가는 배신당한다. 격투가의 근성 따위는 싸움을 자랑하는 아이들과 별반 다를 바가 없다. 누가 강한지, 상대는 자신보다 강한지 아닌지가 궁금할 뿐인 존재다. 딱 그 정도였다.

"아, 여기."

그렇게 분위기가 살벌해지고, 가끔 거친 말이 오가기 시작할 무렵.

영상 속에서 무언가를 발견한 레리아렛이 마정판 끝을 가리켰다.

"……어? 지금 그거 뭐야?"

내가 신나게 선수들의 자존감이나 열등감을 자극하고 있는 뒤편에서, 무슨 일이 있었던 모양이다.

손가락이 향한 곳으로 의식을 돌리자, 순간적으로 비쳤다가 카메라 밖으로 사라진 것은…… 안젤인가? 누구를 안고 있네.

"리클 언니?"
뭐? 리클비타라고?
"안젤이 확실히 빨간 머리의 여자를 안고 있긴 했지만……."
정말 한순간밖에 보이지 않았다.
처음부터 주시했다면 알 수 있었을지도 모르지만.
"……어?! 어쩌지?! 어떻게 해, 니아?! 리클 언니에게 봄이 왔나봐! 사랑이 시작됐나봐!"
기뻐 보이는구나, 레리아렛.
언니의 일이라 그런 것일까, 아니면 연애사가 신경 쓰일 나이라 그런 것일까.
음…… 아마 리클비타가 쓰러져서 잠시 돌봐줬다거나, 뭐 그런 거라고 생각하지만…….
그 리클비타가 연애라…… 왠지 상상이 안 가네.

"잘 자, 니아."
슬슬 적당한 시간이 되고, 레리아렛은 방을 나갔다.
남는 것은 나와 흘러나오는 매직비전뿐.
"후우."
한숨이 새어 나왔다.
살벌했던 파티 영상은 끝나고, 다시 앞으로의 일을 설명하는 기사단장의 모습이 담겼다.
어찌저찌 일단락됐구나.

예정대로 대회와 관련한 촬영은 일단 종료되었다. 완전히 없는 것은 아니지만 본선까지 일주일 동안은 스케줄이 비교적 느슨했다.

이제부터 일주일 동안 그동안 찍은 시합의 재방송과 인터뷰로 꾸준히 선수들의 얼굴을 알려나간다.

길었던 격투 대회도 드디어 끝이 다가오고 있었다.

지금까지도 이상할 정도의 열기를 보이는 알투아르였지만, 앞으로 하루하루가 지날 때마다 그 열기는 더욱 강해질 것이다.

그리고 이 열기가, 열정이, 도박으로 향하겠지.

기다리고 기다리던 본선을 향한 기대, 응원하고 싶은 마음, 고조되는 감정…… 이 모든 것이 도박으로 향한다. 물론 모처럼이니까 기념 삼아, 이런 기분으로 베팅하는 사람도 있을 것이다.

맨손부는 무조건 리노, 같은 분위기는 있었지만, 그렇게 되면 배당금은 상당히 낮아지지 않을까. 어떻게 해도 판돈의 주인, 즉 나라가 돈을 벌게 될 테니까.

도박꾼들이 달아오르는 것은 무기부였다.

이쪽은 나도 읽을 수 없기 때문에 결과가 기대됐다.

"잘까."

리노키스는 없지만, 약속했으니까. 가능한 한 규칙적인 생활을 해야겠지. 단순히 졸리기도 하고.

마정판을 끄고, 등불을 끄고, 침대에 들어갔다.

조금만 더.

이제 본선만 치르고 나면 1년 이상을 매달려 왔던 격투 대회는 무사히 종료된다. 빽빽했던 촬영 스케줄도 겨우 안정될 것이다. 벤델리오에 대한 살의를 품을 일도 없어진다.

마음에 걸리는 것은, 오라비의 윙 로드 정도일까.

아니, 괜찮으려나.

오라비는 할 때는 하는 아이다. 그 나이에 '기'를 파악했을 정도의 신동, 틀림없이 잘해낼 것이다.

자, 마지막으로 한 번 더 힘내 보자.

◆

조용했다.

그동안 이런저런 이유로 카메라 앞에 서야 했던 선수들은 긴장으로 제대로 말을 못하거나, 다가오는 본선에 대한 초조함으로 불안한 날들을 보냈다.

그러나 기사단장의 설명대로였다.

본선이 일주일 남았을 때, 주최 측의 개입은 사라졌다. 촬영도 들어가지 않았고, 스태프 이외의 외부인도 섬에 오지 않았다.

그동안의 바쁜 날들이 거짓말이었던 것처럼 자유로운 시간을 얻었다.

패자부활전을 통과한 십여 명을 포함해 선수들은 각자 원하는 대로 시간을 보냈다.

조용히, 왕도와 같은 소란은 없이 그저 묵묵히 자기 단련에 땀을 흘리는 자가 대부분. 그 외에는 휴식 중이겠지.

이 일주일이 얼마나 중요한지 다들 잘 알고 있었다.

예선에 있던 '져도 어쩔 수 없다'라고 생각하는 아마추어는 더는 한 명도 없다.

모두가 본직은 다르지만, 싸움을 생업으로 삼고 있는 자들이었다.

모험이란 시작하기 전의 준비에서 결정된다――라는 모험가의 격언도 있다. 그것은 '투쟁이란'으로 바꿔 말해도 마찬가지다.

들뜬 마음으로 있을 수 있는 것은 그 파티 때까지.

그 후로는 모두가 이기기 위한 행동을 개시했다. 한눈을 팔 틈도 없고, 악연이 있는 상대도 보지 않았다. 오로지 자신과 마주하고, 자신을 갈고닦고, 베스트 컨디션을 유지한다. 그것을 위해서만 시간을 소비하는 것이다.

"역시 다르네."

조용한 부유섬을, 리노키스는 달리고 있었다.

'기'을 두르고, 계속 달렸다.

경치와 함께 스쳐가는 선수들을…… 한때 자신이 동경했던 모험가들을 떠올렸다.

예선이나 그 파티 때까지는 여러 시선이 자신에게 향했다. 뒷담화를 듣기도 했고 노골적으로 시비를 거는 일도 부지기수였다. 화려한 괴롭힘은 아니었지만 누군가가 퍼뜨린 나쁜 소문은 상당수에 달했다.

우승 후보 필두.

이 타이틀 때문에 꽤나 시기를 샀기 때문이다.

하지만.

이제 아무도 들떠 있지 않았다.

이 중요한 일주일을 의미 있게 보내야 했기에, 아무도 리노키스를 신경 쓰지 않았다. 그럴 틈이 없다는 듯이.

역시 다르다.

태도 전환에 능숙하다. 그 냉정한 판단력이야말로 프로라는 증명이었다.

――여기서는, 리노키스의 판단이 안이했다.

모두가 은근슬쩍 자신을 주목하고 있는 것을 깨닫지 못했다.

특히 맨손부 사람들은 보고 있었다.

우승 후보 필두의 정보를 모으기 위해, 자신이 이길 기회를 찾기 위해.

실력으로 이길 수 없다면 이길 수 있도록 준비한다.

그것이 바로 프로 의식이었다.

"……후우."

자신의 방이 있는 숙소 앞까지 돌아왔다.

땀이 멈추질 않는다. 몸이 무겁다. 여기서 더 달리면 다칠 것 같았다.

육체의 피로가 아니라, '기'를 지나치게 사용한 탓이다.

다루는 것은 상당히 안정되었지만, 아직 부족했다. 일주일 정도로 어떻게 될 것 같지 않지만, 그래도 노력은 해야 했다.

그리고 땀에 강한 화장품이라 다행이다. 가격이 비싸긴 했지만, 품질은 나무랄 데 없었다.

"열 바퀴."

갑자기 등 뒤에서 들려온 목소리에 심장이 철렁했다.

뒤를 돌아보니 멀쩡한 얼굴을 한 푸른 여우 귀를 가진 수인이 서 있었다.

토하로우다.

"겨우 열 바퀴인데, 그렇게 땀을 흘려?"

열 바퀴는 리노키스가 달린 거리. 섬을 달린 횟수였다.

거리는 딱히 정하지 않았고 한계까지 달리면 끝낼 생각이었다. 저녁에 한 번 더 달릴 예정이라 이후에는 방에서 쉬려고 했다.

"……설마, 내내 같이 있었던 거야?"

"응, 뒤에서 달렸어. 뭐, 기척은 지웠지만 말이야. 눈치채지 못했어?"

눈치채지 못했다.

수인 특유의 뛰어난 신체 능력뿐만이 아니다. 거기에 안주하지 않고 꾸준히 오랜 시간 자신을 단련시켜 왔을 것이다. 바닥을 알 수 없는 강함이 느껴졌다.

리노키스의 동요 따위는 아랑곳하지 않고, 토하로우는 눈동자를 빤히 들여다보았다.

"……넌 그렇게 강해? 그렇게 강해 보이지는 않는데. 하지만 예선에서 보였던 움직임은 나만큼 빨랐어."

어반과의 시합을 말하는 거겠지.

그거 말고는 리노키스가 기합을 줬던 시합은 없으니까.

"좀 싸워봐도 될까?"

그것은 '대련하지 않을래?'라는 권유였다.

지금까지 몇 번이고 반복해서 대련 권유를 받았다. 싸움은 안 되지만 대련이라면 괜찮잖아, 라는 판단하에. 정말 지긋지긋할 정도로.

"안 돼. 싫어. 거절할게."

리노키스는 즉각 거절했다.

"어? 거절하는 거야?"

"당연하지. 그걸로 실격되면 꼴이 우스워지니까."

이 대회는 그에 관한 분쟁이나 싸움에는 상당히 엄격했다. 타국 국적자가 많은 만큼 자칫 국제 문제로 번질 수 있었기 때문이다. 운영 측 입장에서 그것만은 반드시 피하고 싶을 것이다.

실제로 지금도 스태프가 눈을 번뜩이고 있다. 싸울 거냐? 실격시킨다? 라는 눈으로.

"흐음. 뭐, 됐어. 즐거움은 시합까지 아껴둘게."

"나랑 붙을 거라 생각해?"

"생각하는데? 난 결승까지 갈 거거든. 어딘가에서 붙겠지."

"나 외에도 너보다 강한 선수가 있는데?"

"어? 누군데?"

어리둥절한 얼굴로, 진심으로 모르겠다는 얼굴을 한 토하로우에게 리노키스는 쏘아붙이려고 했지만.

결국 말하지 않았다.

정보를 흘려봤자 아무 메리트가 없으니까.

"그보다 너한테도 질 생각은 없는데?"

"그렇게 되면 좋겠네."

솔직히 누가 더 강한지는 상관없다.

리노키스의 바람은 니아의 수제자로서, 니아 앞에서 지고 싶지 않다는 것. 그뿐이었다.

물론 토하로우도 경계 대상이었지만.

리노키스의 가장 큰 우려는 녀석이었다.

——간돌프.

맨손부에는 그 남자가 있었다.

서로 어느 정도 속내를 알고 있고, 마찬가지로 '기'도 알고 있다. 웬만한 실력도 알고 있다.

그리고 동문이라고 해도 좋을 상대.

그가 가장 성가셨다. 설사 토하로우에게 지는 한이 있더라도 간돌프에게만은 질 수 없었다.

니아의 수제자로서 절대로 질 수 없었다.

그런 두 번째 제자인지 뭔지도 알 수 없는 녀석에게 진다면 수제자라는 이름에 먹칠을 하게 된다. 우승 후보 필두라는 직함 따위보다 이쪽이 훨씬 더 중요했다.

간돌프도, 달리기를 하는 와중 우연히 봤다.

녀석은 오로지 정권 지르기를 반복하고 있었다. 형(型)이긴 하지만 실전을 상정한 움직임은 아직 맞부딪힌 것도 아닌데 어마어마한 무게감이 느껴졌다.

진심으로 '위험하다'고 생각했다. 상상 이상으로 완성되었다고 생각했다.

녀석의 방어를 뚫을 수 있을까?

그 이미지가, 떠오르지 않았다.

이미 처음 만났을 때와는 완전히 달라졌다. 어떻게 달려들든 막히는 그림밖에 나오지 않았다.

"너도 본인 단련을 하는 게 좋지 않겠어?"

그 말만을 남기고 리노키스는 방으로 들어갔다.

남의 일에 신경 쓸 여유 따위는 없었다.

리노키스를 시작으로, 니아의 제자들도 제각각 단련을 거듭하고 있었다.

기본 트레이닝을 반복하는 리넷.

오로지 산책하며 선수들을 관찰하는 데 힘쓰는 프레사.

방에 틀어박혀 자기 단련에 몰두하는 안젤.

조금도 방심하지 않고 일심불란하게 정권 지르기를 하는 간돌프.

그리고 간돌프전을 상정하고 달리면서 고민을 이어가는 리노키스.

자유롭게 움직여도 좋다는 말을 들은 일주일 동안 리노키스와 리넷은 잠시 돌아가 각자의 주인을 만날 생각이었다.

그 정도로, 격투 대회를 가볍게 보고 있었지만.

그런 생각이 사라질 정도로, 완전히 몰입했다.

싸우는 이유는 여러 가지가 있겠지만, 지고 싶지 않다, 이기고 싶다는 마음은 모두가 갖고 있었다.

물론 다른 선수들도 마찬가지다.

모두가 탐욕스럽게 우승이라는 정점을 노리고 있었다.

한 나라의 규모를 넘어선 거대한 무대.

거액의 우승 상금.

주위를 보면 강자뿐이다.

인근 국가의 높으신 분들까지 찾아오는, 이름을 알리기에는 절호의 기회. 다음 비즈니스 기회로 이어질 가능성도 얼마든지 품고 있었다.

어쩌면 인생에서 가장 큰 승부처가 될지도 모른다.

그렇게 생각하는 사람도 적지 않았다.

모두와 야망과 투쟁심이 끓어오르는 사이, 본선이 시작되었다.

제 4 장 본선 1시합

——"난 케드 형제 중 형, 잘타다!"

——"난 케드 형제 중 동생, 게겔이다!"

아, 맹호족 녀석들이다.

아침 준비를 하면서 매직비전을 체크하고 있는데 아는 얼굴이 나왔다.

드디어 내일부터 기다리고 기다리던 본선이 시작된다.

그런 축제 본방 전날 아침, 어디선가 본 적 있는 호랑이 수인 두 사람이 매직비전에 나왔다.

그들은 이 대회에서 가장 얼굴이 많이 알려진 선수라고 해도 과언이 아니었다. 흐음, 잘타와 게겔이라고 하는구나. 분명 몇 번 들었을 텐데 전혀 기억에 남지 않았다.

기억하기로 이 두 사람은 패자부활전에 나오지 않았다. 뭐, 나와도 졌을 것 같지만.

——"여기는 내일부터 본선이 시작되는 부유섬이다! 지금부터 시합의 대진표가 공개된다!"

——"대진표는 거리에도 붙여질 예정이다! 거기서 확인할 수도 있다!"

아, 드디어 시합의 조합이 발표되는구나.

그래, 내일부터 시작이니까. 내일은 아침부터 개회식이 있고 바로 본선이 시작된다. 그러니까 이 타이밍에 발표하는 거겠지.

…….

이 둘, 괜찮네.

수인은 알투아르에서는 보기 드무니까 눈길을 끌고, 개성 넘치는 호랑이 얼굴은 영상에 담기에도 무척 좋았다. 목소리가 낮고 큰 덕분에 말도 알아듣기 쉬웠다. 텐션이 좀 높긴 하지만, 이런 타입은 지금의 업계에는 없었다. 당사자 두 사람은 이런 식으로 비치는 것은 처음일 텐데도 긴장하는 기색은 전혀 없다. 강하진 않아도 배짱은 있어 보였다.

어떤 의미로는 화려한 변신이라고 할까…… 좋은 소재네. 격투가보다 이쪽이 더 잘 맞는 게 아닌가 싶을 정도로 당당한 모습이다. 어지간한 전문가 이상이다. 강하진 않지만.

이걸 찍은 촬영반은 어디지? 왕도인가? 좋은 인재를 잡았네. 밤의 독나비 스칼렛은 어떻게 됐지? 벤델리오에게 추천해 두긴 했는데, 그 인재는 잡았을까?

아아, 이런. 최근 1년 동안은 촬영만하고 매직비전에만 계속 나오다 보니 완전히 사고방식이 업계 쪽으로 쏠려 있었다. 직업병이라는 건가.

본선은 내일부터.

내가 기대하고 있던 격투 대회의 실전이 시작된다.

뭐, 솔직히 나와 겨룰 만한 사람은 없지만, 신경 쓰이는 사람은 드문드문 있으니까. 젊은 무인들이 빛나는 순간을 지켜보도록 하자.

──“놀랍게도! 본선은 거의 같은 시각! 카메라가 찍은 영상을 바로 볼 수 있다!”

──“그렇지, 형님! 본선 경기장에는 많은 관객이 들어가겠지만 전원은 들어갈 수 없으니까!”

다들 힘내라, 라고 생각하고 있던 내 사고가, 신경 쓰이는 단어 하나에 단번에 사로잡혔다.

거의 같은 시각에 영상을 볼 수 있다? 설마 실시간 방송인가?

그런 기술도 일단 있다는 소문은 듣긴 했지만…….

──“본선 회장에 올 수 없는 사람은 근처의 마정판 앞에 모이도록! 하지만 일은 제대로 해야 한다!”

──“그래! 잘릴지도 모르니까! 무직이면 모험가랑 똑같은 수준이 된다고!”

──““크하하하하하!””

오, 비교적 토크도 잘하네, 이 녀석들. 갖고 싶다…… 아니, 아니다.

언젠가, 실시간 방송은 가능하긴 하지만 굳이 할 메리트가 없다고 벤델리오가 말했던 것이 떠올랐다.

꽤나 민감한 시스템이라 준비하는 데에도 시간이 걸리고, 게다가 찍은 것을 그대로 방송하는 건 위험부담이 너무 크다. 어떤 사고 영상이 나갈지 모르니까, 라나.

전적으로 동감이다.

들었을 당시에도, 지금 현재도, 동감이다.

국왕, 제법 큰 결단을 했네. 아니, 그 정도는 해야 알투아르 국민이 납득할 수 있으려나. 그 정도로 분위기를 띄우고 자극해 온 이벤트니까.

이 호랑이들 말대로 정말 일을 제쳐놓고 관전하는 사람들이 속출할 것 같지만…… 뭐, 그것도 어쩔 수 없겠지.

지금의 알투아르는 온통 격투 대회로 물들어 있으니까.

"니아! 학교 가자!"

아, 레리아렛이 부른다.

방송의 뒷부분이 궁금하고 호랑이들의 토크 기술도 궁금하긴 했지만, 가야지.

각국에서 높으신 분이 오신다, 그런 마지막 말을 한 귀로 흘려들으면서 나는 마정판을 껐다.

◆

——"각국에서 계속 높으신 분들도 오고 있다! 우리들 수인의 나라에서도 몇 사람 올 예정이지!"

——"맞아! 수인은 강한 녀석을 좋아하니까! 이런 축제는 누구보다 좋아한다!"

유난히 뜨겁게 달아오른 호랑이 수인 두 사람을 보며 커프스 잭스는 속으로 중얼거렸다.

——이곳에도 나쁜 놈들이 모여들고 있다고.

어느 창고 중 하나…… 커프스가 손님을 맞이할 때 사용하는, 나름대로 내장을 호화롭게 꾸민 그곳에는, 인근 국가의 악명 높은 자들이 모여 있었다.

먼저 말을 걸었던 커프스 잭스.

알투아르 왕도 뒷세계의 지배자. 얼굴에 흉터를 지닌, 포커페이스에 능한 남자.

이 자리의 주선자이자 호스트 역할이다.

비행황국 반돌루즈에서는 그리그 크렛. 프로젠 가이츠. 레스텐 세 명.

이들 중 주목해야 할 자는 틀림없이 그리그였다.

거친 일이 아닌 계산으로, 즉 돈벌이로 출세한 남자. 나라의 경제를 쥐락펴락하고 있다는 말까지 들려오는 남자였다.

솔직히 프로젠도 레스텐도 어쩌다 이름이 알려진 신흥세력에 지나지 않았다. 두 사람 모두 젊은 만큼 두 사람 아래에는 피 끓는 젊은 패거리들이 모여 있었다.

뭐, 이곳에 있다는 것만으로도 운이 좋다는 것은 확실하니, 뭔가 갖고 있을지도 모르지만.

무용국 우하이튼에서는 케야 킨. 젠 포워 두 명.

양쪽 모두 차분한 분위기를 가진 초로의 사내였지만, 평범한 노인이었다면 뒷세계의 실세라고 불리지는 않는다.

케야 킨은 구문관(九門館)이라고 불리는, 우하이튼을 대표하는 9개 무술 유파 중 하나인 귀상권(鬼相拳)의 총책임자. 젠도 몇몇 유파를 경영하고 있었다. 뭐, 다시 말해 그 나라의 마피아였다.

그 밖에도 말을 걸었는데, 모인 것은 이 5명뿐이다.

그 성녀를 가진 성왕국 아스타냐에 둥지를 튼 고집 센 악당에게도 말을 걸어봤지만 정중한 거절의 답이 돌아왔다. 커프스로서는 그 나라 땅이 가장 큰 목적이었는데.

각각 호위는 두 사람만 허용했고, 커프스를 포함한 여섯 명이 테이블에 둘러앉아 매직비전을 보고 있었다.

이들의 놀이는 이제부터다.

"자, 이제 시작해 볼까."

장소에 어울리지 않는 호랑이들의 수다가 끝나고, 영상이 바뀌었다.

필요한 정보는 모두 들었다.

직원에게 지시해 마정판의 소리를 낮추고, 커프스는 동석한 악당들을 둘러보았다.

"공영의 도박이 심플해서 말이지. 이쪽도 기본 룰은 그렇게 갈 생각이다. 우승자를 맞힌다, 맞히면 전원이 낸다. 그것이 공영의 룰이지. 우리도 기본은 거기에 따라서 배당금만 변경하겠다. 내는 것은 우리 자신. 가령 1억을 걸고 맞히면 전원에게 1억씩 받아 5억이 배당금이 된다. 아무도 맞히지 못하면 건 돈은 수중으로 돌아간다. 베팅한 선수가 상위에 들었든 준결승까지 갔든 인정하지 않는다. 어디까지나 우승하는 선수를 맞힌다, 이것뿐이다. 즉, 자신이 건 말이 쓰러져도 누군가의 말이 이길지 질지 밝혀질 때까지 이 테이블을 떠날 수 없는 거지. 어떤가, 심플하지?"

그래, 심플했다.

공영, 즉 나라에서 생각한 룰인 만큼 누구나 알 수 있을 만큼 쉬웠다. 그야말로 바보도 알 수 있을 정도로. 뭐, 그쪽은 상위 입상이라도 배당금이 나온다고 하지만.

이쪽은 그냥 1등만 맞히는 것뿐.

자신이 맞히면 이득을 보고 누군가가 맞히면 손해를 본다.

바보라도 알 수 있는 간단한 룰이다.

"판돈의 상한은 없음. 얼마를 걸든 자유다. 뭐, 이 테이블에 있는 만큼 억 단위 정도는 걸어줬으면 좋겠지만 말이지. 난 각국 뒷세계의 실세를 불렀다고 생각하지, 변두리의 속 좁은 악당들을 부른 기억은 없으니까."

그 누구도, 아무 말도 하지 않았다.

커프스의 말이 맞다고 생각하니까? 아니.

"흥."

그리그가 팔짱을 끼고 피식 웃었다.

——예상대로다.

"괜찮겠나, 커프스? 평화에 찌든 나라에서 얼마나 많은 자산을 쌓았는지는 모르겠지만, 우리는 평화롭지 못한 나라에서 버텨온 자들이지. 자네와는 사정이 좀 다를 텐데?"

값싼 도발과 조롱 섞인 미소.

그리그와 같은 고향인 젊은 악당 프로젠과 레스텐이 똑같이 웃었다.

"그래, 오늘을 위해 100억을 준비했다. 즉시 현금으로 지불할 수 있지."

커프스의 대답에 호위를 포함한 몇몇의 눈빛이 바뀌었다. 하지만.

"좀 적지 않나?"

그리그가 떨떠름한 표정을 지었다.

"이만한 인물들을 불러놓고 겨우 100억? 이봐, 정신 차려. 그건 우리 기념품 값 수준이잖아. 주최라면 좀 힘을 내야 하는 거 아닌가? 좀 더 화끈하게 걸어야지. ——안 그렇습니까, 어르신들?"

사악한 표정을 짓자 우하이트의 교활한 노인들이 크게 고개를 끄덕였다.

"100억 정도로는 재미없지."

"음. 그 정도로는 토끼집이나 지을 수 있으려나. 난 천억의 금품을 넣어둘 곳간을 천억 정도에 짓고 싶으이."

얕보이고 있다.

확실하게, 이 자리의 전원에게.

커프스의 곁에 서 있던 검은 옷의 직원들이 살기를 뿜어냈다.

뒷세계에서는 얕보이면 끝이다. 알량한 자존심일지 모르지만, 그 알량한 자존심을 지키며 살아왔다.

그것을 버리는 순간 뒷세계에서 설 자리는 사라진다.

여기는 그런 세상이다.

"아, 그런가? 이거 난감하군."

커프스는 어깨를 으쓱했다.

"그럼 전 재산. 대충 300억 정도? 내도록 하지. 이거면 불만 없겠지?"

300억.

두말할 것도 없이 엄청난 액수였다.

"하하, 농담도 잘하는 남자야."

그리그가 눈을 가늘게 떴다.

"내 계산으로는 자네 자산이 500억은 될 것 같은데. 주최라면 한계까지는 내줬으면 좋겠군. 시시한 도박으로는 온 보람이 없지 않나."

커프스의 표정은 움직이지 않았다.

직원들의 살기는 더 이상 감출 수 없을 정도로 뿜어져 나오고 있었다.

——역시, 라고 커프스는 생각했다.

이 교활한 인물 중에서 가장 적으로 돌리고 싶지 않은 사람은 누구인가.

그것을 생각하면, 이 그리그 크렛이 가장 먼저 머릿속에 떠오른다.

조사 능력과 계산 능력, 그리고 정보의 취사선택. 험한 일에는 서투르지만 돈의 힘으로 살아남은 사내는 길바닥에서 올라온 어지간한 깡패와는 전혀 다르다.

제대로 조사해서, 꽤 정확하게 추측하고 있었다.

커프스의 전 재산을.

그리고, 시험하고 있다.

이 모임에서 커프스가 어느 정도의 일을 벌일 것인지. 아니, 이 남자는 속셈마저 읽어냈을지도 모른다.

이 자리의 누군가를 무너뜨리려는 것을.

그러면 어디까지 진심으로 할 생각인가.

안전한 장소에서 커프스를 이용해 자신의 방해자를 없애려 하고 있었다.

경우에 따라서는 커프스마저 무너뜨릴 생각으로.

무서운 사내다.

뭐, 이용할 생각을 한 건 커프스가 먼저였지만. 이 남자라면 분명 이 정도의 예측은 해 줄 것이라 믿고 있었다.

거래할 수 있을 정도로 믿지는 않지만, 그 쓸데없이 나쁜 쪽으로 잘 돌아가는 머리만큼은 믿고 있었다.

"하아…… 알았네. 그럼 500억 전부를 내지. 이제 좀 봐줘, 그리그."

"흥…… 뭐, 좋네. 그럼 500억, 나도 걸어보지."

이것으로, 이 테이블의 판돈은 정해졌다.

500억 크람이다.

물론 판돈은 개개의 자유, 500억 이하를 걸어도 상관없지만—— 이 세상에서는, 얕보이면 끝이다.

얕보고 있던 상대가 내놓겠다고 한 이상, 그에 맞춰주지 않을 수 없었다.

설령 500억의 자산이 없더라도.

이 상황에서 물러난다는 선택지는 없었다. 여기서 도망치면 얕보이게 되고, 이 자리의 전원이 달려들 것이다. 힘으로 모든 것을 빼앗으려 들겠지.

이 정도에 주저앉을 만한 녀석이라면 두려워할 이유가 없으니까.

"판돈도 정해졌으니 세부 룰을 이야기해 볼까? 나스틴."

"네."

벽가에 대기하고 있던 남자가 걸어왔다.

"제가 설명해 드리겠습니다. 우선 맨손부는 대상에서 제외됩니다. 저 부문은 리노 외에는 선택지가 없을 것 같습니다. 여러분도 리노한테 거시겠죠? 혹시 다른 사람을 보고 계시는 분은?"

아무도 소리를 내지 않았다.

역시 승부가 되지 않는 도박에는 아무도 응할 마음이 없어 보였다. 얕보이고 어쩌고 하는 논리 이전에, 너무나도 어리석은 짓이기 때문이다.

물론 리노가 아닌 다른 사람이 이길지도 모르지만, 가능성은 적다고 모두가 생각했다.

그녀는 틀림없는 우승 후보 필두였다.

"그럼 그런 걸로 알고 이야기를 진행하겠습니다. 여러분은 무기부에 출전하는 선수 중에서 우승자를 맞혀야 합니다. 지금 본 영상에서 나온 호랑이 수인의 말에 의하면——."

이리하여, 은밀하게 불법적인 머니 게임이 막을 열었다.

알투아르의 뒷세계 입장에서는, 향후의 존망을 좌우하게 될 게임이.

◆

"1블록의 첫 번째 시합……이라."

설마했던 1일 차 첫 시합.

예정대로 진행된다면 개회식이 끝나자마자 바로 시합이 시작된다.

어떠한 의도가 느껴지는 것은 기분 탓일까.

——투기장 앞에 설치된 게시판에는 격투 대회 대진표가 붙어 있었다.

붙자마자 곧바로 오전에는 선수들이 모여 있었지만, 낮이 지나고 나자 텅 비었다. 이제 어느 각도에서든 원 없이 볼 수 있었다. 평범하게 바로 앞에서 보고 있었지만.

참고로 호랑이 수인은 선수들이 일어나기 전인 이른 아침에 촬영했고, 방송될 무렵에는 이미 철수했다고 한다. 그 방송을 보고 대진표가 붙여졌다는 것을 안 선수가 많았다.

시합은 토너먼트전.

선수들은 6개의 블록으로 나뉘어 있으며, 약 일주일 만에 모든 시합을 소화한다.

1일 차와 2일 차에 첫 번째 시합.

3일 차에 두 번째 시합, 그다음 날 세 번째 시합. 그렇게 선수는 매일 반씩 이겨서 올라가고, 반씩 줄어든다.

복잡한 것은 없다.

1일 차와 2일 차를 제외하고는 하루에 한 번씩 시합해서 이기면 되는 이야기였다.

참고로 맨손부도 섞여 시합을 진행하고, 양 부문의 결승전은 같은 날 행해진다고 한다.

"넌 몇 번째 시합이야?"

"1블록 첫 시합."

등 뒤에서 다가온 인물의 질문에 뒤도 돌아보지 않고 대답했다.

"본선 첫 번째 시합, 내가 하는 것 같아."

그렇게 말한 프리즈── 프레사가 웃었다.

"꽤 빠르네."

옆에 나란히 선 사람은 체격 좋은 격투가── 간돌프였다.

"누가 결정했는지 모르지만 의도한 거겠지. 중요한 본선 첫 시합이니까 분위기를 띄워라, 라는 말을 들은 기분이야."

"대전 상대는…… 긱잘러스라면, 머리 파괴 긱이라고 불리는 모험가구나."

"맞아. 반거인족인 덩치 큰 녀석. 그 녀석도 패자부활전을 통과한 모양이야."

확실히 의도가 느껴진다고 간돌프도 생각했다.

프레사도 긱잘러스도 예선부터 눈에 띄고 인기 있는 선수였으니까.

"작은 상대, 그것도 여자가 거인을 이기는 모습을 보여주고 싶다……라는 건가."

"상상일 뿐이지만 말이야."

그러나 만약 그런 광경을 볼 수 있다면 확실히 흥은 오를 것 같았다.

어느 정도 역량을 꿰뚫어 보는 사람이라면 몰라도, 대부분의 관객에게 그 정도의 안목은 없었다.

어디까지나 체격차, 성별, 겉보기에 강해 보인다거나 하는 시각요소로 판단한다.

그 증거로, 예선에서의 시합이 반응이 좋았는지 프레사는 특집 방송까지 만들어졌다. 인터뷰 횟수도 많았고, 엘프의 피를 이어받은 모험가 레스트라와 인기를 양분하는 미녀 선수라는 식의 말을 듣기도 했다.

대단한 민폐가 아닐 수 없었다.

뒷세계의 주민임을 들키지 않도록 변장하고 있는 몸이다. 눈에 띄어서 좋을 일은 하나도 없었다.

"나는…… 4블록 21시합인가. 모레네."

"상대는? 지온이랑 인연이 있지? 맞붙을 것 같아?"

"인연이라…… 뭐 서로 아쉬움이 남는 시합을 했으니까. 나도 그 시합은 납득하지 못했고. 지온은 어디에 있지?"

둘이 '음속의 지온'이라는 이름을 찾고 있는데, 두 명의 발소리가 다가왔다.

"내 이름도 찾았어?"

"내 이름은 있어?"

안젤과 리넷이다.

그 녀석 이름이 있네, 이 녀석 이름이 있네 하며 넷이 떠들고 있는데, 또 한 사람이 다가왔다.

"한가해?"

오늘도 달리고 있던 리노, 리노키스다.

"리노는 몇 번 블록이야?"

"6블록 24시합이었나. 2일 차 후반쯤이야."

"그럼 전원이 다 흩어졌네. 뭐, 부문 차이도 있겠지만."

"첫 시합은 편하게 할 수 있겠어."

"그렇다면 좋겠네."

프레사, 리노키스, 간돌프, 안젤, 리넷.

니아의 제자들은 첫 시합에서는 맞붙지 않는 듯했다.

전원이 속으로는 안심하는 눈치였다. 이곳에 있는, 이길 수 있을지 어떨지 알 수 없는 상대와 처음부터 마주치지 않는다는 것에.

다섯 사람 모두 각자의 목적을 갖고 참가했다. 그렇게 쉽게 질 수는 없었다.

돈, 신뢰, 무인으로서의 긍지.

그런 이유도 있지만—— 전원에게 공통된 마음은 하나뿐이었다.

니아 앞에서 꼴사납게 지고 싶지 않다.

'형편없네'라고 욕먹는 것도 싫었고, '열심히 한 결과니까 후회하지 마라'라는 위로의 말을 듣는 것도 왠지 싫었다. '한심하긴, 다시 단련해 줄게'도 조금 무서웠다.

특히 리노키스와 리넷은 리스톤 가문의 호위이기도 했다. 결과가 부진하면 호위에서 제외될 수도 있었다.

이것저것 생각하다 보면 식은땀이 멈추지 않을 것 같으니 이쯤에서 멈추는 게 좋을 것 같았다.

"절대로 안 질 거야."

리노키스는 간돌프에게 그렇게 말하고 달려갔다.

맨손부의 리노키스와 간돌프는 계속 이겨나가다 보면 결국 맞붙게 된다.

"……이길 수 있을 것 같지 않군, 여전히……."

그런 씁쓸한 중얼거림을 남기고 간돌프는 발길을 돌렸다.

"끝까지 맞붙지 않기를 바라. 맞붙으면 온 힘을 다해 쳐부술 거지만."

그렇게 말하고 리넷도 멀어져 갔다.

"……이봐, 넌 얼마에 져줄 수 있어?"

남은 뒷세계 주민은 불법적인 거래를 제안했다.

"상황에 따라 다르겠지."

태연히 대답한 사람은 역시 뒷세계 사람이다.

"결승이라면 확실하게 3억이니까. 3억을 준다면 져줄 수 있어."

"3억이라…… 비싼 여자네."

하지만 그것도 괜찮을지도 모른다.

진지하게 고민하며 안젤은 그 자리를 떠났다.

그런 안젤의 등을 배웅하며 프레사는 중얼거렸다.

"나는 돈만 받을 수 있다면 그걸로 충분한데……."

프레사는 생각했다.

물러날 시기를 잘못 판단한 것이 아닐까.

정체를 들키기 전에 사라지지 않으면 앞으로 알투아르에 있을 수 없게 된다. 이렇게 많은 사람이 주목하는 큰 무대가 될 줄은 생각지도 못했다.

하지만 틀림없이 우승은 노릴 수 있었다.

예를 들어 안젤과 리넷이 맞붙어서 누가 이기든 체력이 소모된다면 정말로 우승도 꿈은 아니었다. 함께 나가떨어져 준다면 더할 나위 없다.

꿈이 아닌 만큼, 발을 뺄 시기를 놓쳐버렸다.

솔직히 지금 당장이라도 기권하고 이 섬에서 나가고 싶었다. 나가는 것이 좋다고 본능이 말하고 있었다. 그것이 정답이라고 생각하지만, 우승 상금 5억 크람의 매력에는 저항할 수 없었다.

"……최소한 천만은 갖고 싶어."

이렇게까지 눈에 띄었는데 한 푼도 벌지 못하는 것은 역시 아까웠다. 리스크 대비 보상이 너무 없다.

그러니까 적어도 천만은 갖고 싶었다.

상위 3위까지는 상금을 받을 수 있었다. 2위가 5천만, 준결승에서 패배한 공동 3위인 두 사람이 천만씩. 3, 4위전은 하지 않기 때문에 3위는 2명이 된다.

준결승까지는 남고 싶다.

3일 차 이후에는 또 새로운 시합의 조합이 발표된다고 하니 거기에 따라 달라질 것이다.

아마도 깨끗하게 모습을 감출 수 있는 마지막 기회 역시 3일 후가 될 것이다. 거기서부터는 끊임없이 정체가 노출될지도 모른다는 리스크에 몸을 떨게 되겠지.

하지만 5억이다.

5억 앞에서는 대항할 수 없었다.

게시판 앞에는 아무도 없었다.

본선 시작 전날.

내일부터 연일 많은 관객이 들어오니 분명 섬 전체가 떠들썩해질 것이다.

물론 왕도도, 지방의 영지도 말이다.

매직비전이 있으면 어디서든 관전이 가능하니까.

알투아르 왕국이 1년 이상 공들여 키워온 행사가, 드디어 막바지에 접어들었다.

알투아르 역사에 길이 남을 대형 이벤트다.

온갖 물류가 움직이고, 사람이 움직이고, 경제가 움직인다.

모든 것은 이제 시작되는 격투 대회 본선을 위한 것이다.

——길었던 코스 요리는, 마침내 메인 디시에 도달했다.

◆

이른 아침, 맑은 날씨.

전날 밤 회장이 있는 부유섬에 온 현 알투아르 국왕 휴렌츠는 귀빈석에 앉아 서류를 확인하고 있었다.

주위는 분주했다. 스태프들은 뛰어다니고, 촬영반은 카메라 위치를 확인하고, 사용인들은 대접할 준비를 하고 있었다.

곧 내빈이 이곳에 방문한다. 주변국의 주요 인사들로, 함께 관람할 예정이었다.

하지만 지금은 아직 휴렌츠 한 명뿐으로, 마지막 확인을 하는 중이었다.

개회식 연설은 이미 암기했다.

시합의 흐름과 앞으로의 스케줄도 확실히 머릿속에 들어 있었다. 예상치 못한 상황이 생겼을 때의 차선책도 다방면에 걸쳐 준비해 놓았다.

매직비전 준비도 착실하게 진행되고 있었다. 이번에는 거의 실시간으로 알투아르 전역에 방송되는, 되돌릴 수 없는 방송을 하게 된다.

선수들과 똑같다.

휴렌츠는 시합에 나서지 않지만 그 역시 싸움터로 향한다고 말할 수 있었다.

이 이벤트의 실패는, 어떠한 이유가 있어도 모두 휴렌츠의 탓이 될 테니까.

이벤트의 주최자란 그런 것이다.

"폐하."

동행한 호위 겸 시녀가 귓가에 속삭였다.

"윙 로드팀의 대표가 왔습니다."

"들여보내."

서류를 놓고 출입문을 향해 몸을 돌렸다.

시녀의 안내를 받아 방문한 것은 붉은빛이 도는 머리를 가진 청년과 금발의 작은 남자아이.

반돌루즈에서 온 윙 로드 프로팀의 대표 에뮤 이란과 학생팀 대표 닐 리스톤이다.

"비공식적인 자리다. 편하게 대해도 돼."

휴렌츠는 미소를 지으며 두 사람을 맞이했다.

이것은 외교였다. 정치적인 대응이 요구되는 자리였기에 사적인 모습의 왕일 수는 없었다.

"보다시피 정신이 없어서 말이야, 짐이 직접 인사하러 갈 수가 없었다. 본 경기 전 바쁠 때 불러내서 미안하군, 에뮤 군, 닐 군."

청년과 아이는 잔뜩 긴장해 있었다.

알투아르에서는 유독 현저했지만, 이제는 다른 나라도 지배자 계급의 벽이 상당히 낮아졌다. 하지만 그래도 한 나라의 왕을 만난다면 긴장이 되는 것은 당연했다.

특히 리스톤 가문에 있어 알투아르 국왕은 주군이라 할 수 있는 존재였다. 오히려 긴장하지 않으면 곤란했다. 아무리 신분차의 벽이 허물어져 가는 현대라 해도 현 국왕을 평범한 동네 아저씨로 대하면 매우 곤란했다. 진심으로.

"그저 한마디 격려를 해 주고 싶었을 뿐이다. 윙 로드 편대 비행은 반돌루즈에서 본 적이 있지. 여러 명이 한 치의 오차 없는 움직임을 취한다. 이것이 얼마나 고도의 기술인지 상상하기 어렵지 않다. 엄청난 연습량과 노력의 결실이겠지. 그와 동시에 어려운 일인 것도 이해하고 있다. 아무리 연습하고 노력해도 실패할 수도 있겠지. 실패해도 상관없다. 특히 닐 군, 아직 초등학부도 졸업하지 않은 자네에게는 막중한 임무라고 생각한다. 그 작은 몸으로 짊어지기에는 이 이벤트는 규모가 너무 크지. 지금 여기에, 짐 앞에 서 있는 것만으로도 훌륭하다. 여기까지는 해냈다는 뜻이니까. 그러니까 실패해도 된다. 자네들의 뒷수습은 짐이 맡을 테니, 마음껏 날도록 해. 다만 사고만은 조심해라. 귀하고 유능한 인재를 잃는 것은 생각하고 싶지도 않으니까. 부디 프로의 기술을 알투아르 왕국에 보여주길 바란다."

그런 왕다운 격려의 말을 건넨 뒤 두 사람을 돌려보냈다.

왕의 말은 주위 사람들도 듣고 있었다.

꽤 온정이 느껴지는 말이었다—— 냉혹하고 비합리적인 것을 싫어하는 평소의 모습으로는 생각할 수 없을 정도로.

"실패해도 되는 겁니까?"

시녀의 말에 휴렌츠는 즉각 "안 돼"라고 대답했다. 아까 그 말은 대체 뭐였냐고 외치고 싶을 정도로 단호하게.

"부담을 줘도 얻을 게 없으니까 그렇게 말한 것뿐이다. 이 큰 무대에서 실패 따위 용납될 리 없지. 애초에, 저 녀석들에게 실패란 하늘에서 떨어지는 사고 아닌가? 그럼 반드시 죽는다."

맞는 말이다.

"게다가 나도 마찬가지다. 이 큰 무대에서 실패하면 여론이 무서워. 다른 나라도 관련되어 있다는 것이 가장 최악이지, 피할 수가 없으니까. 목숨은 건질지 몰라도 정치꾼으로서는 죽을지도 모른다."

다시 서류를 집었다.

——정치꾼으로 죽는다?

스스로 한 말이지만, '그럴 일은 없다'라고 생각했다.

휴렌츠는 주먹을 쓰지는 못하지만, 펜에서는 질 생각이 없었다.

그야말로 어떤 실패라도 수습하고 만회할 자신이 있었다.

어디까지나 펜으로 승부할 수 있는 일에 한해서, 였지만.

◆

계속해서 사람들이 몰려들었다.

말끔하게 비어 있던 관중석이 조금씩 채워졌다.

조용하던 투기장이 사람들의 활기로 가득 차기 시작했다.

휴렌츠밖에 없던 내빈석도 속속 채워졌다.

비행황국 반돌루즈에서는 황왕(皇王)과, 휴렌츠의 아들 히에로와 사이가 좋다고 알려진 황자와 황녀. 그리고 공군과 육군의 총대장.

무용국 우하이트은 이런 종류의 무와 관련된 축제를 특히나 좋아했다. 그러나 황제는 안타깝게도 공무로 빠질 수 없다며 황제의 아들들과 태무신과 이군신, 그리고 세계적으로 유명한 텐파류 사범대 여성과 구문관 소속 사범들을 보냈다.

성왕국 아스타냐에서는 대주교와 3위 성녀와 성기사가 두 명. 무와는 인연이 멀다고 생각해서 일단 말이나 걸어봤는데, 알투아르 왕의 권유이기도 해서 실례가 되지 않을 정도의 인사를 보내주었다.

그리고 부르지 않은 수인의 나라에서도 왔다. 그들은 '우리는 예의 같은 건 모르니까 상관없다'라며 평범한 관객으로 대우해 주길 원했으니 아래에 있는 국민들과 섞여 있을 것이다. 그 나라는 특수하니 이거면 충분하다. 애초에 부르지도 않았다.

그 밖에도 알투아르 왕태자 부부…… 휴렌츠의 아들 아레스와 아내 뮬리히를 비롯한 자국의 요인도 있었지만, 그쪽은 별로 상관없었다. 말하자면 가족이니까. 이곳과는 다른 귀빈석에는 리스톤 가문이나 실버 가문의 당주도 와 있지만, 그쪽도 상관할 필요는 없었다.

내빈의 얼굴을 확인하면서 휴렌츠는 각국 주요 인사들에게 인사를 건네고, 잡담이라는 이름의 정보를 교환했다. 공개석상의 정치인이나 주요 인사에게 휴식 따위는 없었다.

한발 먼저, 아무런 신호도 없이, 이쪽의 시합은 이미 시작된 것이다.

이윽고 투기장의 모든 자리가 채워졌다.

개미 한 마리 없던 의자가 모두 채워진 광경은 제법 장관이었다.

달려온 스태프가 시녀에게 전하고, 시녀가 휴렌츠에게 속삭였다.

——시간이 됐습니다, 라고.

"그럼 시작해 볼까."

휴렌츠는 주요 인사들에게 그렇게 말하고는 귀빈석 창가에 마련된 연단에 올라섰다.

현 알투아르 국왕의 모습에 관객들이 크게 흥분했다.

오른손을 들고 잠시 침묵하자 서서히 목소리가 잦아든다.

고요해진 투기장에 마도구로 확성된 국왕의 말이 울려 퍼졌다.

"——알투아르 제14대 국왕, 휴렌츠다."

◆

등단한 왕을, 나는 투기장 내 시합이 열리는 링 근처에서 올려다보고 있었다.

쓸데없이 눈에 띄지 않게 선수들이 지나다니는 출입구 부근에 있었다. 오늘도 촬영이라 우리의 지정석은 이 부근이었다.

"――알투아르 제14대 국왕, 휴렌츠다."

개회식이 시작되었다.

왕 따위는 아무래도 상관없으니까 빨리 시작이나 해, 라고 모두가 생각하고 있을 법한 상황에서 행해진 인사는, 실로 깔끔하게 끝이 났다.

요약하자면, '지금까지 출연했던 매직비전에서 하고 싶은 말은 모두 했으니 여기서는 길게 말하지 않겠다. 이 정도로 준비해 준 너희들 국민에게는 감사하고 있다. 이제 와서 긴 인사는 싫겠지? 그러니까 빨리 시작할게'라는 느낌이었다.

경의라고는 조금도 없었지만, 국민의 마음을 잘 헤아린 연설이었다. 재미있는 왕이다.

분명 누구도 예상하지 못했을 정도로 짧은 인사가 끝나고, '이제부터 윙 로드 편대 비행을 선보이겠다. 하늘을 봐라'라는 말을 남긴 왕은 단상에서 사라졌다.

쿵! 쿵!

땅을 울리는 듯한 공포탄 소리와 함께 하늘 위로 오색의 연기가 뻗어 나갔다.

빨강, 파랑, 노랑, 초록, 검정.

연기의 선두를 달리는 5척의 단선은 선체와 복장까지 색이 통일되어 있어서 멀리서 보기에도 작업용과는 전혀 다른 것임을 알 수 있었다.

"닐 님!"

"닐 군!"

"우호오오오! 왕자니이임――!"

앞선 방송의 효과 덕분에 누가 날고 있는지는 다들 알고 있는 모양이었다.

새된 함성이 난무했다. 이따금 굵은 목소리도 섞여 있다. 여동생 입장에서는 좀 자랑스럽기도 하고 좀 걱정되기도 했다. 특히 좀 굵은 목소리 쪽이. 우호오오오라고 외친 녀석이. 대체 무슨 생각이야?

얼마 지나지 않아 아크로바틱한 비행을 선보인 다섯 척은 연기만 남기고 날아갔다. 프로가 보기에는 어떨지 모르겠지만, 아마추어 눈에는 훌륭한 연출이었다.

적어도 실패는 없었다.

이렇게 큰 행사에서, 오라비는 해낸 것이다. 어린아이라는 나이에도 불구하고. 과연 리스톤가의 장남, 오라비가 있으면 리스톤가는 안심이었다.

이어서 13척에 의한 편대 비행.

여기서부터는 반돌루즈에서 온 프로의 공연이었다. 인원이 많고 비행 패턴도 복잡해 보는 이들의 눈길을 사로잡았다. 공중제비,

고도까지 올라갔다가 급강하하여 저공비행까지, 지루할 틈이 없는 움직임을 13척이 완벽하게 맞춰서 하고 있었다. 그렇군, 역시 프로네. 오라비 일행도 충분히 잘했지만, 들러리 비행 수준이 되는 것도 납득이 갔다.

그리고——

"……."

지금 우리 촬영반 바로 앞으로 프레사가 지나갔다.

모두가 하늘을 보고 있는 사이에, 첫 시합을 하는 선수가 링에 서 있다. 계산된 연출이다.

뭐, 오늘내일 소화해야 할 시합 수가 많으니 신속하게 진행하고 싶다는 것이 본심이겠지만. 왕의 짧은 인사도 그것이 이유일지도 모른다.

우리는 말을 걸지 않았다.

눈앞의 시합에 집중한 선수를 방해할 수는 없었다.

""와아아아——!""

투기장이, 오늘 중 제일 큰 함성으로 물들었다.

윙 로드의 연출이 끝나고 시선을 떨어뜨리자, 링 위에 이미 선수가 서 있었기 때문이다.

훌륭한 편대 비행에 대한 감동과 여운은 없었지만, 그 열기만은 고스란히 이어졌다.

드디어 본선의 시작이다.

좋아, 우리도 일을 시작해 볼까.

간다면 이 타이밍이다. 벤델리오와 촬영 스태프에게 신호를 보내고, 우리는 링 옆의 정해진 위치까지 이동했다. 시합에 방해가 되지 않으면서 잘 보이는 곳이었다.

그리고 카메라가 켜졌다.

"잠시 후 1블록 첫 번째 시합이 시작됩니다. 본선 첫 시합은, 여성 격투가 프리즈 선수 대 모험가 긱잘러스 선수의 대전입니다."

실시간으로 방송되는 영상은 지금 찍고 있는 카메라와 단순히 기록과 방송만 나오는 고정 카메라로 나뉜다. 실황 설명이 있는 것과 없는 것 두 종류였다.

또한 실황은 교대제로 진행된다. 첫 번째가 리스톤 방송국이었을 뿐이다. 다음은 왕도 방송국이고, 그다음은 실버 방송국이 담당한다.

장시간 촬영용과 실시간 촬영용 기자재가 없어 준 방송국의 촬영은 허가가 나지 않았다. 그러나 이들은 스태프로 참여하고 있었다. 분명 지금도 어딘가에서 혹사당하고 있을 것이다.

……참고로 오늘은 평일이고 학교도 가는 날이다.

이런 날에도 아이들은 공부하고 있는데, 나이 많은 어른들 대부분은 일을 내팽개치고 격투 대회를 관전하고 있었다.

아니, 이런 생각을 하는 건 분위기를 깨는 짓인가.

게다가, 일단 수업도 오전에만 한다고 한다. 이런 날 공부가 머리에 들어올 리 없다, 라는 이유로. 아이들은 오후부터 즐길 수 있겠지.

뭐, 우리는 수업이 없는 대신 계속 일을 해야 하지만.

"보다시피 체격 차이가 뚜렷합니다. 어른과 아이 정도가 아니라, 그보다 더 심한 것 같네요. 그러나 애초에 무기라는 건 힘이 모자란 인간이 자신보다 강한 상대에게 맞서기 위한 도구, 말하자면 인간이 가진 지혜의 결정체. 체격차나 근력차만으로는 측정할 수 없는 요소 중 하나입니다. 즉 체격 차이가 전부가 아니라는 거죠. 프리즈 선수는 대형 나이프를, 긱잘러스 선수는 곤봉을 들고 있습니다. 본선 첫 시합, 이 시합은……."

여기까지 말하고 나자, 말문이 막혔다.

어쩔까.

이미 승부가 결정 났다고 말할 수는 없었다. 마침내 시작된 본선 첫 시합이다. 앞으로 있을 시합에 기대를 심어줘야 하지 않겠는가.

하지만 분명 순식간에 끝날 것이다.

뭔가 그럴듯한 말을 해도, 한순간에 끝날 것 같았다.

……고민하고 있을 시간은 없고, 더는 모르겠다.

"사전 평가로는 프리즈 선수가 우세합니다. 긱잘러스 선수는 힘든 싸움이 될지도 모르겠네요."

내가 말을 마치자마자 두 사람 사이에 있던 심판이 시합 시작 신호를 보냈다.

붕! 쿠웅!

귀를 울리는 허공을 가르는 소리, 바닥을 때리는 충격.

먼저 공격을 가한 것은 긱잘러스였다. 무게가 실린 곤봉이 날카롭게 내려앉았다.

호오, 나쁘지 않은데? 방금 그건 첫 수만에 끝내려는 일격이었다.

머리 파괴 긱이라.

예선에서는 투지가 너무 느껴지지 않아 크게 실망했었다. 지는 게 당연하지, 할 마음이 없으면 돌아가라, 라는 생각까지 했었는데.

뭐야, 하기로 마음먹으면 할 수 있잖아. 좀 더 빨리 의욕을 냈다면 분명 볼거리도 좀 더 있었을 텐데.

이번에는 상대가 안 좋았다.

"끄아아악?!"

이미 승부는 정해졌다.

프레사는 곤봉의 일격을 피하고, 뻗어 나온 팔에서 시작해 긱잘러스의 몸을 타고 올라가 녀석의 등 뒤로 빠져나갔다.

한순간에 벌어진 일이었다.

하지만 스물두 번.

달라붙듯 스쳐 지나간 순간 프레사는 22번을 베었다.

손가락, 손, 팔, 몸통에서, 어깨에서, 얼굴에서, 발에서, 등에서, 긱잘러스의 온몸에서 피가 뿜어져 나왔다.

나이프 특유의 가벼움과 쉬운 사용감, 그리고 무엇보다 프레사의 속도 덕분이었다.

급소를 피한 건 고의였다. 치명상은 단 하나도 없었다.

분명——.

"거기까지! 거기까지!"

스물두 군데에서의 출혈.

그것은 즉 순식간에 온몸이 새빨갛게 물들었다는 뜻이었다.

딱 보기에는 중상이다. 급소를 깔끔하게 피했기에 실제로는 그렇지 않았지만, 겉보기에는 '당장 죽을 것 같은' 상황이었다.

프레사의 목적은 심판의 판단에 의한 시합 강제 종료였다.

계획대로 심판이 시합을 멈췄다.

"승자, 프리즈!"

응, 체격 차이를 가볍게 무시하고 작은 선수가 이겼고, 게다가 첫 시합부터 대량의 피. 긱잘러스의 몸집이 큰 만큼 보기에도 화려했다.

꽤 좋은 첫 시합이었다. 피도 많이 나왔고.

관객들도 들썩이고 있고, 실로 본선 첫 시합에 어울리는 시합이었다. 피가 많이 나왔으니까.

긱잘러스는 피투성이였지만 치명상이 없었기에 조금 납득이 가지 않는 얼굴을 하고 있었다. 얇게 베인 것뿐 아직 싸울 수 있었으니까.

하지만 이의를 제기하지는 않았다. 이대로 패배를 인정하려는 모양이다.

그 순간의 공방만으로 자신과 상대의 실력차를 깨달았기 때문이겠지. 계속해 봤자 승산은 없었을 테니까. 좋은 선택이라고 생각한다.

좋아, 나도 멘트를 해야지.

"그야말로 눈 깜짝할 새에 벌어진 공격이었습니다. 프리즈 선수가 이동하면서 베어버린 것 같습니다. 스무 번까지는 셀 수 있었는데 나머지 두 번까지는 세지 못했네요. 보고도 다 파악할 수 없는 재빠른 속도입니다. 피도 튀었고요. 정말 대단한 실력이네요. 이 대회의 무기는 날붙이의 경우 날을 뭉툭하게 해 놨습니다. 베지 못하게 되어 있기 때문에 이것으로 사람을 베어 죽이는 것은 거의 불가능합니다. 할 수 있는 것이 있다면 때려죽이거나 찔러 죽이는 것 정도겠네요. 하지만 프리즈 선수는 잘리지 않는 칼로 베어냈습니다. 속도, 각도, 칼날을 넣는 방식, 모든 것을 완벽하게 컨트롤하여 무딘 칼날이 가장 잘 벨 수 있는 곳으로 베었다. 이건 아무나 할 수 있는 일이 아닙니다. 선이 아닌 점으로 베는 고등 기술입니다. 긱잘러스 선수는 정말 아쉬웠습니다. 처음에 날린 쳐죽…… 단번에 끝내기 위한…… 훌륭한 일격은 엄청난 박력이었습니다. 거기에 맞았다면 승자가 달라졌을지도 모르겠네요. 덩치가 큰 상대를 앞에 두면 위축되어 움직이지 못하는 경우도 있습니다. 그 일격은 그야말로 상대하는 자를 위축시키는 위압감이 있었습니다. 예선에서 그 공격이 나왔더라면 하는 생각이 절로 듭니다. 분명 보이는 상대는 모두 쓸어버릴 수 있었을 텐데요. 안타깝네요."

운 좋게 피도 봤고, 앞으로의 시합도 조금 기대가 되기 시작했다.

이 상태로 선수들이 더욱 빛나주었으면 좋겠다.

나조차 매료시킬 정도로.

승자를 기리는 프리즈콜을 온몸으로 받으면서도 특별히 아무 감정도 느껴지지 않는 표정의 프레사가 링을 내려와 대기실로 돌아갔다.

"프리즈 씨, 잠깐 괜찮으실까요?"

하지만 어쨌든, 나는 말을 걸었다.

"어?!"

프레사는 엄청나게 놀란 얼굴로 이쪽을 바라보았다.

지금 말을 거는 거야? 링에서 막 내려온 지금, 모든 사람이 주목하고 있는 여기서?

아마 속으로 그런 생각을 하고 있겠지.

나는 아랑곳하지 않고 그녀에게 다가갔다.

"부탁이 좀 있는데요."

"부, 부탁? 농담이지?"

아, '농담이지?'라고 말했다. 이건 틀림없는 본심이다.

그런데 농담은 아니다.

미안해. 이 상황에서 말을 걸면 반드시 싫어할 걸 알았고, 실제로 싫어하는 것처럼 보이지만, 일이야. 좀 맞춰줘.

“저와 함께 시합을 해설해 주시면 안 될까요?”

대진표의 본선 첫 시합에서 프리즈의 이름을 발견한 뒤로 계속 생각하던 일이었다.

내가 무술이나 투쟁, 선수의 움직임 등을 자세히 이야기하는 것은 역시 부자연스럽다.

하지만 매직비전을 보고 있는 시청자에게는 가능한 한 자세하게 전할 필요가 있었다.

이건 예선 때도 생각한 것이다.

그때는 많은 시합이 동시에 진행된 탓에 차분히 하나하나 해설할 시간도 없었지만.

그러나 영상을 놓고 보면 역시 선수의 움직임이니 뭐니 하는 것들은 어느 정도 설명해 주는 편이 좋다고 생각했다. 그러는 편이 시합의 시각이나 격투가의 반짝임이 더 잘 전달될 것 같았으니까.

그렇게 되면 나 대신 그 부분을 설명할 수 있는 사람이 필요했다.

벤델리오는 무도와는 거리가 멀기도 해서 지식이 없었다. 건강 유지를 위한 운동은 한다고 하지만. 운동할 바에야 무술을 배우라고. 했으면 대련 같은 것도 해 줬을 텐데. 응? 대련하고 싶지? 나랑 대련하고 싶지?! 무조건 얼굴에 손바닥 한 대는 날려줬을 텐데! 지금부터라도 해 볼래?! ……아니, 벤델리오 이야기는 지금은 됐다.

어쨌든 나 대신 시합 해설을 해 줄 사람이 필요한 참에 그녀의 이름을 발견한 것이다.

내 제자 중에서도 프레사는 재주가 특출났다.

말도 잘하고, 무엇보다 분위기를 읽을 줄 알았다. 상대방의 사고나 언동의 의도를 추측하고 그에 맞출 수 있다.

지금 내가 원하는 것도 무조건 할 수 있을 것이다.

최악의 경우 못해도 된다. 내가 그런 느낌으로 유도할 거니까 적당히 맞춰주면 충분하다. 격투가의 움직임이라면 내가 해설할 수 있으니까.

운영 측에도 허가받았으니, 나머지는 그녀의 대답에 달렸다.

"아, 아니, 그건 역시, 너무 많이 나오는 건 좀 그렇다고 할까, 별로 찍히고 싶지 않다고 할까, 이거 거의 실시간으로 방송되는—— 물론 좋아! 난 니아의 팬이거든! 거절할 리가 없지!"

살짝 노려보았더니 듣도 보도 못한 목소리로 흔쾌히 승낙해 주었다. 뭔가 자포자기 느낌으로 소리친 것 같은데…… 어? 울어?

뭐, 됐다. 어쨌든 승낙은 받았다.

살짝 노려보긴 했지만 신경 안 써도 된다. 신경 쓰지 마, 쓰지 마. ……응? 신경 쓰는 거야? 안 써도 되는데? 안 쓰지? 아아, 응, 그래, 신경 쓰지 마. 그거면 돼, 그거면. 말만 잘 들으면 나쁘게 대하지는 않을 거니까.

그 후 한동안 나와 프레사 둘이 시합을 해설했다.

음, 역시 만 명에서 뽑힌 삼백 명답다. 이렇게 보고 있으니 나름 재미있는 것 같았다. 역시 팽팽한 힘이 서로 맞부딪치는 모습은 보기 좋구나. 피도 튀고.

“특이한 무기가 나왔네요.”

프레사의 말대로 희귀한 무기를 든 선수가 나타났다.

오절곤이네. 전에 봤던 다루기 힘들어 보이는 무기다. ……어? 절이 좀 많지 않나? 5마디 이상이지? 맞지? 두 배는 있는 것 같은데?

“프리즈 씨, 아시는 무기인가요?”

“네, 구절곤이네요.”

“구절곤?!”

농담이지, 구절?! 그렇게 마디가 많다고?! 잠깐, 잠깐, 뭐야!

“그 정도면 채찍이 더 낫지 않나요?!”

그 정도로 마디가 많으면 차라리 채찍이 더 낫잖아! 뭐야, 구절곤은! 꼬이진 않는 거야?! 싸우고 있을 때 꼬인다거나, 서로 이상하게 맞물리면 어떻게 해! 최악이잖아! 게다가 복잡한 무기인 만큼 고장 나기도 쉽고, 그랬을 때 대처하기도 어렵잖아!

“그렇죠. 구절편(鞭)이라고도 부른다고 알고 있어요.”

아, 애초에 채찍으로 취급하는구나. 그렇다면 상관없다.

……아니, 역시 그래도 좀, 뭐랄까 무기로서 납득이 가지 않는데. 엄청나게 다루기 힘들어 보이는데 괜찮을까? 차라리 그냥 채찍이 낫지 않을까? 완전한 채찍이 더 낫지 않을까? 가죽 채찍에 맞아도 제법 아프다고. 피도 튀고.

내가 살았던 시대에는 아마 없었던 무기일 거다.

아니, 만나지 못한 것뿐일지도 모른다. 무기의 세계는 넓으니까. 의자 같은 걸 무기로 쓰는 사람도 있었던 것 같고.

게다가 본래 나는 겨뤄본 무기는 알고 있었지만, 무기 자체에는 별로 관심이 없었다. 맨손이 더 강했으니까.

“겉보기에는 화려하지만 다루기는 좀 힘들 것 같네요.”

이거 봐라, 프레사도 이렇게 말하고 있잖아. 이 녀석은 무기에 대해서는 빠삭하다고.

하지만 뭐, 그 이전의 문제인가.

“희귀한 무기이지만, 이건 힘든 싸움이 될 것 같네요.”

딱 보기에도 격투가라는 느낌을 풍기는 구절곤 사용자를 상대하는 것은 커다란 목검을 어깨에 멘 흉터투성이의 거구 여성.

모험가 지나탄이다.

이 승부는 보나 마나 뻔하다. 단순하게 지나탄 쪽이 더 강하다.

채찍 같은 구절곤에 여러 번 맞으면서도 방어조차 하지 않고 달려서 다가간다. 그런 지나탄이 휘두른 대검이 격투가를 날려버렸다.

호쾌한 한 방이었다.

“야아, 정말 살았어. 고마워.”

“제발 이러지 말아줘, 릴리…….”

조금만, 조금만 더, 진짜 조금, 진짜 조금만 더, 그러면서 프레사를 붙잡고 있는 사이 기어이 오전 시합이 전부 끝나고 말았다.

결국, 긴 시간 붙잡아두고 말았다.

카메라가 멈춘 틈을 타 작은 소리로 감사 인사를 전하자, 작은 소리로 항의의 말이 돌아왔다.

"내가 눈에 띄고 싶지 않은 이유, 알고 있잖아."

응, 알고 있다.

하지만 어쩔 수 없잖아.

"생각보다 딱 맞게 해설해 주니까 놔주기가 아까워서."

내 예상대로였다.

프레사는 재주가 좋고 분위기를 잘 읽을 줄 알았다. 그리고 말이 과하지도 않고 해설이 과하지도 않다. 보기도 전에 이미 결말이 보이는 시합도 기대를 품게 하는 멘트만 던지고 예상을 말하지 않았다.

정말 딱 좋았다. 이 촬영의 의미를 잘 알고 있었다.

"오후에도 같이 해 줄래?"

"진짜 그만해 줘. 이미 충분히 일했잖아……."

그런가. 어쩔 수 없지.

"그럼 다른 사람에게 부탁할게. 지금까지 고마웠어."

"……안젤도 좀 참아줘."

아, 그러고 보니 그 녀석 시합도 오늘인가?

오후부터는 촬영 장소가 바뀌니까. 화각을 바꿔서 멀리서 찍으면서 해설을 넣어도 좋겠다고 생각했는데.

예정대로 오후 해설은 없어도 되려나.

◆

1일 차와 2일 차는 첫 번째 시합이다.

하루 75 시합씩, 간단히 말해 전반과 후반을 소화해서 300명이 절반이 되는 것이다.

통과한 약 150명은 3일 차부터는 두 개의 블록으로 나뉘어 토너먼트 방식으로 싸우게 된다.

그리고 1블록과 2블록의 승자가 결승에서 맞붙는다.

참고로 토너먼트부터는 맨손부는 따로 경기하게 된다. 먼저 무기부를 진행하고, 그리고 인원이 적은 맨손부의 시합을 한다.

결승전은 같은 날이므로 시합 수는 적지만 동시 진행이라는 점은 변함이 없었다.

“니아, 잠시 괜찮을까요?”

순조롭게 1일 차를 소화한 다음 날.

오늘은 2일 차 첫 번째 시합 후반전. 드문드문 오늘의 관객이 방문하기 시작하는 이른 아침.

왕도 촬영반을 대동한 힐데트라가 찾아왔다.

“무슨 일인데?”

지금은 투기장 앞에서 미팅하던 참이었다.

오늘 리스톤 촬영반의 아침은 곧 우르르 방문할 관객들을 찍고, 인터뷰하고, 관객들이 다 찬 뒤에는 투기장으로 이동할 예정이었다.

링 옆에서 실황을 하면서 촬영하는 것은 오후부터다.

"아버님께 편지를 받아왔어요. 바로 확인해 달라고 하셨고요."

음? 왕한테서?

"니아, 저쪽에서 열어줄래?"

상황을 지켜보던 벤델리오가 중요한 이야기임을 짐작하고 그렇게 말했다.

그렇게 해야 하나 생각했는데.

"아니요, 괜찮아요. 촬영과 관련된 지시라서요. 봉투도 봉해져 있지 않습니다."

"촬영과?"

힐데트라의 말대로 전달된 봉투는 누구나 볼 수 있게 열려 있었다. 특별히 비밀스러운 내용은 아니라는 뜻이었다. 그렇다면 바로 확인해 볼까?

"으음…… 아."

이건 확실히 촬영에 관련된 지시가 맞네.

"벤델리오 님, 일정이 변경됐어요. 보세요."

편지를 건네자 그가 고개를 끄덕였다.

"아, 이해했어. 확실히 니아의 해설은 좀 재미있었지. 그리고 비교적 정확했던 것 같기도 하고."

편지의 내용은 '어제 해설이 좋았으니 오늘부터는 계속 맡아달라'였다.

어제 촬영이 끝나고 나서는 벤델리오에게 '너무 과격한 말은 하지 말아줘. 피가 튄다거나 피가 흐른다는 말이 좀 많더라. 아이의 이미지를 최대한 유지해 줘'라는 잔소리를 들었다. 실시간 방송이 아니면 창고행이 됐을 법한 내용이었다고 한다.

하지만 벤델리오에게는 평이 좋지 않았던 반면 왕……이라고 해야 할까, 운영 측 기준으로는 호평이었던 모양이다.

아니, 소거법일 수도 있었다.

레리아렛도 힐데트라도 열심히 하기는 했지만 무에 대한 지식량이 부족한 탓에 말문이 막히는 일도 많았다. 그 대신 선수 데이터는 잘 알고 있었지만.

그리고 피나 골절 같은 모습을 보고 움찔거리는 경우도 있었다. 뭐, 어린아이에게는 보기 힘든 광경이겠지.

그러니 멀쩡해 보이는 나에게 시키자, 라는 결론에 이른 것일지도 모른다. 나도 힘들어하는 레리아렛이나 힐데트라에게 시키고 싶지는 않았다. 아이에게는 자극이 너무 강하다.

"알았다고 전해 줘. 아침 촬영이 끝나면 링 옆으로 이동할게."

어쨌든 이것은 왕명이다.

명령 형태는 아니지만 거부권은 없었다.

"잘 부탁드려요. 저도 레리아렛도 차마 눈을 뜨고 보기 어려운 장면이 좀 있어서…… 떠넘기는 것 같아 죄송하지만요."

"응? 피 같은 거? 아, 괜찮아, 난 전혀 아무렇지도 않으니까."

역시 승부는 피가 나야 제맛이니까. 오히려 더 흘려라! 라는 마음도 들고.

"그러면 이쪽의 예정은 변경되겠네."

"네. 시프트는——."

갑작스러운 촬영 스케줄 변경이었지만, 이런 일은 자주 있었다.

힐데트라와 왕도 촬영반 감독, 그리고 우리 쪽은 벤델리오가 나서서 의논을 거치며 오늘의 일정을 조정해 나갔다.

자아, 오늘도 바쁜 하루가 되겠네.

본선 2일 차.

오늘은 첫 번째 시합 후반, 4블록에서 6블록 선수의 첫 시합이 된다.

어제는 나갈 차례가 없었던 리노키스, 리넷, 간돌프가 출전한다.

특별히 별다른 위험 없이 통과했고, 이것으로 전원의 첫 번째 시합이 종료되었다.

약 300명이, 150명으로.

본선은 3일 차 토너먼트 형식으로 돌입하게 되었다.

——"다시 한번, 지금부터의 룰을 설명하겠습니다."

본선 3일 차.

선수들에게는 두 번째 시합이 시작된다.

"니아는 오늘도 바쁘니?"

"네, 거의 전부 촬영이에요."

이른 아침, 지금 막 투기장 앞에서 촬영하는 왕도 촬영반과 힐데트라의 실시간 방송을 보면서, 나는 리스톤가 소유의 비행선에서 가족과 함께 식사하고 있었다.

아빠 올닛.

엄마 알뤼.

그리고 윙 로드 편대 비행을 멋지게 해낸 오라비 닐.

오랜만에 보내는 가족 시간이었다.

참고로 할아버지는 리스톤령에서 집을 보고 있었다. 아버지의 아버지이자 전 리스톤가 당주 말이다.

양친이 이곳에 있는 것은 귀인으로서 참석한 것으로, 말하자면 공무였다. 격투 대회 본선 기간이 대략 일주일이니 자리를 비운 동안 집을 맡아달라고 부탁했다고 한다. 할아버지와는 요즘 거의 못 만났네. 편지는 가끔 주고받고 있지만.

뭐, 오라비는 장기 휴가 때마다 만나는 것 같으니 나는 괜찮겠지. 만나지는 못해도 내가 출연하는 방송은 보고 계신 것 같고.

만나지 못하는 것에 대한 불평은 벤델리오에게 해 주기를.

본선 1일 차와 2일 차는 첫 번째 시합.

이제부터는 토너먼트식의 승자전이 된다. 조금 까다롭게 느껴질지도 모르지만, 토너먼트 1회전이라고 표현하게 된다.

……라는 이야기를 힐데트라가 했었다. 물론 나는 이미 머리에 박아 넣었다.

왜냐하면 지금부터가 가장 재밌을 테니까.

"아버님과 어머님과 오라버니는 귀빈석에서 보고 계시겠죠?"

오라비는 학교가 있었지만, 4계급 리스톤가의 차기 당주이기도 했다. 그에게도 관전은 어떤 의미에서는 일이었다.

"저만 개별 행동이네요."

어제 왕에게서 온 편지로 인해 링 옆에서 촬영하면서 해설하는 것은 내 일이 되었다. 본선에서는 전부 그렇게 될 예정이다.

이 상태라면 가족 관전에는 참여할 수 없을 것이다.

——힐데트라가 설명한 대로, 본선 3일 차인 오늘부터 승자전인 토너먼트 형식이 된다.

맨손부는 인원 때문에 일부 예외도 있는 것 같지만, 선수들은 하루 한 번의 시합을 하며 살아남기 위해 싸우게 된다.

그에 따라 추가되는 규칙 중 가장 중요한 것은, 승자의 경우 부상 치료가 이뤄지지 않는다는 점이었다.

정확히 말하면 마법 치료를 받을 수 없게 된다.

상처에 약을 바르거나 붕대를 감는 것까지는 괜찮지만, 골절이나 깊은 열상 등 당장 낫지 않는 상처는 응급 처치밖에 할 수 없었다.

그리고 기권하지 않는다면 다친 상태로 다음 시합을 치르게 된다.

앞으로는 얼마나 다치지 않고 시합을 풀어 나가는지가 중요해진다.

선수 중에는 매 시합 마법 치료를 받을 수 있다고 생각한 사람도 있을지도 모른다.

아니, 있어도 이상하지 않았다.

지금까지는 발표되지 않은 내용이었고, 예선 때도 첫 번째 시합 때도 마법 치료는 받을 수 있었으니까. 오늘부터 적용되는 것이니 당황하는 사람도 적지 않을 것이다.

이 룰은 당연히 격투 대회에서 사망자를 내지 않기 위해 만들어진 것이었다.

마법 치료가 있으니까 괜찮다는 안일한 생각으로, 목숨을 걸고 싸우는 자가 나올 가능성이 있었다.

목숨을 걸면 죽을 가능성이 커진다.

몇 번만 더 이기면 5억 크람. 눈앞에 있는 그런 먹이에 낚여서 무모한 짓을 벌이면 안 되니까. 치명상을 입는다 해도 이기면 그만이라는 식으로 죽기 살기로 달려들면 곤란했다. 실수로도 죽을 수 있었다.

설령 상금이 없더라도, 마찬가지다.

나 같은 격투가는 무리해서라도 싸우고 싶고, 접전이 되면 죽기 살기로 달려들 것이다. 죽을 때는 싸우다가 죽고 싶은 정도니까.

그렇게까지 덤벼드는 사람은 그리 많지 않을 것 같지만, 절대 없다고는 단언할 수 없었다.

격투가 중에는 바보가 많으니까.

'내가 제일 강해'라며 어린애 같은 고집을 부리고, 그것을 증명하기 위해 목숨을 거는 사람도, 드물지만 있었다.

그런 무리수를 두는 바보를 줄이기 위한 룰이다.

이 룰이 있으면, 적어도 결승전을 제외하고 죽기 살기로 달려드는 짓은 되도록 피하고 싶을 것이다. 그래도 하겠다는 바보가 있으면, 뭐 마음대로 하면 되지 않을까. 딱 죽지 않을 정도로만.

"니아는 일을 너무 많이 하는 거 아니니?"

모친의 말이 맞았다.

나는 일을 너무 많이 한다. 레리아렛이나 힐데트라, 그리고 각 방송국의 전원이.

"이걸로 끝이니까요. 이번만 잘 넘기면 당분간은 여유가 있을 거예요."

바쁜 이유는, 격투 대회와 관련된 촬영이었기 때문이다.

지금밖에 찍을 수 없으니까 지금 열심히 하는 것뿐이다. ……발안자는 나였고.

"그래. 그럼, 이 격투 대회가 끝나면, 이번에야말로 다 같이 여행을 가자꾸나."

부친이 그렇게 말했다.

그러고 보니 가끔 그런 이야기도 나왔었다. 가족끼리 어딘가 놀러 가자고. 작년부터 촬영이다 뭐다 해서 나는 제대로 쉰 날이 없었으니까.

뭐, 사냥 여행이 휴가 아니냐, 라고 말하면 부정은 할 수 없지만. 재미도 있었고.

"그거 좋네요. 겨울방학은 격투 대회 직후라서 아직 바쁠지도 모르지만요."

겨울방학까지 앞으로 한 달 조금 남았나?

아마 아직 격투 대회의 여운이나 잔열이 남아 있을 것이다. 대회 직후라 해도 그때밖에 찍을 수 없는 영상이라고 한다면, 역시 그 부분도 놓치고 싶지 않았다.

"그럼 봄 방학 때 갈까? 벤델리오에게 일정을 조정해 달라고 부탁해 두마."

오오, 그 느끼한 얼굴에게 일을 넣지 말라고 말하겠다는 건가.

거기까지 이야기가 진행된다면 정말 결정됐다고 생각해도 되는 거겠지.

그래, 봄 방학은 가족 여행인가.

기대……가 되는지 아닌지는 잘 모르겠지만. 솔직히 나는 빼고 셋이 즐겁게 다녀오면 좋지 않을까 싶은 마음이었다.

그야 양친이나 오라비가 원하는 것은 진짜 니아 리스톤일 테니까. 내가 아니라.

뭐, 스케줄이 잡힌다면 가지 않을 수는 없겠지.

——하지만 결국 어떤 사정으로 인해 여행은 갈 수 없었다.

◆

——"이 규칙은 오늘부터 실시됩니다. 선수의 생명을 지키기 위한 것이며——."

오늘부터 추가되는 룰을 알고, 안젤은 경악했다.

"말도 안 돼……."

숙소에 있는 식당에서 아침 식사를 하고 있을 때였다.

그 근처에 있는 선수들과 함께 왕녀가 나오고 있는 마정판을 보고 있었는데…….

마법 치료 금지.

치명상만 피한 공멸 작전을 생각하고 있던 안젤에게는 그야말로 유일한 승산이 좌절된 것이나 다름없었다.

이상은 평범하게 싸워서 다치지 않고 이기는 것.

하지만 이상은 이상. 매번 운 좋게 그렇게 될 거라고는 생각할 수 없었기에 안젤은 나름대로 이길 수 있는 전략을 고민했다.

몸을 버릴 각오로 공멸을 노린다. 그리고 그것을 위한 방어법을 갈고닦았다.

그러나 그 전법을 취할 수 없게 된 것이다. 공멸 작전으로 이긴다 해도 다치면 최악이다. 공멸을 노리는 경우라면 분명 찰과상만으로 끝나지 않는다. 크게 다칠 것이다.

아니, 이유는 알고 있다.

마법 치료 금지 규칙이 생긴 것은 불편했지만, 그것에 불만은 없었다.

마법으로 즉시 회복할 수 있으니 조금 정도는 무리해도 된다고 생각한 사람은 자신을 포함해서 제법 많았을 것이다. 그것을 금지당한 것에 지나지 않는다.

사망자를 내고 싶지 않다, 크게 찬성한다.

안젤도 죽고 싶지는 않았다. 그리고 가능하다면 누군가를 죽이고 싶지도 않았다.

뭐, 어쨌든 룰은 룰이다.

떼를 쓴다고 해서 뒤집힐 리가 만무하니, 규칙을 받아들이고 거기서부터 다시 생각해야 한다.

이기기 위한 플랜을.

"저기, 그거."

"음?"

말을 걸어오는 목소리에 안젤이 고개를 돌렸다.

"……누구?"

선수고, 남자다.

안젤과 비슷한 체격에…… 꽤 강해 보인다. 그것이 피부를 통해 느껴졌다.

"사우전."

"아아, 그래. 네가 사우전인가."

프레사가 신경 쓰이는 녀석들이라며, 묻지도 않았는데 이것저것 알려준 이름 중 하나에 이 녀석 이름이 있었다.

그 여자가 눈여겨봤다면 틀림없이 강하겠지.

자기 단련에 집중한 탓에 안젤은 주변의 정보에 어두웠다.

어두워도 상관없었다.

어차피 상대가 누구라도 쓰러뜨릴 수밖에 없으니까.

"나한테 무슨 용건이라도?"

"그거."

사우전이 손으로 가리킨 것은, 안젤이 든 나이프와 포크 끝에 있는, 샐러드 중앙에 당당히 자리하고 있는 고깃덩이였다.

"그거, 돼지고기야?"

"그래, 잘 구워서 기름기를 뺀 고기지."

"기름을? 거기가 제일 맛있는데."

"이제부터 격렬한 운동을 할 거잖아. 위에 부담이 갈 만한 건 피하고 싶어서."

"……."

사우전이 눈을 동그랗게 떴다.

"이제부터 싸울 거니까 더 든든하게 먹어야 하는 거 아닌가?"

"아…… 그건 사람마다 다르지 않을까?"

그날의 몸 상태라거나 위장 상태도 있을 거고. 체질 문제도 있을 거고.

그보다 뭐야.

"돼지고기가 왜?"

"아, 아니, 알투아르산 돼지고기가 맛있다고 들어서 꼭 먹어보고 싶었거든. 근데 어느 지역의 무슨 부위가 맛있다고 했는지를 까먹었어. 그래서 돼지고기를 최대한 많이 먹어두려고. 분명 그 중 하나는 추천받은 돼지고기겠지."

상당히 무식한 해결 방법이다.

하지만, 뭐, 그것도 사람마다 다른 거겠지.

"알투아르에서 유명한 돼지고기라면 실버령산 아닌가?"

"그거다. 그런 느낌의 이름이었어."

"이게 실버령산인지는 나도 몰라. 요리사한테 물어봐. 이제 됐나?"

"응, 고마워. 갑자기 미안했어."

이상한 녀석과 엮이기도 하며 아침 식사를 마쳤다.

——공멸 작전은 실패했다.

이렇게 되면 이제 정공법으로 갈 수밖에 없었다.

지금부터 뭘 떠올린다 해도 실천할 수 있을지 어떨지는 모르겠다. 쓸데없이 복잡하게 생각하는 것보다 그냥 힘으로 찍어누르는 것만 생각하는 편이 그나마 승산이 있을 것 같기도 했다.

이제는 대진운을 바라는 수밖에 없었다.

어쨌든 프레사와 리넷이 걸리지 않기만을 바랄 뿐이다. 걸리더라도 후반, 결승 부근이길 간절히 빌었다.

◆

토너먼트 1회전의 대진표는 각자가 묵고 있는 숙소 안과 투기장 앞의 게시판에 붙여졌다.

다만 투기장 앞은 관객이 다니는 곳인 데다 숙소에서 조금 멀었다. 굳이 멀리서 확인할 필요도 없었으니 대부분 자신이 묵는 숙소에서 확인했다.

"……다섯 번째 시합인가."

숙소 내 대진표 앞에 리넷 블란이 있었다.

예선부터 본선 첫 번째 시합까지, 상당히 조용하게 이겨왔다. 결코 눈에 띄지 않고, 너무 빠르게 흘러가지도 않고, 그렇다고 너무 늦지도 않고.

반대로 말하면 특별히 고전한 적이 없었다는 뜻이었다.

한 명, 예선에서 꽤 강한 청룡도를 쓰는 격투가와 붙었지만, 그것도 큰 위험 없이 완승했다—— 상대는 '본가 키론'의 일원이었지만, 그녀는 그 사실을 몰랐다.

그런 리넷은 오늘 다섯 번째 시합에 출전했다.

상대는 엔 타이리.

우하이트 출신의 여성 격투가였다. 몇 안 되는 여성 선수였기 때문에 몇 번이나 인터뷰나 특집이 편성되었다. 검은 머리를 동그랗게 묶은 작고 귀여운 여자아이였다. 굉장히 수줍어하고 긴장하던 모습을 기억하고 있다. 어쨌든 귀엽다는 인상이 강했다.

당연히 본선까지 왔으니 실력은 진짜였다.

사이라는 이름의, 삼지창 형태의 단검 같은 무기를 양손에 들고 싸운다. 아는 것은 그 정도였다.

그녀에게는 미안하지만 특별히 체크하지는 않았다. 문제없이 이길 수 있다고 생각했다. 분명 지금까지와 같이 조용한 시합이 될 것이다.

그것보다.

두 번째 시합. 내 시합보다 세 번 전에 있던 시합이 신경 쓰였다.

거기에 적혀 있던 이름은 사우전 플라민과 레스트라.

사우전은 스렌클라드라는 꽤 먼 나라에서 왔다고 하는 검사였다. 모험가와 비슷하지만 모험가는 아니다, 라는 소리를 인터뷰에서 들은 기억이 있었다.

그에 관해서는 비밀을 가진 흥미로운 사람, 정도로 다뤄지고 있었다.

분명 뭔가 중대한 비밀이 있고 절대로 말할 수는 없지만, 거짓말을 할 수는 없는 타입인지 질문을 받을 때마다 어쩔 줄 모르는 모습이 재미있어서 그런 평가를 받게 된 것 같았다.

하지만 그는 강했다.

리넷이 줄곧 관심을 두고 있던 인물이기도 했다.

전투 스타일이 비슷했다. 같은 검사에, 착실한 시합 방식으로 조용하게 이겨왔다. 아무런 위험 없이, 안정적으로.

자신이라면 그를 어떻게 무너뜨릴까?

계속 그것을 고민했지만—— 아직 답은 나오지 않았다.

아마 제대로 붙으면 이길 수 없을 것이다.

자신은 '기'를 써야만 사우전과 같은 레벨이 된다. 그 상태에서 그 안정된 검술을 무너뜨릴 수 있을 것 같지 않았다. 시합이 길어지면 '기'를 유지할 수 없게 되고, 승리할 기회는 사라진다.

있다면 비장의 카드를 꺼내야 했다. 하지만 모두가 지켜보는 상황인 만큼 쓸 수 있는 것은 한 번뿐이었다. 다음 시합에서는 사용할 수 없었다. 패가 드러나면 당연히 그에 대한 대책도 세워질 테니까.

사우전도 관심이 가긴 했지만, 그의 대전 상대도 조금 관심이 갔다.

레스트라는 유명한 모험가였다.

엘프의 피를 이어받아 수명이 길었고, 그에 비례해 모험가로 활동하는 기간이 길었다. 우수하고 경력이 긴 만큼 당연히 이름도 널리 알려져 있었다.

중등학부 시절 모험과를 나온 리넷도 그녀의 이름을 알고 있다.

다만 그녀는 마법사라고 들었다.

그런 만큼 이 격투 대회에 참가했다는 것에 계속 위화감을 느끼고 있었다.

"너 리넷 맞지?"

대진표를 보며 생각에 잠겨 있는데, 옆에 다가온 여성이 말을 걸어왔다.

“네, 마침 당신을 생각하고 있었어요.”

뾰족한 귀의 미녀 레스트라다.

아마 리넷의 부모보다 나이가 많을 텐데도 이렇게 보면 10대 정도로 밖에 보이지 않았다. 심지어 자신보다도 나이가 어려 보였다.

장수하는 엘프의 피를 이어받은 자다웠다.

참고로 하프 엘프는 아니라고 한다. 하프 엘프는 인간과 엘프의 자식이지만, 레스트라는 본인도 모를 정도로 먼 조상 중에 엘프가 있었고, 대대로 약간씩 엘프의 특징을 이어받아 왔다는 것 같다.

엘프의 피를 이어받았다고 하면 과장일지도 모른다. 본인 역시 ‘엘프의 피가 아주 조금 들어 있다’ 정도로 생각하는 모양이었다.

“레스트라 씨는 마법사죠?”

“뭐, 그렇지. 하지만 마법사가 검을 쓸 수 있어도 괜찮잖아?”

그래, 그녀는 레이피어를 사용했다.

그리고 마법도.

이 대회에서도 마법 사용은 허용된다. 살상 능력이 낮은 마법으로 제한되지만.

당연히 객석까지 말려들게 하는 큰 기술은 금지였다. 리넷은 마법에 대해 잘 모르기 때문에 정확히는 알 수 없었지만.

하지만 마법을 쓰는 선수는 꽤 드물었다.

안젤의 매직웨폰(계약무장)조차 보기 드물다고 느껴질 정도였다.

물론 이에 대해서는, 매직웨폰으로 불러낼 수 있는 무기가 살상 능력이 낮은 막대 모양의 둔기였다는 것도 이유였다.

매직웨폰을 사용할 수 있는 사람은 많겠지만, 격투 대회의 규정상 사용할 수 없었다. 대부분 살상 능력이 높은 무기를 소환하기 때문이었다.

오히려 안젤은 왜 쇠파이프를 선택했을까.

매직웨폰은 한번 '계약'하면 평생 두 번 다시 변경할 수 없는 그런 종류의 서약 마법이었다. 휘어지든 파손되든 소멸하든 호출하면 '계약했을 때' 상태 그대로 무기를 호출할 수 있었다. 생각하기에 따라서는 매우 편리한 마법이지만.

그런데 왜 쇠파이프를? 보통은 검이나 나이프 같은 날붙이 계열 무기가 많은데 말이다.

주부라면 방금 막 갈아놓은 칼로 해도 좋았다. 영영 갈 필요가 없으니까.

"내 상대는 사우전 플라민인가. ……아아, 지겠네."

레스트라는 자신의 이름을 확인하고 한숨을 내쉬었다.

"사우전을 눈여겨보고 있었나요?"

"물론이지. 모험은 출발 준비부터가 시작이니까. 정보 수집도 그중 하나야."

모험가의 철칙이다.

리넷도 알고 있었다. 모험과를 졸업했으니까.

"……레스트라 씨가 지는 건가요?"

"그래, 저건 내 천적이거든."

산뜻하게 웃으며 레스트라는 가버렸다. 미인이었다.

"……천적이라."

말의 의미는 알 수 없었지만, 신경은 무척 쓰였다. 이미 패인이 보이는 듯했다. 아니, 명확하게 알고 있는 것이겠지.

아직 멀었지만, 서로 이겨나가다 보면 언젠가 사우전이나 레스트라와 맞붙게 된다.

아주 조금이라도 승산이 보인다면 좋겠는데…….

──어쨌든 질 수 없었다.

이 본선은 리스톤 가족도 관전하러 온다.

니아는 일이 있으니 별개였지만, 리넷의 고용주인 리스톤가 당주와 부인, 그리고 호위 대상이자 자신이 돌봐주고 있는 닐도 있었다.

패자부활전 후 자유 시간으로 주어졌던 일주일, 사실 학교로 돌아가 닐 곁에 있고 싶었지만 결국 포기했다.

인터뷰다 뭐다 하면서 리넷의 얼굴도 조금 알려졌기 때문이었다. 지금 왕도에 돌아가면 불필요한 소동을 일으킬 것 같다는 생각에 자숙했다.

벌써 한 달이나 닐을 만나지 못했다.

멀리서 슬쩍 보거나 영상 속에서만 만날 수 있을 뿐.

분명 닐은 자신을 그리워하며, 빨리 리넷을 만나고 싶다, 보호받고 싶다, 언젠가 지켜야 할 소중한 여자로 삼고 싶다, 라고 생각하고 있을지도 모른다. 가능성이 전혀 없지는 않았다. 전혀 없지는 않았다!

그리고 설령 그런 가능성이 없다 하더라도.

닐 앞에서 꼴사납게 지는 것은 절대 싫었다. 니아 앞에서 지는 것보다 싫었다. 언제라도 그의 앞에서는 그만의 이상적인 시녀가 되고 싶고, 그만의 이상적인 호위가 되고 싶었다.

의욕이 생겼다.

뜨거운 무언가가 치밀어 올랐다.

닐을 생각하는 것만으로도 한없이 강해질 수 있을 것만 같은 기분이 들었다.

◆

토너먼트 형식의 시합이 시작되고 벌써 첫 시합이 끝났다.

"용감한 전사들에게 박수를 부탁드립니다. 이어서 두 번째 시합이 시작됩니다."

시합을 마친 선수가 링을 내려가고, 다음 선수들이 등장했다.

그래, 이 두 번째 시합이다.

오늘 시합 중 내가 보고 싶었던 시합이었다.

——우리 리스톤 촬영반은 오늘도 예정대로 링 옆에서 촬영 중이었다.

관객도 만원, 분위기는 무척 뜨겁다. 이대로 문제없이 끝까지 달려가길 바랄 뿐이다.

링에는 이미 선수 두 명과 심판이 서 있었다.

사우전 대 레스트라.

용사 후보 대 베테랑 모험가였다.

지금까지 어느 쪽의 시합도 눈에 띄지 않았다.

사우전은 누가 보기에도 비밀을 품고 있다는 것이 훤히 보였고, '저 녀석은 분명 뭔가를 숨기고 있어'라는 말과 함께 화제가 되고 있었다. 비밀을 품은 개그 캐릭터 부류랄까. 비밀이란 아마도 용성회 소속의 용사 후보라는 점이겠지.

뭐, 이것에 대해서는 이런 말을 들어도 어쩔 수 없다고 생각한다.

그 녀석은 거짓말을 못해도 심각하게 못했으니까.

용성회의 일원인 것을 숨기고 싶은 것일까, 아니면 사실은 알리고 싶은 것일까.

그 부분이 의심이 들 정도로 거짓말이 서툴렀고, 둘러대는 것도 서툴러서 금방 횡설수설했다. 개그 캐릭터라는 말을 들어도 할 말이 없었다.

그리고, 정작 중요한 시합도 수수했다. 재미없는 수준으로 수월하게 계속 이겨나갔다.

실력은 좋았다. 틀림없이.

그것이 희석될 정도로 개그 캐릭터 취급을 받고 있긴 하지만. 좀 불쌍하다. 근데 거짓말을 못한다고 해도 정말 너무 못했다. 거짓말을 할 수 없다면 차라리 말이라도 하지 말던가. 순순히 다 대답하려 드니까 곤란해지는 거잖아.

그에 맞서는 레스트라도 마찬가지다.

인터뷰에서 들으니 그녀는 모험가이자 마법사라고 한다.

그에 비해서는 세검을 다루는 실력이 제법 능숙하고, 그럭저럭 강했다.

'그럭저럭'에서 끝이지만.

그것을 이끌거나 보조해 주는 것이 마법인 거겠지. 아니면 그 반대이거나. 마법을 효과적으로 사용하기 위한 검인 건가.

어느 쪽이든 마법과 검을 동시에 사용하는 방식으로 싸울 것 같았다.

영상에서 봤을 때는 잘 보이지 않았지만 말이다. 마법을 쓰고 있었을까. 검으로만 싸우는 것처럼 보이기도 했는데.

어쨌든, 그녀도 '초절정 미인 모험가'라는 말과 함께 화제가 되고 있었다.

프레사와 함께 미인 콤비라느니 양대 미인이라느니, 그런 느낌으로 특집도 편성되었다. 프레사에게는 재난이었겠지만.

――자아.

내가 보기에도 실력이 확실하지 않은 두 사람이 시합하는 것이다. 궁금하지 않을 리가 없었다.

너희의 무를 마음껏 보여달라고.

지금까지는 둘 다 조용했지만, 조용한 상태에서 이길 수 있는 상대는 아니다. 분명.

"두 번째 시합은 사우전 선수 대 레스트라 선수입니다. 그저 단순하게 검술 실력만 놓고 말하자면 사우전 선수가 한 수 위, 아니 두 수 위일 겁니다. 상대하는 레스트라 선수는 마법이 특기라고 하는데요. 오히려 검보다 마법 위주로 싸우는 타입일지도 모릅니다. 그러나 대회 규칙상 살상 능력이 높은 마법은 금지되어 있습니다. 갑자기 목이 뎅강 잘리거나, 몸통이 두 동강 나거나, 중력이나 바람 등을 통한 압살…… 아아, 아뇨, 아무것도 아닙니다. 어쨌든 상대가 죽을 수도 있는 마법은 모두 금지됩니다. 과연 누가 이길지 주목해 봐야겠군요."

벤델리오가 손으로 ×를 만드는 것을 보고 황급히 이야기를 마무리했다. 좀 위험한 멘트를 해 버린 모양이다. ……역시 압살은 좀 심했나? 잘 으깨진 토마토처럼, 이라거나. 그런 소프트한 표현으로 바꿔 말했다면 괜찮았을지도 모른다.

뭐, 됐다.

다시 집중해서 시합을 볼까.

"시작!"

심판이 신호함과 동시에 레스트라가 공격했다.

"핫!"

호오, 꽤 빠르다.

챙, 챙, 날이 뭉툭한 검끼리 맞부딪힌다.

세검답게 찌르기 위주로 공격하는 레스트라에 대해, 사우전은 여유로운 모습으로 방어를 이어갔다.

음, 훌륭한 균형감이다. 사우전은 무척 안정적이었다.

때때로 공격을 날리는 것은 맞히려 한다기보다는 밀리지 않기 위한 견제였다. 접근하는 게 싫은 건가? ……아니, 아니다.

저건 유인하는 거다. 레스트라가 깊이 찌르도록 유도하고 있었다. 더 깊게 파고들도록 만들려는 것이었다.

……오?

"레스트라 선수, 공격합니다."

내가 그렇게 말한 순간 레스트라의 모습이 흔들렸다.

'뇌음'에 필적할 만큼 빠른 속도다. 정신을 차리고 보니 레스트라는 사우전의 등 뒤로 돌아가 있었다. 호오, 빠르네. 그리고 저건 마법이다.

까앙!

관중석까지 들릴 정도의 커다란 금속음.

있는 힘껏 휘두른 세검을 받아낸 사우전이 비틀거렸다.

아니, 유연하게 상체를 젖혀서 충격을 흘려보낸 거구나. 아무런 어려움이 없는 방어였다. 얄미울 정도로 안정적이다.

"신체 강화 마법이군요."

저 속도와 묵직한 찌르기. 마법으로 근력을 높인 것이다.

그래, 마법사는 이렇게 '기'가 아닌 방법으로 신체를 강화할 수 있었지.

옆에서 보면 전혀 알 수 없을 것이다. 아마 예선 때의 레스트라는 이것을 써서 통과한 것 같았다.

챙, 챙! 챙챙챙챙!

잔상이 남을 정도로 빠른 레스트라의 속도에 관객들이 열광했다.

격렬한 금속음을 내면서 사우전은 방어에 전념했다. ……흔들림이 없네. 저 속도와 저 무게로 저렇게나 공격당하는데도 자세한 번 흐트러지질 않는다. 말도 안 되는 신체 능력이다.

음?

레스트라의 거센 공세가 멈췄다.

아니, 갑자기 움직임이 느려졌다고 해야 하나. 저 속도에 익숙해진 탓에 정지한 것처럼 느껴진 것뿐이다.

레스트라가 놀란 얼굴을 지은 것을 보면 사우전이 뭔가 한 것이겠지.

강제적으로 움직임을 제한당한 그 순간, 완전히 무방비 상태가 되었다.

그 틈을 놓치지 않고 사우전의 검이 레스트라의 목에 닿았다.

승부가 났다.

“승자, 사우전 선수. 실로 냉정하고 안정된 싸움이었습니다.”

귀가 먹먹할 정도의 함성 속에서 나는 감상을 이어갔다.

“아마도 레스트라 선수는 신체 강화 마법을 사용하여 그런 빠른 움직임이 가능했던 것 같습니다. 그에 맞선 사우전 선수는 어떤 기술로 레스트라 선수의 강화 마법을 지워낸 것처럼 보였습니다."

좀 더 말하자면, '신기'의 기술 중 하나인 '파사'였다.

마법을 쫓아내는 저주와도 같은 기술이었다.

형체 없는 힘, 실체 없는 마성의 존재에게 특히 효과적이다. 마력도 그에 가까운 모양이고, 그렇기에 마법도 지울 수 있는 것 같았다.

일 년 전, 반돌루즈에 돈을 벌러 나갔을 때 조우한 '환수 미코바'. 그 물로 된 말을 만났을 때 내가 썼던 기술이다. 리노키스에게는 만류당했지만 말이다. 저주받을지도 모르니까 하지 말라나 뭐라나. 저주 따위가 무슨 대수인가. 나는 격투가라고.

즉 '신기'란 그렇게 실체가 없는 것에 유효한 것이었다.

이것이 바로 진짜 신에게 항거하는 역신의 힘……이었을 것이다.

음. 더 이상은 기억이 안 난다.

뭐, 기억이 안 난다면 대단한 건 아니라는 거겠지. 사실 '신기' 같은 건 대단한 것도 아니고. 격투가라면 마법 같은 건 기합으로 어떻게든 할 수 있었고, 여차하면 '마법 같은 건 상관없다!'라고 말하며 마법을 무시하고 마법사를 때려눕힐 수도 있었다.

"하필이면 마법이 통하지 않는 상대와 맞붙게 되었네요. 레스트라 선수에게는 불행한 조합이었을지도 모르겠습니다. 저 정도로 움직일 수 있다면 좀 더 상위권에 들었을 텐데요. 사우전 선수는 강합니다. 강화한 레스트라 선수를 상대로도 전혀 동요하지 않았습니다. 아직 실력을 전부 발휘하지 않았다는 인상이 강하네요. 그가 전력을 다해 싸우는 시합은 조금 더 나중이 될 것 같습니다. 어쩌면 그의 우승도 가능할지 모르겠네요."

……대충 이 정도일까.

오늘 알고 싶었던 시합은 이 정도다.

제자들도, 개인적으로 마음에 걸리던 녀석들도 문제없이 이겨 나갈 것이다. 이변이 있으면 더 즐겁겠지만.

나도 관객과 마찬가지로 명승부를 기대해 보자.

◆

어두컴컴한 창고의 한 방에서 커프스 잭스가 주최한 머니 게임이 움직이기 시작했다.

——"사우전 선수는 강합니다. 강화한 레스트라 선수를 상대로도 전혀 동요하지 않았습니다. 아직 실력을 전부 발휘하지 않았다는 인상이 강하네요. 그가 전력을 다해 싸우는 시합은 조금 더 나중이 될 것 같습니다. 어쩌면 그의 우승도 가능할지 모르겠네요."

오늘 격투 대회의 하이라이트가 일단락된 시점에서 커프스는 신호를 보냈다.

대기하고 있던 나스틴이 마정판의 볼륨을 낮추고 테이블에 종이 한 장을 펼쳤다. 영상에서는 또다시 시합의 재방송이 나오고 있다.

몇 번을 봐도 재미있지만, 지금은 그럴 상황이 아니었다.

"본선 3일 차 토너먼트 형식이 시작됐다. 전에 말했듯이, 우리의 도박은 지금부터다."

본선 3일 차가 무사히 끝난 밤.

1일 차, 2일 차, 3일 차. 악당들이 선수들을 평가하는 시간을 갖고, 토너먼트 1회전이 끝난 이 타이밍.

사전에 설명했던 대로, 여기서부터 도박이 시작된다.

처음에는 300명이었던 선수가 두 번의 시합을 거쳐 줄어들었고, 현재는 약 75명.

그 75명 중에서 누가 우승할 것인지를, 이곳에 있는 악당들이 맞추는 것이다. 참고로 맨손부는 제외되기 때문에 실제로는 75명보다 적었다.

커프스 잭스.

그리그 크렛.

프로젠 가이츠.

레스텐.

케야 킨.

젠 포워.

처음 얼굴을 마주했을 때와 같은 장소, 같은 의자에서 테이블에 펼쳐진 토너먼트 표를 바라보았다.

종이는 두 장, 1블록과 2블록이다.

선수 이름이 적혀 있고, 이 모든 시합에서 이긴 자가 우승자가 된다.

판돈의 기준은 커프스가 '500억을 내겠다'고 선언했으니, 그것에 따른다.

이 멤버들이 있는 상황에서 '그렇게 많은 돈은 없다'라는 한심한 발언은 할 수 없었다.

뒷세계의 주민은 얕보이는 순간 끝장이다. 그런 나약한 모습을 보였다가는 이 자리의 전원에게 짓밟힌다. 이제는 할 수밖에 없었다.

500억.

아무리 생각해도 농담이나 흥이나 기세로 걸 수 있는 액수는 아니었다.

당연히 지면 무슨 수를 쓰더라도 걷어갈 것이다. 도망할 가능성은 적다. 그리고 500억이 없다면 재산을 넘어서서 자신의 목숨마저 가져갈지도 모른다. 아니, 무조건 가져가겠지. 이곳의 모인 인물들이라면 누구라도 그렇게 할 것이다.

악당들은 지혜를 써서 정보를 모으고, 3일간의 시합을 눈에 불을 켜고 관전하며, 선수들의 실력을 꿰뚫어 보기 위해 안간힘을 썼다.

이거다 싶은 선수는 몇 명이나 있었다.

이 경우엔, 몇 명이나 있기 때문에 귀찮아진다. 아무래도 결정타가 부족해서 고민되는 것이다.

누가 뭐래도 500억 내기다, 신중해질 수밖에 없다.

――누구나 그런 망설임과 갈등을 품는 가운데, 딱 하나 공통적으로 생각하는 것이 있었다.

저 아이는 대체 누구인가, 였다.

시합 해설을 하는 저 흰머리의 아이. 처음에는 별생각 없이 흘려들었는데…… 진지하게 듣고 있으니 보통 일이 아니라는 것을 깨달았다.

멘트가 너무 정확했기 때문이다.

무슨 일이 일어났는지 알 수 없는 시합에서도 제대로 된 설명을 덧붙였다. 승리나 패인도 정확하게 이해하고 있고, 그것을 알기 쉽게 말로 풀어냈다.

시합 전의 '이쪽이 우세할 것 같다', '저쪽이 힘들지도 모른다' 등 가볍게 덧붙이는 예상 멘트도 전부 적중했다. 무기부든 맨손부든.

나중에 덧붙이는 거라면 누군가가 훈수를 두었다고 생각할 수 있겠지만, 거의 실시간으로 해설하는 중이다.

저것은 예삿일이 아니었다.

예언가가 아닐까 생각하고 어떻게든 접촉할 수 없을까, 그런 어리석은 생각을 하는 사람마저 있었다. 어떻게 해도 불가능할 것 같아 행동하기도 전에 포기했지만.

"이봐, 다들 왜 그래? 걸지 않으면 이야기가 진행되지 않는다고."

미동도 없이 토너먼트 표를 노려보는 악당들에게 커프스는 말했다.
내기 패로 쓰는 색 코인을 만지작거리며 냉정한 눈빛을 보냈다.
"자넨 이미 결정했나?"
그리그의 질문에 커프스는 고개를 끄덕였다.
"그래, 물론이지. 먼저 걸어도 상관은 없지만――."
말을 끊고 사람들을 둘러보며 일부러 어깨를 으쓱인다.
"내가 먼저 판돈을 정할 수 있게 해 줬잖나. 다음에는 자네들에게 양보해야 공평하지 않겠어?"
받은 것은 되돌려준다.
얼마 전에 얕보인 것에 대한 보답이었다.
"아, 참고로 말해두자면 선수와 접촉하는 건 불가능한 것 같더군. 경기장 부유섬에는 말도 안 되는 인원의 기사나 병사가 스태프로 잠입해서 경계하고 있거든. 뭐, 당연하지. 알투아르 국왕과 여러 나라의 높으신 분들이 드나들고 있으니까."
즉, 협박이나 매수 등으로 선수의 패배를 강요하는 수단은 쓸 수 없다는 뜻이었다.
더러운 방식이지만 매우 효과적인 수단이기도 하다.
결과적으로 자신이 건 말만 이기면 되니까, 당연히 그런 방법도 있는 것이다.
이번에는 쓸 수 없었지만.
――아마 알투아르 국왕도 이와 관련한 방해를 경계하고 있을

것이다. 이를 위해 감시 인력을 대거 투입한 것이 분명했다.

그렇지 않고서야 작은 분쟁 하나로도 선수의 출전권을 박탈한다는 억지스러운 룰은 만들지 않는다.

그 규칙은 암묵적으로 보여준 것이다.

수상한 사람은 모두 배제하겠다, 라고. 단순한 싸움이든 뭐든 수상하다고 생각되면 참가시키지 않겠다, 라고.

그런 의사 표시라고 커프스는 받아들였다.

"좋아, 나는 사우전에게 걸도록 하지."

최근 두각을 나타내는 반돌루즈의 젊은 악당 레스텐이 내기패로 쓰는 녹색 코인을 '사우전 플라민'이라는 이름 위에 올려놓았다.

500억 도박.

아직 한창 떠오르고 있는 현재, 레스텐에게 있어서는 솔직히 몸이 떨릴 정도의 거금이었지만, 그런 내색은 조금도 보이지 않았다.

여기가 승부처다.

——방해되는 노인네들을 제거하고 큰돈을 손에 넣을 기회였다. 졌을 때의 일 따위는 생각하지 않았다. 어차피 물러설 수는 없는 도박이다.

그리고 승산이 있었다.

여기에 있는 멍청이들은 눈치채지 못했겠지만, 저 쓸데없이 정확한 해설을 하는 흰머리의 아이가 '사우전의 우승도 가능할지도 모른다'라고 말했다.

언제나 이기는 쪽을 알아맞혀 왔던 그 아이가 그렇게 말한 것이다.

분명 가능성은 있다.

실제로 꽤 강해 보이고, 반드시 우승한다. 안 하면 곤란하다. 정말 곤란하다.

"프리즈."

레스텐과 마찬가지로 반돌루즈에서 세를 넓히고 있는 프로젠 가이츠가 프리즈의 이름 위에 파란색 코인을 올려놓았다.

이제 거의 마흔에 가까운 나이지만 아직 젊은 사람이라 불리는 것은 그 위에 그리그가 있기 때문이었다. 빅 보스가 되기 위해서는 뒷세계의 정상에 서 있어야 한다. 그렇게 되지 못하는 동안에는 여전히 젊은 사람이다.

한번 시작한 뒷세계 삶이다. 이제는 올라가거나 떨어지거나 둘 중 하나다.

그리그의 후임 자리를 호시탐탐 노리고 있지만 아직은 파고들 틈이 없었다.

그 와중에 이 도박 이야기가 들어온 것이다.

여기서 이기면 그리그를 끌어 내릴 기회가 된다. 당연히 안 할 이유가 없었다.

게다가 승산이 없는 것은 아니었다.

여기에 있는 멍청이들은 눈치채지 못했겠지만, 예언가들도 깜짝 놀랄 만한 적중률을 자랑하는 그 흰머리의 아이는, 몇몇 선수에 대해 '우승할지도 모른다'라고 말했다.

그중 한 명이 프리즈였다.

재방송으로 예선도 봤지만, 그 여자는 살인에 익숙했다. 아마 살인의 전문가로, 한번 죽이기로 결정하면 일말의 망설임도 없을 것이다.

그 비정함은, 적어도 대회 룰 안에서 필사적으로 싸우는 선수들보다 정신적으로 우위를 차지한 부분이라 생각한다.

그 아름다움과 비정함이라면 분명 우승할 수 있을 것이다.

토너먼트 표에 두 개의 코인이 놓였다.

한가롭게 보고 있던 노인들이 느릿느릿 움직이기 시작했다.

"이보게, 젠, 넌 누구한테 걸 겐가?"

누가 봐도 악당 같은 얼굴을 한 초로의 노인 케야 킨.

"쿠 윈세가 있었으면 좋았을 텐데."

이미 신선 같은 분위기를 풍기는, 대머리에 긴 흰 수염을 가진 할아버지 젠 포워.

이 두 사람이야말로 우하이트 뒷세계의 실세였다. 여러 격투가를 통솔하는 위치에 서서, 그 나라에서 온갖 방법을 써서 돈을 끌어모으고 있었다.

실제로 무엇을 하고 있는지는 잘 모르겠다. 소문으로는 나쁜 짓이란 나쁜 짓은 대체로 다 한다고 하는데.

그런 불분명한 부분이, 더할 나위 없는 악당 같았다.

"그 녀석이 있었다면 나도 걸었겠지."

"그래, 그렇겠지. 이봐, 케야, 넌 500억, 창고에 있나?"

"있지. 현금은 아니지만."

"그럼 이걸로 가지."

젠이 마른 가지 같은 가느다란 오른손을 위아래로 흔들었다.

케야가 능글맞게, 실로 그림에 그린 듯한 악당의 얼굴로 웃었다.

"흠. 뭐, 나쁘지 않구먼."

두 사람은── 엄지손가락으로 코인을 튕겼다.

던져진 코인은 테이블에서 튀어 오르며 회전했다.

소름 돋는 노인들이었다.

이 두 사람에게 있어서 500억은, 내다 버려도 상관없는 정도의 가치인 모양이었다. 대체 얼마나 많은 자산을 쌓아두고 있는 것일까.

역사가 긴 우하이트에는 일반인들은 상상조차 할 수 없는 존재가 있다는 말을 자주 듣긴 하지만── 그중 하나가 '본가 키론'이라고 하는 암살 집단이었다. 옛날부터 이런 수수께끼나 소문이 매우 많았다.

"이보게, 코인과 가장 가까운 이름으로 옮겨주게나."

"아, 네."

너무나도 성의 없는 내기 방식에 어안이 벙벙한 표정을 짓고 있던 나스틴이 검은색 코인과 흰색 코인을 이동시켰다.

"이 선수로 괜찮으시겠습니까?"

착오가 없도록 다시 한번 확인하자 노인들이 고개를 끄덕였다.

"괜찮은 건가? 그런 식으로 결정해도."

커프스가 묻자 노인들이 웃었다.

"좀 쓰린 정도지. 가족 서비스 한 번은 쉬어야겠군."

"난 이제 곧 돈이 아무 쓸모가 없게 될 테니까. 처음부터 귀여운 손자에게 용돈을 주는 마음으로 온 거야."

……노인들의 본심은 모르겠지만, 어쨌든 도박은 성립되었다.

케야 킨의 검은색 코인은 리넷 블란에게.

젠 포워의 하얀색 코인은 아스마 히노키에게.

——실로 소름 돋는 일이다.

두 사람 다, 그 리스톤가의 딸이 '우승할지도 모른다'라는 말했던 인물이었다.

노리고 던진 것일까.

그 무심한 동작만으로 코인이 떨어지는 곳을 노릴 수 있는 것일까. 아니면 그 강운이 있었기에 지금의 위치까지 올라올 수 있었던 것일까.

바닥을 헤아릴 수 없는 노인들이었다.

커프스는 어렴풋이 그 리스톤 가문의 딸이 어떤 존재인지를 짐작하고 있었다.

짐작하고 있는 만큼, 최대한 엮이지 않도록 피해 왔다. 우연히도 안젤이 꽤 깊게 관련되어 있다는 사실을 알고 솔직히 상당히 당황했을 정도다.

그건 건드리면 안 되는 존재였다.

아주 조금의 심기만 건드려도 커프스가 쌓아온 모든 걸 무너뜨릴지도 모른다. 산책하는 김에 겸사겸사, 라는 가벼운 느낌으로. 짬을 내서, 잠시 들르는 느낌으로.

그래서 전력으로 피해 왔고, 동향은 감시해도 깊은 정보는 파헤치지 않았다. 만에 하나라도 이쪽의 존재가 알려지게 되면 손쓸 방법이 없을 테니까.

세드니 상회는 잘 끼어들었다고 생각한다.

……아니, 그렇지도 않은가. 그것에게 미움을 사면 앞으로 사업을 계속할 수 없을지도 모른다. 그들로서도 신경을 쓸 수밖에 없는 존재일 것이다.

뭐, 어쨌든.

우하이트의 노인들은, 그 리스톤가의 딸이 '우승할지도 모른다'라고 말했던 두 사람에게 걸었다. 여기에 있는 멍청이들은 눈치채지 못했을 가능성이 높지만, 그 아가씨의 예상은 지금까지는 백발백중이었다.

리넷 블란도, 아스마 히노키도 우승 가능성이 높았다.

노인들의 행동은 지적할 곳투성이였지만.

"그리그, 자넨 누구에게 도박을 걸 건가?"

반돌루즈의 젊은 야심가들도, 진의를 읽을 수 없는 노인들도 도박을 걸었다.

이로써 베팅하지 않은 것은 그리그와 커프스뿐.

커프스는 마지막에 걸 예정이니 다음은 그리그 차례였다.

"다른 뜻은 없지만."

그렇게 말한 그리그는, 검지와 엄지로 집은 붉은색 코인을 내밀었다.

"커프스, 같이 놓지 않겠나? 자네 혼자 완전히 뒤에 걸면 나중에 트집 잡힐 수도 있으니 말이지."

"이거야 원. 무슨 침대에 같이 눕자고 하는 건 줄 알았군."

"자네 얼굴은 내 취향이 아니야."

"하하, 동감이야."

커프스는 등받이에서 몸을 일으켜 만지작거리던 노란색 코인을 똑같이 집었다.

"좋아. 같이 놔볼까?"

둘이 동시에 건 선수는 똑같았다.

"그렇게 나오는군."

이것은 커프스의 상정 내.

그리그가 '다른 뜻은 없지만'이라고 말한 순간, 분명 이렇게 되리라 생각했다.

아니, 오히려 여기까지 읽어내지 못했다면 그리그는 지금 살아 있지 못했을 것이다.

여러 방면에서 커프스의 움직임을 유도해 왔지만, 결국 핵심은 이 머니 게임의 진의를 깨달았는가 아닌가, 였다.

커프스는 이길 생각으로 이 사람들을 모았다. 그리그만 아주 조금 일찍 부른 것은, 여기까지 읽게 만들기 위해서였다.

커프스가 누구에게 베팅할지까지 알아내게 하기 위해서였다.

자산, 부하의 수와 규모, 지배하고 있는 범위, 운영하는 가게와 판매하는 여러 가지 것들, 그리고 누구에게 걸 것인가, 까지.

자유롭게 움직이게 놔두었지만, 결코 고의로 정보를 흘린 것은 아니었다.

그런데도, 지금 이 꼴이다.

단 며칠의 유예만으로 발가벗겨지고 말았다. 커프스의 80% 정도는 알려지지 않았을까.

그리그에게는 조사 능력이 굉장히 뛰어난 부하가 있는 모양이다. 부러운 일이다.

"안젤. 자네 부하 맞지?"

"글쎄. 이젠 너무 강해져서 나도 감당이 안 돼. 이제는 언제 배신당할까 무서울 지경이야."

——재미없는 농담이라고 그리그는 생각했다.

무표정하고 담담하게, 조금도 본심이 아닌 말을 입에 담는다.

"그래도 불만은 없겠지? 내 부하가 격투 대회에 나왔다, 그뿐이야. 짜고 친 건 없으니. 얼마든지 조사해도 상관없어. 나로서는 정정당당한 승부다. 도박에 나서면 반드시 이겨야 하고, 그걸 위한 사전 준비는 아끼지 않는다는 게 내 방식이거든. 뭐, 이 자리의 전원이 그렇겠지만 말이지.”

하기로 했으면 어떤 비겁한 수를 써서라도 이긴다.

그러지 못하는 녀석이 살아남을 수 있을 만큼 뒷세계는 호락호락하지 않았다.

그런 인간들뿐이었기에, 이 도박이 성립되는 것이었다.

조금이라도 약점을 보이면 짓밟히는 이유가 될 테니까. 그 녀석을 싫어하는 녀석들을 모을 이유가 생기니까. 짓밟히고 나면 남는 것은 빼앗기는 것뿐이니까. 일을 벌일 대의명분이 만들어진다.

어쨌든, 어제까지 신뢰했던 부하라도 언제든 손바닥 뒤집듯 돌변한다. 더는 피할 방법은 없다. 뒷세계의 인간관계란 이해관계의 일치 외에는 거의 없었다.

예외가 있다면, 일부 확률에 지나지 않는 기적 정도일까.

“하지만, 이 도박에 관해서는 신뢰뿐이야. 난 내 부하가 우승할 거라 믿고 있다. 아무런 속셈도 없이.”

핫, 하고 그리그와 노인들이 코웃음을 쳤다.

믿을 리가 없지, 라고 말하는 듯한 얼굴로.

하지만, 이것만은 커프스의 본심이었다.

안젤의 우승을 믿고 있다. 거기에는 구체적인 근거도 이유도 없었다.

그렇지 않으면── 더는 본능이 떨릴 정도의 스릴 같은 것은 맛

볼 수 없었으니까.

알투아르 왕국의 뒷세계를 지배하는 커프스 잭스는 줄곧 이런 도박을 하며 스릴에 빠지고 감정에 흔들리고, 그리고 이겨왔다.

본인은 스스로를 단순한 도박꾼에 지나지 않는다고 생각했다. 분명 사람이 태어나면서부터 갖는 감각이나 감정이 고장 난 거겠지.

도박에 대한 감정은 어쩌면 파멸 욕구라 할 수 있을지도 모른다.

그것이 무엇이든 간에, 여기까지 달려왔다. 이제 와서 바꿀 수 있을 리도 없다.

커프스는 그런 사내였다.

"굉장하네, 이거."

본선 4일 차.

숙소 방에서 몸단장하던 리노키스는 거울에 비친 자기 얼굴을 보며 새삼 생각했다.

역시 귀족용의 최고급품, 화장이 무너지지 않는다.

마법 약품 전문점에서 구매할 때 설명 들었던 그대로다. 아무리 땀을 흘리든, 문지르든, 일주일은 무너지지 않았다.

마법약에 가까운 화장이라고 해서, 그 비밀은…… 뭐, 이런저런 설명을 듣긴 했는데 마법에 대해서는 잘 모르기 때문에 잊어버렸다.

요컨대 마법의 힘을 가진 화장품이라는 것이다.

일단 한번 피부에 달라붙으면 화장 자체는 지워도 된다고 해서 화장을 하고 있다는 감각도 전혀 없었다. 세수해도 사라지지 않았다. 고급품인 이유를 잘 알 수 있었다. 정말 편했다.

예선부터 사용하고 있었으니 그 효과에 대한 실증은 끝났다. 일주일 정도 지나면 효과가 사라지지만, 그것도 서서히 옅어지기 때문에 완전히 사라지기 전에 다시 바르기만 하면 된다.

참고로 화장을 지우는 약, 해제약도 있었다. 언젠가 니아가 머리를 염색한 것도 이 마법약과 같은 성분의 제품이었다.

"좋아."

기합을 넣고 리노키스는 방을 나갔다.

일단 화장은 고쳤다.

이것으로 시합 중에 화장이 지워질 걱정은 없었다. 맨얼굴이 드러날 일은 없었기에 아무 걱정 없이 싸움에 집중할 수 있었다.

오늘 상대는 쉽게 승리를 허락하지 않을 테니까.

오늘부터 시합은 오후에만 열린다.

본선 참가 선수는 약 300명.

1일 차와 2일 차 동안 반으로 줄고, 3일 차부터는 토너먼트가 시작된다.

그리고 토너먼트 1회전이 끝난 현재, 남은 선수는 대략 75명이다.

참고로 선수의 인원은 시드권 없이 딱 나눠떨어지는 수로 되어 있었지만, 무기부와 맨손부의 인원수를 합한 탓에 조금 복잡해졌다.

어차피 선수 입장에서는 매일 시합 하나만 소화하면 되기 때문에 그것만 기억하면 된다.

본선 4일 차, 토너먼트 2회전에서 75명이 절반으로 줄어드는데, 시합의 소화 속도를 감안하여 시합 개시는 오후부터가 될 예정이었다.

예정이었는데.

추가된 룰의 영향으로 몇 명이 기권했다고 한다. 어제 시합에서 입은 부상으로 시합을 할 수 없다는 것이 이유였다. 뭐, 몇몇은 짐작이 갔다. 어떻게든 이겼다고 해도 부상당한 채 힙겹게 얻은 승리라면 다음 시합은 절망적이겠지.

아쉽지만 이 부분은 어쩔 수 없으니 포기할 수밖에 없을 것이다.

어쨌든, 길어질 만한 시합은 별로 없었다.

분명 오늘 있는 모든 시합도 저녁 전에는 끝날 것이다.

"리노다!"

"리노가 왔다! 리노다!"

투기장 출입구 부근에는 이미 섬에 들어와 있던 관객들이 잔뜩 모여 있었다.

그들은 리노키스의 모습을 보고 달아올랐다.

시합 시작까지 아직 시간이 남았으니 여기서 선수들의 입장을 보고 있는 거겠지.

대단한 인원이다. 1년 이상 공들여 준비해 온 보람이 느껴질 만한 광경이었다.

그런 생각을 하며 리노키스는 다정하게 손을 흔들어 화답했다. 관객을 통제하는 스태프들이 힘들 것 같아 빠르게 안으로 들어가려는데——.

"아, 지온이다!"

누군가가 외쳤다.

리노키스가 뒤를 돌아보았다.

"……!"

걸어오는 늑대 수인의 모습을 보고 숨을 삼켰다.

걷는 그 모습에서 살의가 느껴졌다.

한 걸음 한 걸음 나아가는 것만으로 시체가 쌓이는 것이 아닐까 싶을 정도로.

그 정도로, 위협적인 분위기를 풍기고 있었다.

기합이 충분하다 못해 굶주린 늑대 그 자체였다.

예선 때부터 보통내기가 아니라는 것은 알고 있었다.

그것도 당연하다. 애초에 '음속의 지온'은 모험가에게 흥미가 없는 사람들조차 대부분 알고 있는 실력자였다. 실적도 경험도 나무랄 데 없었다.

사실상 허울뿐인 공적밖에 없는 모험가 리노와는 비교할 수 없을 정도로.

"이긴다."

옆을 지나가는 순간, 그 말만을 남긴 지온은 멈추지 않고 투기장으로 사라졌다.

"……."

리노키스는 작게 한숨을 내쉬었다.

오늘 시합은 조금 힘들지도 모르겠다.

◆

오전에는 관객들의 인터뷰를 하고, 시합 개시 전에 경기장에 들어가 링 옆에서 대기했다.

오늘도 우리 리스톤 촬영반의 지정석은 이곳이었다.

그건 그렇고 분위기가 정말 뜨거웠다. 오늘부터 시합은 오후에 열리는데, 관객들은 오전부터 이미 와 있었다.

마음이 급하네……라고 말하고 싶지만, 또 그렇지도 않았다.

왕도와 마찬가지로 이 섬 역시 축제 분위기가 가득했다.

수많은 노점이 나와 있어서 엄청나게 먹음직스러운 냄새가 진동하고, 마정판이 설치된 장소에서는 지금까지의 시합이나 인터뷰 등 격투 대회와 관련된 영상이 방송되고 있었다.

당연히 물품 등의 판매도 있었지만—— 가장 큰 볼거리라고 하면 역시 이곳에 선수가 있다는 점이겠지.

진 선수는 살아남은 선수들과는 격리된다. 표현이 좀 그렇지만 패자용 숙소로 이동하게 된다. 그렇다고 해서 바로 섬을 나갈 필요는 없다고 한다.

그리고, 여기서부터 살짝 운영 측의 개입이 더해진다.

만약 형편이 된다면 이대로 본선 종료까지 남아 관객들과 교류하거나 팬 서비스를 해 주지 않겠느냐, 돈을 주겠다. 그런 제안이 있었다고 한다.

다시 말해 일용직 같은 것이었다.

패배한 선수 중에서도 본선의 진행 상황이 궁금하고 서둘러 섬에서 나갈 이유도 없는, 그런 선수들이 많았다. 멀리서 오는 사람도 적지 않았고.

뭐, 첫 시합에서 졌다고 해도 본선까지 살아남은 이상 강함을 무기로 내세운 자들이라는 뜻이었다. 누가 얼마만큼 강한지는 알고 싶겠지.

그래서, 남은 패자 선수들이 관객을 만나게 되었다.

관객 입장에서는 최근 계속 매직비전에 나오고 있던 그 얼굴이 바로 눈앞에 있는 셈이다. 운이 좋으면 자신이 응원하던 선수와 만날 수도 있었다.

이게 꽤 반응이 좋다고 한다.

선수 쪽도 자신이 모르는 사이에 자신의 팬이 생기기도 하고, 그것이 의외의 일로 연결되기도 하는 등 신기한 수요가 생겨나고 있다고 한다.

실제로 그 호랑이 수인 형제는 인기에 따른 수요로 상당한 유명인이 되었다. 본인들은 예선에서 졌지만, 그래도 아이들에게 인기가 굉장했다.

그렇다기보단, 수인은 다들 인기가 많았다.

알투아르에서는 쉽게 보기 어려운 종족이라 그런 것일지도 모른다. 그들은 기본적으로 투쟁심이 강했기에 평화에 찌들었다고 하는 알투아르에는 별 관심이 없었던 거겠지.

그런 이유로 이 섬에서도 축제가 벌어지고 있다, 라는 것이다.

어쨌든.

오늘의 볼거리는 전반 세 번째 시합과 후반의 시합이다.

토너먼트 형식이 된 후로 무기부 시합은 전반에, 맨손부 시합은 후반에 한다는 이야기였지만.

오늘부터 맨손부는 전반으로 이동해 먼저 소화하게 된다.

아무래도 관객의 반응이 좋지 않았던 모양이다. 이런 시합 형식에서는 뒤로 갈수록 분위기가 고조되는 것이 정석이니까.

역시 피일까.

무기부에 비해 맨손부는 화려하게 피가 튀거나 하지 않으니까. 피가 튀지 않으면 승부 같은 느낌이 나지 않는다. 피가 튀어야 보는 쪽도 즐겁고 흥분된다.

아니면 맨손부가 시합 수가 적어서 그런 것일 수도 있었다.

여러 가지 이유가 있겠지만, 정해진 이상 이쪽은 대응할 수밖에 없었다.

"니아, 오늘 멘트도 잘 부탁해."

"알겠습니다."

오늘도 관객이 꽉 찼고, 곧 시합 시작 시간이 되어 우리는 촬영을 개시했다.

"본선 4일 차, 곧 시작합니다. 개인적으로 기대되는 것은 맨손부의 세 번째 시합이네요. 대전 조합은 리노 대 지온 선수. 지금까지의 시합에서는 힘을 빼면서도 안정적으로 강한 리노 선수였는데요, 본선에 올라온 지온 선수의 기합이 심상치 않습니다. 리노 선수를 상대로 어디까지 버틸 수 있을까요. 토너먼트 형식이 된 뒤로 도입된 '선수는 마법 치료를 받을 수 없다'라는 규칙에 따른다면 부상당해도 기본적인 처치만 받고 내일 시합에 임해야 합니다. 오늘 시합에서 리노 선수가 부상당하면 나중에 큰 영향을 미칠 수도 있습니다."

맨손부의 세 번째 시합, 리노키스와 지온의 시합을 중계하고 이후에는 무기부 리넷과 검귀의 시합을 중계한다.

"그리고 후반에 있을 리넷 블란 선수 대 아스마 히노키 선수. 이쪽도 여유롭게 싸워서 통과해 온 리넷 선수와, 마찬가지로 여력을 남기고 통과해 온 유명한 모험가이자 검귀라 불리는 아스마 선수의 시합입니다. 둘 모두 검을 사용하는 달인이지만, 몇 가지 우려되는 부분이 있습니다. 우선 아스마 선수는 진검, 그것도 애용하는 왜도를 사용할 수 없습니다. 이번에는 예선부터 목검을 사용하고 있는데, 아마 왜도와는 사용감이 다를 겁니다. 전력을 낼 수 있는 상태가 아닙니다. 단순한 검의 실력만 놓고 보자면 아스마 선수가 더 강하다고 볼 수 있습니다. 그러나 싸움이란 검이나 마법 같은 것만으로 결정되는 것이 아닙니다. 특기 분야나 그 외의 요소, 요인을 더한 종합력이 크게 좌우하게 되죠. 종합력으로 본다면 리넷 선수 쪽이 우세할 것 같습니다."

내 예상으로는 두 시합 모두 이기는 것은 내 제자들이 될 것이다.

하지만 문제는 시합 내용이다.

리노키스와 리넷은 이길 것이다. 하지만 부상 없이 이길 수 있을지 어떨지는 알 수 없었다.

본선에서의 지온은 상당히 기합이 들어가 있었다. 진심이 된 수인의 무서움을 가감 없이 발휘할 것이다.

저건 이미 '상대가 죽어도 상관없다'라는 기세로 싸우는 것에 가까웠다.

이제는 투쟁본능 그 자체였다.

그 정도로 가감이 없다. 상대가 쓰러지면 더 이상 공격하지 않는 부분에서 마지막 이성을 느낄 정도다. 반대로 말하자면 그만큼 이성이 없어 보인다는 뜻이었다.

리노키스에게는 미안하지만, 정말 좋은 느낌으로 완성된 것처럼 보였다. 지온은 최선을 다해 우승 후보 필두를 괴롭혀 줬으면 좋겠다. 그게 더 달아오를 테니까.

그리고 검귀.

저 녀석에 관해서는 시합을 보지 않으면 알 수 없었다.

무의 경지는 궁지에 몰렸을 때 진가를 발휘한다. 저 녀석은 궁지에 몰렸을 때 크게 성장할 것이다.

그 진폭에 리넷이 대처할 수 있을지 어떨지에 달렸다.

개인적으로는 검귀가 이겼으면 하는 마음도 있었다. 리넷과 비교하면 연습, 수행, 실전 등 무에 들인 시간이 비교할 수 없을 만큼 길었다. 물론 거쳐온 수라장의 수도 말이다.

노력에 노력을 거듭해 온 무를, 무인으로서는 응원하고 싶었다.

하지만 현실은 비정하다. 얼마나 노력하든 게으름을 피우든 강한 쪽이 이길 뿐.

노력은 결과로 이어지지만, 반드시 보상받는 것은 아니다. 뭐, 이것에 관해서는 무슨 일이든 다 비슷하다고 생각하지만.

이런 무정함도 무의 매력이다.

강한 쪽이 이긴다.

이 단순하고도 명쾌한 이치는 무정하기는 하지만 실로 공평했다.

분명 신보다도 더.

그 녀석들은 변덕스러우니까.

시합이 시작되었다.

토너먼트 2회전인 오늘은 35 시합이었나?

분명 승자가 홀수가 되면 1블록과 2블록 선수들이 겨룬다고 들었다. 여기만 좀 예외적으로 바뀌었다.

어쨌든 일부 예외가 있긴 하지만 선수는 하루에 한 시합씩 치러서 이겨나간다. 그것만 알고 있으면 충분했다.

……하지만, 선수가 비어버린 자리가 신경 쓰였다. 부상으로 인한 기권자가 몇 명 나왔다. 아마 내일도 몇 명 나올 것이다.

뭐, 운영 측이 어떻게든 하겠지. 국왕, 부탁해.

하지만 이쯤 되니 제법 볼만했다. 매 시합마다 제대로 피도 튀었다.

만 명에서 시작해 백 명도 안 되는 생존자만 남았다. 아마추어가 있을 리도 없고, 모두가 필사적으로 시합에 도전했다.

전반은 맨손부였지만, 이쪽도 꽤 재미있었다.

그래, 던지기 기술도 있지. 조르기 기술은 수수하지만, 마운트로 인한 공방은 좋았다. 관객들도 이해하기 쉬우니까. 그러나 이것도 고도의 공방이 오가는 탓에 정신을 차리고 보면 상하가 뒤바뀌어 있는 경우도 있었다. ……뭐, 여기까지 오면 전문가들만 알 수 있는 영역이겠지. 일어나서 주먹다짐한다면 알기 쉽지만, 누워서 하는 자세가 되면 어렵다. 남자들이 엎치락뒤치락 뒤엉켜 있는 모습만 보일 테니까 아마추어 관객 입장에서는 수수해 보일지도 모른다.

그런 식으로, 벌써 세 번째 시합.

우승 후보 필두인 모험가 리노와 '음속의 지온'이 등장했다.

관객들이 끓어올랐다.

원래도 제법 큰 함성이 들려오고 있었는데, 두 사람이 나오자마자 오늘 중 제일 큰 함성이 터져 나왔다.

"대단한 환호성입니다. 양쪽 모두 인기 있는 선수라 관객들의 기대를 엿볼 수 있습니다. 분명 멋진 시합을 보여주겠죠."

특히나 지온.

본선 시합은 1일 차 오후를 제외하고 모두 이 거리에서 지켜봤다.

이 녀석은 나날이, 볼 때마다 투지와 살의가 강해졌다. 예선 때는 쿨하게 행동했지만, 마침내 수인의 본능에 불이 붙은 모양이었다.

그랬다. 타고난 신체 능력에 더해, 호전적인 본성.

내가 알고 있던 수인은, 바로 이것이었다.

싸우기 위해 자신을 단련한다.

승리에 대한 끝없는 갈망을 충족시키기 위해.

모든 것은 투쟁본능이 이끄는 대로.

뭐, 아직도 수인의 나라에서는 싸움…… 국왕의 자리를 둘러싼 내란이 끊이지 않는다고 하니, 분명 본질은 현대에도 변하지 않았을 것이다.

그렇게 믿고 싶기도 하고. 언젠가는 수인의 나라에도 가보고 싶다.

링 중앙에 두 사람이 섰다.

요란하던 함성이 딱 멈췄다.

오늘은 이 시합을 보기 위해 온 사람도 많을 것이다. 실제로 둘 다 인기가 많기도 하고, 나도 기대가 됐다.

자, 시작한다.

눈부시게 빛나라.

"——시작!"

심판이 개시 신호를 보냈다.

지온이 걸었다.

아무 자세도 없이, 아무 망설임도 없이, 마치 산책이라도 하는 것처럼.

자세를 취하고 있는 리노키스의 앞까지.

"스피드 승부입니다. 눈을 깜빡이지 말고 잘 보세요."

흔들.

지온이 미세하게 왼쪽으로 흔들린 순간――.

퍽!

움직임과 연동하여 주먹이 날아왔다.

노리는 곳은 안면, 리노키스는 그것을 피해 카운터 주먹을 날렸고, 아, 늦었다.

쿵!

이미 그곳에 없었던 지온의 발차기가 깔끔하게 리노키스의 뒤통수를 겨눴다.

아니, 피했다.

주먹을 내미는 것과 동시에 리노키스가 몸을 살짝 앞으로 기울였다. 덕분에 타점이 어긋났다. 뭐, 맞긴 했지만. 제대로 들어갔으면 지금 그것으로 끝났을 것이다.

리노키스는 앞으로 구르며 거리를 벌리고 다시 자세를 잡았다.

"""우오오오오오오오!"""

관객이 우렁차게 소리쳤다.

한순간에 벌어진 지금 그 공방에 매료된 것이리라.

지금까지 없었던 고차원의 공방이었으니까.

흠, 꽤 재미있다.

뭐, 나라면 벤델리오를 너덜너덜하게 만드는 망상을 하면서도 이길 수 있었겠지만. 둘이 동시에 상대한다 해도 말이지.

음속의 지온.

지금까지의 시합보다 두 단계는 올라간 속도, 아마 이것이 진심이겠지.

하지만, 약하다.

체중이 가볍고 근력도 적으니 단순히 말해 위력이 낮았다. 평범한 사람이라면 어디에 넣어도 치명타가 되겠지만, 간돌프 같은 상대라면 이 정도로는 대미지를 입힐 수 없었다.

속도가 완전히 실린 팔다리로는 골절이 되는 것도 당연하다. 아니, 그래도 상관은 없었다. 본업은 모험가라고 하고, 실전에서는 무기도 사용할 테니까. 맨손으로 맞붙는 것 자체를 상정하지 않은 몸이니 당연하다.

그러나 확실히 강하다.

아직 햇병아리이긴 하지만, '기'를 사용하는 리노키스보다 조금 더 빠르기도 하고.

하지만 종합력에서는 리노키스가 위였다.

바보 같이 정면에서 밀어붙이지만 않는다면 리노키스가 이길 것이다.

역시 문제라면, 얼마나 경상으로 이 시합을 끝낼 수 있는가, 였다.

◆

"의외로 나쁘지 않네."

다시 거리를 좁혀온 지온이 이글거리는 눈빛으로 리노를 바라보았다.

"……뭐가?"

솔직히 리노키스는 말도 안 되게 무서웠다.

눈앞의 남자에게서 뿜어져 나오는 강한 살의에 본능이 떨렸다.

마수라면 몰라도 사람에게 이렇게까지 명확한 살의를 받은 적은 없었기 때문이다.

앞선 발차기도 굉장했다. 정말 아슬아슬하게 직격을 피했을 뿐이었다.

이 늑대 수인의 위압감, 굶주린 눈빛, 그리고 살의.

사람의 적의란 이렇게까지 마음에 와닿을 수 있는 것인가.

"보다시피 나는 수인이다. 내 싸움은 사냥이지. 몸을 숨기고, 어둠 속에서 달려들어 처치한다. 사람들 앞에서 싸우는 것에는 의미도 이유도 찾을 수 없어. 아니, 못 찾았다고 해야 하나."

그건, 모르는 것은 아니다.

사냥감을 불시에 치고 기습을 가하는 것은 사냥의 기본이자 철칙이었다.

정면으로 마수와 싸워야 할 이유는 없었다. 기습도 하고 함정도 사용하고 지형도 이용한다. 수로 밀어붙이기도 한다.

사냥 또한 생존 경쟁이다.
거기에 정정당당이니, 비겁하다느니, 비열하다느니 하는 이치는 통하지 않았다. 그런 말을 하는 헌터는 오래 살아남지 못한다.
"하지만, 지금은 아니야. 이런 투쟁도 나쁘지 않다고 생각한다. 환호성도, 시선도, 각오를 마치고 나니 아무런 방해가 되지 않아. 오히려 등을 밀어주더군."
그것도 이해한다.
리노키스도 결심을 굳힌 뒤로 상당히 편해졌으니까.
"진심으로 해라. 아니면 물어 죽인다."
꽤나 직설적이다.
리노키스는 순간 눈을 내리깔았다가── 다시 떴다.
자신에게 물었다.
이 수인이 무서운가?
아니.
이게 무서운가? 이것보다 더 무서운 녀석이랑 계속 숙식을 함께 해 왔는데?
니아와 비교하면 이런 것은 강아지 수준 아닌가.
마음이 가라앉았다.
싸울 수 있다. 이런 강아지에게 진다면 니아의 수제자가 될 수 없었다.
"죽지 말아줘. 내가 실격되니까."
평범한 사람에게는 사용하지 말라고 들은 '기권 · 뇌음'.

지온이라면 써도 상관없겠지.

이 늑대는 평범한 사람이 아니니까.

◆

리노키스의 눈빛이 달라졌다.

저 녀석도 각오를 다졌구나. 여기서 전력을 다해 싸우겠다고.

이렇게 되면 결판은 빠를 것이다. 서로 일격필살이 있으니 오래 걸릴 필요가 없었다.

"양쪽 모두 공격할 것 같습니다. 한눈을 팔면 놓칩니다."

함성이 조금씩 잦아들며, 마치 아무도 없는 것처럼 고요해졌다. 누군가가 침을 삼키는 소리마저 들릴 정도로.

모두가 숨을 죽이고 링에 있는 두 사람을 지켜보았다.

긴장감이 점점 고조된다.

그리고── 움직였다.

지온의 난타에 이은 경쾌한 풋워크, 그리고 페인트에 리노키스도 확실히 대응했다. 발차기를 방어하고, 이어지는 돌려차기를 피하고, 간격을 좁혔다.

주먹의 거리…… 아니, 그에 맞춰 지온도 거리를 좁혔다.

두 사람은 밀착했고──.

"윽?!"

리노키스가 작게 비명을 질렀다.

호오, 좋네. 그야말로 수인이라는 느낌이다.

지온은 물어뜯었다.

목을 노렸지만, 직전에서 알아차린 리노키스가 피한 탓에 그 턱은 어깨를 파고들었다.

좋은 공격이다. 옷 위에서도 단단히 파고들었다.

하지만, 무르다.

근력이 낮은 그 턱으로는 거기까지가 한계였다. 물고 늘어질 수는 있어도 살점이나 뼈를 물어뜯을 만한 힘은 없었다.

그것이 가능했다면 승부를 좌우할 포석이 됐을 것이다.

물어뜯지 못한 데다, 한순간 발이 멈춘 그 틈이 오히려 화를 불렀다.

리노키스가 잡았다.

끌어안듯이 지온의 머리채를 잡고, 떨어지지 않게 끌어당겼다.

그리고── 낙뢰 같은 소리와 함께 리노키스의 보디 블로가 지온의 복부에 박혔다.

조금 변칙적이긴 하지만, 저건 '뇌음'이었다.

가르쳐준 자세 이외에도 쓸 수 있게 된 건가. 내 예상보다는 더 성실하게 수행하고 있었던 모양이다.

자세를 바꿔 사용할 수 있다는 것은 기술의 원리나 이치를 이해하고 있다는 뜻. 요컨대 단순한 기술이 아니라 자기 기술로 습득했다는 뜻이었다. 나름대로는.

묵직한 충격음이 울렸고, 지온이 천천히 쓰러졌다.

이것으로 승부가 났다.

하늘이 쪼개질 듯한 함성 속에서 리노키스는 링을 내려갔다.

그녀의 왼쪽 어깨에서는 피가 흘러넘쳐 손끝에서 뚝뚝 흘러내리고 있었다.

규칙상 이긴 선수는 마법 치료를 받을 수 없었기에 기권하지 않는 한 다친 채로 다음 시합에 나가게 된다. 쓸 수 있는 것은 상처약이나 붕대 정도일까.

리노키스가 얼마나 상처를 입었는지는 모르겠지만 하루 이틀이면 나을 정도의 경상은 아니었다. 나라면 금방 낫겠지만, 그녀는 아직 그 정도의 '기'는 사용할 수 없었다.

내일 이후 얼마나 영향을 미칠까.

뭐, 그것도 포함해서 앞으로가 더욱 기대되었다.

"목을 노린 지온 선수의 물어뜯기를 피하고, 리노 선수가 붙잡은 뒤 보디 블로로 마무리했습니다. 그 무거운 충격음이 들리셨나요? 겉보기에는 평범한 주먹 한 방이지만, 그 파괴력은 상당한 것 같습니다. 지온 선수가 살아있는 것은 본인의 힘과 생명력의 힘 덕분입니다. 평범한 사람이 맞았다면 이제, 내장이 엉망진창이 되고 피를 토하면서, 아, 네, 리노 선수의 다음 시합이 기대되네요. 이 시합에서 입은 부상이 어떤 영향을 미칠지, 앞이 보이지 않는 드라마를 꼭 여러분들의 눈으로 확인해 주세요. 지온 선수와 간돌프 선수의 재시합을 기대했던 분들도 많으시겠지만, 지온 선수는 여기서 탈락합니다."

벤델리오의 지시로 해설은 빠르게 끝냈다.

하아, 여전히 해도 될 말과 하면 안 되는 말의 정도를 잘 모르겠다.

시합을 설명하려면 제대로 말해야 전달이 될 텐데.

◆

시합이 끝난 뒤 리노키스는 의무실로 직행했다.

물어뜯긴 왼쪽 어깨가 매우 아팠다.

"음…… 꽤 깊네."

의무실에 있던 의사에게 진찰받았더니, 앞날이 불안해지는 말이 돌아왔다.

알투아르 왕국 의학계에서 유명한 도리스라 의사다. 사십에서 오십 정도의 중후한 얼굴을 한 중년 남성이다.

주변에서도 의사와 간호사가 리노키스의 상처 상태를 살피고 있었다.

지온의 치아가 몇 개나 박혔고, 게다가 물어뜯겨 찢어질 뻔했다. 그 전에 떨어지지 않게 붙잡았지만…… 그 찰나에서도 상처가 조금 벌어지고 말았다.

만약 잡지 못했다면 어깨의 살점이 몽땅 뜯겨나갔을지도 모른다.

"규칙은 알고 있나? 다음 날 이후에도 시합이 있는 선수는 마법 치료의 대상에서 제외되지. 그러니 일반적인 치료 행위밖에 할 수 없다네. 만약 기권한다면 이야기는 달라지지만……."

"기권하지 않을 겁니다."

그 규칙은 알고 있었다.

하지만 기권해야 할 정도의 부상은 아니라고 생각했다. 특별히 독에 당한 것도 아니고, 골절이었다면 위험하지만, 이 정도의 부상이라면 아직 싸울 수 있었다.

통증의 여부보다, 어디까지 움직일 수 있느냐가 중요하다.

골절이라면 신체의 가동 범위에 큰 영향을 미친다. 특히 다리 같은 곳이 부러지면 절망적이다. 그 상태로 다음 시합에 임해도 승산은 희박해진다. 하지만 뼈에 이상이 없다면 괜찮다. 아프긴 하지만.

"그렇군……. 의사로서는 권하지 않지만, 본인의 의사를 존중하지. 꿰매줄까?"

"……부탁합니다."

본선이 끝나면 바로 마법 치료를 부탁할 생각이지만, 그렇다 해도 아직 결승까지 시간이 남았다. 며칠은 이대로 보내야 했기 때문에 적어도 상처가 덧나지 않게 조치는 받고 싶었다.

"샤인 선생, 해 보겠나?"

"제가 해도 되나요?"

"응. 자네가 마법 없이 치료할 수 있는지 보고 싶군."

"알겠습니다."

잠깐만, 하고 리노키스는 말을 걸려다가 망설였다.

지금 의사들의 대화는 뭐지? 실력이 불안한 마법의가 상처를 꿰맨다는 이야기인가? 부상자의 몸으로 실력을 확인하는, 다시 말해 실험체로 사용한다는 이야기를 하지 않았나?

분명 했다. 이건 무조건 했다. 도리스라는 치료하지 않는 건가? 알투아르의 유명한 의사가 해 주는 거 아닌가?

"저, 저기."

불안이 얼굴에 상당히 드러난 것인지, 리노키스가 뭔가 말하기도 전에 마법의가 알아차렸다.

"괜찮아요. 당신을 치료하는 건 두 번째니까요."

"네?"

두 번째?

"어디선가 만났나요?"

"네, 그때는 팔이 잘렸었죠."

팔이 잘렸다?

——팔이 잘렸다고 하면 암투기장밖에 없었다.

이 마법의는 그때 만난 건가?

그때는 거의 의식이 없었고, 정신을 차려보니 이미 팔이 붙어 있었다. 팔이 잘렸던 건 악몽이 아니었을까 하는 생각마저 했었는데.

그 치료를 한 것이 이 마법의라고?

어느 쪽이든 함부로 말할 수는 없었다. 그녀가 리노키스에 대해 어디까지 알고 있고, 어디까지 니아와 관련된 정보를 쥐고 있는지.

그것을 모르는 이상 아무 말도 할 수 없었다.

"그럼 상처를 꿰매겠습니다. 이쪽 침대로 오세요."

지금은 섣부른 말을 할 수 없다.

상황을 보기 위해서라도 이 몸을 실험체로 바칠 수밖에 없었다.

◆

사실상 결승전이 아니었을까.

웅성거림 속에 섞인 화제의 대부분은 리노 대 지온의 싸움에 대한 것이었다.

너무 빨라서 아마추어 눈으로는 뭐가 뭔지 거의 알아보지 못했겠지만, 그래도 높은 레벨의 주먹싸움이었다는 것만은 전해졌을 것이다.

분명 지금까지의 시합과는 전혀 다르다고 느낀 거겠지.

실제로도 그랬으니까. 저만한 속도의 시합은 그동안 없었다.

이렇게 되니 결승전 반응이 기대되었다.

아마도 맨손부의 결승은 리노키스와 간돌프가 될 것이다.

물론 이변을 일으킬 수도 있었다. 리노키스는 다쳤고, 그 상태에 따라서는 지는 것도…… 아니, 그 이야기는 지금은 놔두자.

"이 시합은 개인적으로 무척 기대됩니다. 리넷 블란 선수 대 아스마 히노키 선수, 지금 링 위에 섰습니다."

오늘의 볼거리 두 번째다.

머리 좀 썼구나, 리넷. 아니, 원래 그런 스타일이었을지도 모른다. 리노키스도 원래는 검을 사용했다고 하니 말이다.

"리넷 선수, 방패를 들고 있군요. 지금까지의 시합에서는 들고 있지 않았습니다. 벼락치기 기술이 통용되는 상대가 아니라는 것은 알고 있을 텐데요. 그렇다면 그에 상응하는 실력이 있다고 볼 수 있겠죠."

오른손에는 검, 왼손에는 나무 방패. 둥글고 작다. 이른바 라운드 실드라는 것이다.

리넷이 방패를 쓴다는 말은 들어본 적도 없고, 자세를 취한 모습도 본 적이 없었다.

하지만 착실한 전법을 취하는 리넷의 성격을 생각하면, 방패를 드는 것이 그리 의외는 아니었다.

논리로만 따지면 한 팔씩 역할을 정하고 공격과 방어를 해내는 것이니 말이다. 검 한 자루를 드는 것보다는 안정감은 더해질 것이다.

단순히 방패로 받아내고 검으로 공격한다. 이것만 해도 견실한 스타일이었다.

하지만, 방패도 재미있는 무기다.

저것은 언뜻 보기엔 방어구 같지만 무기도 될 수 있다. 검으로도 방어할 수 있듯이 방패로도 공격할 수 있었다. 가시 같은 것을 붙이면 앞으로 밀기만 해도 공격이 성립된다. 물론 방어구로서도 우수하다. 때에 따라서는 방어와 공격을 양립할 수 있는 것이다.

그에 맞서는 검귀는, 역시 목검 한 자루인가.

패기도 없고, 두려움도 없다.

이제부터 시합이 시작되는데도, 평소와 같은 모습이었다.

——역시, 그렇구나.

넌 그 경지에 도달한 건가. 스승의 영향인가? 아니면 자력으로 도달한 건가? 의외라고 하면 의외지만, 어쩌면 무는 그런 것일지도 모른다.

그래, 그래.

저 살의에 찬 사내가 이른 무의 경지가, 불심불살 학어혼(不心不殺鶴御魂)의 경지인가.

맑은 주천(珠川)에 저녁 어스름이 일렁인다.

좋잖아.

"아스마 히노키 선수, 차분합니다. 지금까지의 시합에서는 분위기에 휩쓸리지도 않고, 애를 쓰지도 않고, 나아가 투기조차 보이지 않았습니다. 항상 자연스러운 저 상태였죠. 저런 상태의 무인은, 강합니다."

경지란 그저 마음을 가라앉힌다거나, 무심하게 노력한다거나, 그런 단계를 말하는 것이 아니다.

그것은 아주 쉽게 말하자면 일종의 무기와의 융합.

도구를 도구가 아닌 자신의 일부로 인식하는, 의식의 뿌리와 관련된 심리 상태에 있었다.

지금 저 녀석은 무기이자 사람이기도 했다. 그런 것이다.

……설명하기 좀 어렵지만, 애초에 말로 이해할 수 있는 부류는 아니었다. 이해할 수 있는 것은 마찬가지로 어떤 경지에 도달한 사람뿐이니까.

자, 드디어 진심으로 기대가 되기 시작했다.

일단 준비도 해 왔으니까, 실망하게 하지 마.

"——시작!"

시합 시작과 동시에 리넷이 방패를 앞으로 내세웠다.

정말 기본적인 공방일체 자세. 방패를 든 왼손은 앞에, 칼날을 무디게 한 브로드 소드의 오른손은 뒤에.

기본인 만큼 빈틈이 적고 완성된 자세였다. 재미는 없지만.

검귀도 자세를 잡았다.

양손으로 쥔 목검을 눕히듯이 잡고, 수평보다 칼끝이 조금 내려가 있었다. 리넷의 시선에서 보면 3시를 넘긴 시침 정도일까.

예선을 포함해 지금까지의 시합에서는 본 적이 없는 자세였다. 양세(陽勢)와도 비슷하지만 콘셉트가 다른 것 같았다.

자세부터가 카운터를 노리고 있었다. 공격하는 상대에게 맞춰, 후의선*을 잡으려는 자세로 보였다.

꼭 검으로 보고 싶은 자세다. 목검인 게 아쉽다.

역시 저 녀석은 무기면에서 상당히 불리하다.

---

*공격을 방어하면서 주도권을 잡는 기술.

"아스마 선수의 자세는 오래된 검술 종류인 것 같네요. 베는 것만을 추구한, 한없이 부드러운 자세. 그리고 공격해 오는 상대를 기다리는 자세. 싸움도 견제도 없이, 오직 베는 것뿐. 저건 진검을 써야만 진가를 발휘합니다. 목검으로는 조금…… 아니, 목검으로 충분할지도 모르겠네요."

몇 년 전 나를 상대했을 때보다 강해진 것은 확실하다.

하지만 만약 내 예상보다 더 실력이 늘었다면?

그렇다면 목검으로 충분할 것이다. 여차하면 진심으로 상대를 죽일 수도 있었다.

"리넷 선수, 공격합니다."

방패를 겨눈 리넷이 돌진했다.

방패 뒤에 검을 가리고.

그래, 방패는 그런 용도로 쓸 수도 있다. 상대에게는 눈가리개가 된다.

검귀는…… 아, 움직이지 않네.

"아스마 선수, 베는 자세로 들어갔습니다. 저건 목검으로 벨 생각이군요. 달인이라면 가능합니다. 그리고 리넷 선수, 멈췄습니다. 아스마 선수의 의도를 알아차린 것 같습니다."

검귀 목검의 칼끝이 닿을까 말까 하는 거리.

이 이상 앞으로 나가면 베인다.

여기서 물러나도 베인다.

만약 리넷이 눈치채지 못했다면 방패와 팔이 통째로…… 목검으로 절단까지는 무리려나. 하지만 나무 방패 정도는 여유롭게 잘랐을 것이다.

어쨌든, 승부는 빠르게 날 것 같았다.

길게 끌면 리넷이 열상을 입으며 궁지에 몰릴 뿐. 그렇다면, 검귀의 공격에 대처하는 것보다도 얼마나 빠르게 쓰러뜨릴지를 고민해야 했다.

리넷은 그걸로 됐다고 치고.

——검귀는, 제법 나쁘지 않았다.

그래, 살의나 살기는 필요 없다.

그것들은 어차피 잡념. 집중을 방해해 칼날이 무뎌지는 이유가 되기도 한다. 살의의 순도가 높으면 그것 또한 경지가 되지만, 일그러진 성품으로 그 지경까지 간다면 제정신으로는 살아갈 수 없었다.

불심불살로도 충분하다.

마음도 살의도 없는, 그저 베는 것만을 목표로 한 시인신융(是刃身融). 칼날과 일체가 된 그 경지.

그거면 충분하다. 죽이는 데 살의 따위는 필요 없다.

어차피 계속 베다 보면 상대는 알아서 죽을 테니까.

◆

——이 위화감은 뭐지.

거리를 좁힌 리넷이 그렇게 생각한 순간, 자연스럽게 발걸음이 멈췄다.

목검을 눕히듯 자세를 잡은 채 움직이지 않는 아스마 히노키와 서로의 공격이 아슬아슬하게 닿지 않는 거리였다.

거기서 강하게 느껴진 위화감에 발이 멈췄다.

이대로 나가도 되는 걸까. 그렇게 망설인 순간, 얼마 안 되는 그 거리를, 아스마 히노키가 좁혀왔다.

그리고—— 등줄기를 타고 흐르는 강렬한 오싹함에 따라 리넷은 순간적으로 방패를 앞으로 내밀었다.

자신도 이해하지 못한 행동의 의미는, 그때가 와서야 이해했다.

서걱!

방패 파편이 흩날렸다.

아스마 히노키가 움직였다는 것을 인식하기도 전에.

아무런 감촉도 없이, 잘렸다.

만약 이대로 움직이지 않았다면 방패 대신 자신이 잘렸을 것이다. 조금만 더 어긋났더라면 팔까지 잘렸을지도 모른다.

목검으로 벤다?

이치로 생각하면 이상하지만, 할 수 있다는 것은 알고 있었다. 어렸을 때 니아가 보여주었다. 누군가가 할 수 있다면, 다른 누군가도 할 가능성이 있다는 것.

눈앞의 남자는 어떤가?

생각할 필요도 없었다. 실제로 해내지 않았는가. 말도 안 되게 빠른 일섬이었다.

——혹시 실수한 것일까.

아스마 히노키의 공격 범위에 무방비나 다름없는 상태로 들어가 버린 것은 아닐까.

……한 번 거리를 벌리는 편이 좋을지도 모른다.

그러나 본능이 '이 상태에서 움직이지 말라'고 말하고 있었다. 그래, 어설프게 물러섰다가는 추격만 당할 뿐이다. 위험할 때일수록 부주의하게 움직여서는 안 된다.

어쨌든 다음 행동을 읽어야 한다.

아직도 잘린 방패가 허공에 흩날리고 있었다.

집중력 때문일까, 단 일 초도 안 되는 시간에 무수한 생각들이 스쳐 갔다.

옆으로 휘두른 목검, 그 단칼에 잘렸다.

다음은 어떻게 할까?

당연히 돌아오겠지.

돌아오는 칼날이 그대로 다시 한번 리넷을 겨누게 될 것이다.

문제는 타이밍이다.

언제 올까?

니아가 보여주었던 그 기술을 떠올리면—— 어쨌든 빠르지만, 그 이상으로 정확한 움직임이 필요해 보였다.

본래 베일 리가 없는 것으로 베는 것이다.

본선 1일 차 첫 시합에서 프레사도 행한 것이지만, 그보다 더

고도의 기술이었다. 아스마 히노키는 그것을 한 것이다. 그것을 할 수 있는 검 실력 지니고 있었다.

그렇게 생각하면 쉽게 피할 수 있을 것 같지 않았다.

하지만, 하지 못하면 끝이었다.

"……!"

터엉. 날아간 방패 파편이 소리를 냈다.

아스마 히노키의 어깨가 조금 내려갔다.

훅!

예상대로 가로베기가 돌아왔다.

자세에 맞는, 예상 범주에 있던 횡격 두 번째.

멀리서 보기에는 어떨지 알 수 없었지만, 대치하는 리넷에게는 목검이 사라진 것처럼 보이는 속도였다.

타이밍은 읽을 수 있었기에 어떻게든 아슬아슬하게 피했지만…… 이건 위험하다.

상상 이상으로 강하다.

이기지 못할 수도 있었다.

닐이 보지 않았다면 이 정도에서 그냥 기권했을 텐데.

——리넷 나름의 우선순위가 있었다.

원래 격투 대회에 대한 의욕이 없었던 만큼, 대회 후에 나오는 보상이나 이익에만 관심이 있었다. 딱히 강한 사람과 싸우고 싶지도 않았고, 당연하지만 다치고 싶지도 않았다.

우승은 목표로 삼고 있었다.

우승하면 닐과의 관계가 어떻게 될지 모르니까. 가능성 문제로서 진전이 있지 않을까 생각했으니까. 5억? 그런 푼돈은 필요 없으니 그저 닐의 곁에 있고 싶었다. 그쪽이 더 가치 있었다.

그다음으로, 당연히 닐에게 지는 모습은 보이고 싶지 않았다. 게다가 본선에는 리스톤 일가가 모두 와 있었다. 호위로서 이런 결과를 내도 되는가? 라는 의문을 품게 되면 해고당할지도 모른다.

그다음이, 니아 앞에서 지는 것이다. 이것은 단순히 후환이 두려울 뿐, 최악의 경우 리넷의 몸 하나로 끝낼 수 있는 문제였다. 지옥 같은 훈련이 기다리고 있을지도 모르지만, 닐과는 관계가 없는 만큼 마음은 편했다. 해고 문제도 없을 거라 생각한다.

우승이 어려운 이상 다음 순위인 '닐 앞에서 지지 않는다'가 목표가 된다.

적어도 닐의 호위로서 부끄럽지 않은 시합을 하고, 실적을 남겨야 했다.

비장의 카드는 있다.

하지만, 여기서 비장의 카드를 써야 할까. 여기서 써버리면 절대로 우승은 노릴 수 없었다. 다른 선수에게 패를 드러내는 셈이니까. 재사용 기술이 통할 상대는, 적어도 본선에는 없었다.

——아니.

선택의 여지는 없었다. 지금 사용하지 않으면 질 테니까.

◆

"리넷 선수, 공세에 나섰습니다."

방패가 잘리고, 다시 돌아온 두 번째 공격을 아슬아슬하게 피한 리넷이 앞으로 나섰다.

오른손의 검을 날카롭게 휘두르며 검귀를 몰아붙였다.

그래, 그거지.

저 목검으로 베는 기술은 언뜻 불합리해 보이지만, 실제로는 섬세하고 치밀한 기술로 이루어져 있었다.

목검 중 가장 잘 베일 만한 곳, 다시 말해 점으로 베는 것이다.

즉, 점의 위치만 바꾸면 된다. 뭐, 그건 그거대로 다른 문제가 생겨나지만.

음, 역시 검의 기술만 따지면 검귀가 훨씬 위였다.

리넷의 검을 피하면서도 여유롭게 공격을 이어가고 있었다. 그래, 목검이니까. 벨 수 없으면 없는 대로 그냥 때리면 그만이다.

리넷은 여러 번 맞긴 했지만, 위험한 곳은 모두 피했다. 뼈에 직격하지 않는 두꺼운 근육 부분으로 깔끔하게 받아내거나 흘려보내고 있었다. 그쪽의 기술은 훌륭하네. 직격하고 있는데도 큰 대미지는 입지 않았다. 이 부분도 안정감이 느껴지는 이유였다.

서로 공격하며 교착 상태에 빠졌다.

"아스마 선수, 힘들어 보이네요. 언뜻 보기에는 공격하는 것 같지만 그에게는 리넷 선수를 쓰러뜨릴 만한 결정타가 없습니다.

이대로는 리넷 선수에게 몰릴 겁니다."

내 상상 이상으로 리넷의 방어가 뛰어났다.

처음부터 파손되었지만, 방패를 다루는 실력도 좋았다.

타이밍, 거리 두기, 검과 방패.

리넷의 종합력이 높은 탓에 검귀는 어떻게 해도 베지 못하고 있었다. 그 눈에도 보이지 않는 일섬을 또 쓸 수 없었고, 답답한 나머지 날려본다 한들 닿지 않는다. 속으로 상당히 초조할 것이다.

애초에 저 속도에도 반응할 수 있는 리넷이 대단했다. 공격 속도만 놓고 보면 압도적으로 지고 있는데도 말이다.

내 예상으로는 계속 베이다가 지지 않을까 했는데, 이 교착 상태만 보면 오히려 우세했다. 안정적으로 강하다는 것이 바로 이런 거겠지.

그래, 때리기만 해서는 리넷을 쓰러뜨릴 수 없다.

검귀, 네 다음 패를 보여달라고. 없으면 끝이야.

"서로 승부처를 가늠하고 있습니다. 이 싸움의 균형은 언제 무너질지――."

아, 왔다.

말하는 사이 교착 상태가 움직였다.

검귀의 몸이 기울었다.

처음에 베어낸 나무 방패 조각을 밟고 균형을 잃은 것이다.

그와 동시에, 리넷이 한 손으로 휘두르던 검을 양손으로 잡고 허리에 힘을 모았다.

——리넷, 밝게 했구나.

이것도 종합력이 높다는 증거겠지. 공방을 해내면서도 주위 상황도 보고 있었다. 그렇기 때문에 유인할 수 있는 것이다. 음……
무술 재능은 리노키스보다 높다고 생각했는데, 이런 상황에서도 발휘되는 건가. 주위의 환경과 상황에 따라 움직이는 것도 훌륭한 무였다. 시합이 아니라 실전 기술이지만.

균형을 무너뜨리는 데는 아주 작은 기울어짐만으로도 충분하다.

그리고 이 시합에서는, 리넷 쪽에서 '준비'할 시간이 생겼다.

검귀는 경계하며 거리를 벌렸다. 하지만.

쿵!

리넷은 개의치 않고 검을 휘둘렀다.

묵직한 발구름과 함께, 칼날에 속도와 '기'를 담아 검도에서 말하는 역허리 기술을 걸었다.

거리는 떨어져 있다.

검이 닿을 거리는 아니었다. 하지만.

참격은 날아갔다.

"윽!"

소리조차 내지 못한 검귀가 튕겨나가듯 링 위를 굴렀다.

——음, 훌륭해!

기권 · 가장(歌掌).

리넷에게 알려준 '외기'의 기술이다. '외기'는 '내기' 기술보다 어렵지만, 그녀의 재능이라면 습득해도 이상하지는 않았다.

상당히 서툴긴 하지만, 제대로 '가장'의 형태가 완성되어 있었다.

참고로 이것은 본래 맨손 기술이다. 맨손으로 타격이나 참격을 날릴 수 있지만, 무기로도 응용해 사용할 수 있다. 그뿐이었다.

그건 그렇고 검귀 녀석, 저 보이지 않는 공격을 목검으로 막아 냈구나. 직격했으면…… 뭐, 리넷의 검도 날이 무딘 검이니 베이지는 않았겠지만.

하지만, 그것으로 충분하다.

그 검 모양의 막대는 둔기였고, 날아간 참격도 둔기에 걸맞은 일격이다. 이 정도의 강도와 무게와 경도라면, 제대로 맞으면 한 방에 끝났을 것이다.

제대로 들어가면, 말이다.

균형을 잃고 어쩔 수 없이 거리를 벌린다. 한 박자 반응이 늦은 검귀에게 직격할 줄 알았는데, 그래도 녀석은 목검으로 방어하는 것에 성공했다.

그 결과 목검은 부러지며 검귀의 오른팔에 맞았다. 팔꿈치 부근. 아마 뼈가 부러졌을 것이다.

그래도 좋은 움직임이었다.

저 상태에서 보이지 않는 그것을 방어할 수 있다니.

분명 리넷이 사용한 '기'를 감지한 거겠지. 그렇지 않고서는 방어를 할 수 있을 리가 없다.

꽤 감각적이고 모호했을 것이다. 감이니 뭐니 하는 그런 수준에서 감지한 것에 가까웠다.

그러나, 분명히 반응은 있었다.

명확하게 자신이 알지 못하는 기술, 알지 못하는 힘이 있다는 것을 이해했다. 앞으로는 그 힘을 모색해 나갈 것이다.

안다는 것은 그런 것이다.

날아간 검귀는 재빠르게 일어났지만, 자신이 든 부러진 목검을 보고 크게 한숨을 내쉬었다.

"……졌다. 내 패배다."

칼이야말로 자신, 팔의 부상보다도 그쪽을 더 신경 쓰는구나.

시인신융. 비록 목검이지만, 영혼은 그쪽인가.

정말 좋다. 실로 왜국의 무인다운 모습이 아닌가.

"아스마 선수, 항복. 시합 종료입니다. 멋진 시합이었네요. 리넷 선수는 공격을 날리는 기술을 사용했습니다. 대회용으로 날이 뭉툭한 검을 사용하고 있기 때문에 베이지는 않았지만, 진검이었다면 푹 들어갔겠죠. 아스마 선수의 목검으로 방패를 베는 기술도 훌륭했습니다. 그 기술 수준은 대회에서도 최고가 아닐까 생각합니다. 검귀라는 별명에 걸맞은 실력이었습니다."

이 정도면 되겠지.

해설을 마무리하고 벤델리오에게 신호를 보내 카메라를 다른 곳으로 돌리게 하고, 나는 거기에서 벗어났다.

내가 향한 곳에는 방금 링에서 내려온 리넷이 있었다.

"리넷, 잠깐만."

"네?"

그녀가 놀란 얼굴로 나를 바라보았다.

평소 늘 냉정한 리넷치고는 과장된 반응이었다. 뭐, 이 타이밍에 말을 걸 거라고는 생각하지 못했겠지. 프레사도 놀랐었고.

"서, 설마 해설을 부탁하시려고요?"

아, 그런 오해를 하고 있었구나.

역시 이 단계까지 오면 특정 선수를 특별 취급하는 것은 좋지 않았다. 그리고 리넷도 목검에 맞아 다쳤다. 푸른 멍이 희미하게 남을 정도의 경상이긴 하지만.

"전언을 부탁하고 싶어. 이 뒤에 의무실에 갈 거지?"

"전언, 말인가요……. 알겠습니다."

◆

4일 차의 모든 시합이 끝났다.

오늘도 분위기가 뜨겁게 달아올랐고, 피도 튀었다. 부상자도 제법 나왔지만, 다행히 사망자는 나오지 않았다. 이 정도면 무사히 성공했다고 말할 수 있겠지.

남은 것은 며칠.

눈에 띄게 시합의 수가 줄어드는 만큼, 내용이 알찬 시합이 되었으면 좋겠다.

……자, 가족의 시간은 이 정도면 되겠지.

"이제 방으로 가볼게요. 내일 봬요."

그렇게 말한 나는 테이블에서 몸을 일으켰다.

양친과 오라비와의 저녁 식사가 끝나고, 디저트까지 먹고 나서 꽤 느긋하게 이야기를 나누었다.

본선 개최 중에는 리스톤가 소유의 비행선에서 숙식하고 있었다. 일단 학교 수업이 있는 날이지만, 역시 매일 아침부터 오가는 것은 힘들 것 같다고 판단해 이곳에 머무르기로 했다. 힐데트라와 레리아렛도 마찬가지였다.

기본적으로 양친과는 귀성했을 때 말고는 만날 수 없었기 때문에 이는 귀중한 시간이었다. 그러니 오라비는 느긋하게 보내주었으면 좋겠다. 정말, 가족끼리.

"이제 쉬는 거니?"

부친의 목소리에 "그렇게 하고 싶은 마음은 굴뚝같지만"이라고 대답했다.

"내일 스케줄을 확인하고, 선수들의 대진표를 확인하고, ……뭐 그런 느낌이네요."

꽤 피곤하고 졸리긴 하지만, 아직 할 일이 있었다.

이렇게나 선수 수가 적어지면 선수에 대한 정보 부족이 들통난다. 최소한의 정보는 머리에 넣어 두지 않으면 리스톤 촬영반의 이름에 먹칠을 하게 될지도 모른다.

"오라버니는 편히 쉬세요."

여동생이 아직 일을 한다는 말에 얼굴이 흐려진 오라비에게는 그렇게 말해두었다.

"오라버니는 오라버니의 일을 해냈죠? 저에게는 제 일이 있어요, 그뿐이에요. 신경 쓰지 말고 지내세요."

오라비는 윙 로드 편대 비행을 성공적으로 해냈다. 이미 충분하다.

"그럼 안녕히 주무세요."

——게다가 도저히 뺄 수 없는 특별한 용건도 있었으니까.

방으로 돌아가 양친과 오라비에게 말한 대로 내일 있을 스케줄을 확인했다.

뭐, 벤델리오가 있으니까 무슨 일이 있어도 어느 정도 수습은 해 줄 것이다. 그 정도는 해 줬으면 좋겠다! 그 정도는 해야 용서할 거니까! 한다 해도 용서하지 않을 거지만!

한동안 그렇게 시간을 보내다가, 적당한 때를 봐서 움직이기 시작했다.

후드 달린 코트를 입었다.

하룻밤 잠시 나가는 것이니 머리는 이제 어쩔 수 없다……. 아니, 일단 검은 머리 가발은 써 둘까. 어차피 어둠 속이니 조금 색이 달라도 티는 안 나겠지.

간단하게 변장을 마치고, 후드를 깊이 눌러쓰고, 조용히 방에서 나갔다.

좋아, 인기척은 없네. 빠르게 끝내버리자.

재빨리 갑판으로 나와 배와 항구를 연결하고 있는 굵은 닻줄로 뛰어올라 내려갔다. 이런, 항구에는 사람이 있네. 스태프인가? 아니면 선원인가? 들킬 수는 없으니 인기척을 내지 않게 조심하며 이동했다.

이 섬도 밤에는 고요했다.

관객은 왕도로 돌아갔고, 이미 겨울이다. 확연한 추위가 느껴지는 겨울밤에 의미 없이 돌아다닐 선수는 거의 없었다. 가끔 달리고 있는 사람도 있지만, 분명 아직 살아남은 선수겠지. 의욕 넘치는 모습이 보기 좋았다.

선수는 거의 없지만 순찰하는 스태프는 좀 많았다.

드디어 본선도 막바지에 접어들며 정말 며칠 남지 않았다. 앞으로의 시합이야말로 집대성이다. 이런 중요한 시기에 트러블이 생기지 않도록 더욱 신경 써서 경계하고 있는 거겠지.

──오, 찾았다.

사람들의 눈을 피해 내가 향한 곳은 한 숙소였다.

입구 부근에 한 남자가 서 있었다.

큰 검과 작은 검을 들고.

"나 왔어. 기다렸어?"

휙! 휙!

보자마자 한 번, 두 번 검을 휘둘러 대답한다.

"인사치고 화려하네."

뭐, 피했지만. 아직도 느리다.

"……칫. 아직 닿지 않는군."

남자는 혀를 차고 검을 도로 집어넣었다.

"보고 싶었어, 꼬마야."

그래, 만나는 상대는 검귀 아스마 히노키다.

오늘 시합 이후 리넷에게 전언을 부탁했다.

——만나고 싶다고 한 아이가 있다, 만날 생각이 있다면 밤에 여기서 기다려라, 라고.

그녀가 잘 전해 준 모양이었다.

"약속한 대로, 네가 강해져서 만나러 왔어."

암투기장에서 했던 약속이었다.

저 분위기를 보니, 그때 그 검은 옷 직원들도 제대로 검귀에게 전해 준 모양이었다.

"시간이 조금 있어. 이야기할까? 아니면 대련할래? 네가 정해도 좋아. 아, 스태프한테 들킬 것 같으면 나는 도망칠게. 서로 귀찮은 일은 싫잖아?"

"……."

검귀는 팔짱을 꼈다.

인연은 있지만, 인연이 있기에, 어떻게 할지 고민되는 것 같았다. 분명 이야기도 하고 싶고 대련도 하고 싶겠지. 무인 중에는 제멋대로인 녀석이 많으니까.

"너는…… 누구냐?"

"너보다 강한 자. 그 이상의 대답은 필요 없겠지?"

"……그래, 그거면 됐다."

그렇겠지.

어차피 나에 대한 관심은 강한 힘 외에는 없을 테니까. ……그중에는 어린애라도 상관없다고 단언하는 우리 시녀 같은 위험한 녀석들도 있지만. 이 녀석은 그렇지 않은 것 같아 안심했다.

"나는, 강해졌나?"

"그래, 틀림없이. 내 상상 이상으로 강해졌어."

이 녀석과 만날지도 모른다는 생각에 일단 가발을 준비해 왔다.

뭐, 오늘 시합 결과에 따라서는 만나지 않을 수도 있었지만.

"그리고, 앞으로 더 강해질 거야."

리넷과의 시합에서 '기'를 인식했을 것이다. '가장'은 '외기' 그 자체이니까.

어디까지 파악했는지는 모르겠지만, 인식한 이상 머지않아 반드시 몸에 익힐 것이다.

그렇게 되면 쑥쑥 성장해 나가겠지.

'기'의 습득은 높고도 두꺼운 벽. 습득할 수 있느냐 없느냐에 따라 무인으로서의 강함이 크게 달라진다.

내가 스승이라면 가르쳐줄 수 있지만…… 누구에게나 가르칠 수 있는 것은 아니다.

잘못된 이에게 가르치면 사소한 일로도 누군가를 죽일 수도 있었다. 무인끼리라면 그나마 낫지만, 그게 아니라면 최악이었다.

제자로서 바로 옆에 있다면 언제든지 제자의 잘못에 대한 책임을 질 수 있었다. 최악의 경우 제자를 죽여야 하지만, 어쩔 수 없는 일이다. 길을 잘못 든 제자를 바로잡고 책임을 지게 하는 것도 스승의 몫이니까.

그러니 그렇지 않은 자에게는 가르칠 수 없었다. 애초에 이 녀석은 내 제자도 아니니까.

"넌 경지에 이르렀어."

"경지? ……극의(極意) 말인가?"

아, 내가 알고 있는 것과는 이름이 다르구나. 하지만 아마 의미는 같을 것이다.

"불심불살의 학어혼."

"모르겠군. 불심불살은 의미상으로는 같은 것 같긴 하다만."

모른다니.

……몰라? 나도 기억이 애매해서 잘 설명할 수는 없지만.

"저녁 어스름 속에 있는 한 마리의 학처럼, 덧없고 섬세하고, 무서울 정도로 한없이 고요한. 마치 환상 같은 풍경 속에서, 기척도 투기도 살의도 보이지 않는다. 그런 정경을 본뜬 무의 경지, 라고 나는 기억하고 있는데."

"아니, 몰라. 학? ……도무지 모르겠군."

아아, 그래?

어차피 전 늙은 인간이라서요. 요즘 젊은것들이랑은 생각하는 게 안 맞을지도 모르겠네요. 미안합니다, 늙은이가 아는 척 주절주절 지껄여대서. ……뭐야, 이 자식! 열받네! 상대의 체면을 세

워주거나 배려 같은 걸 좀 하라고! 안 그러면 맞는다! 나한테!

"그럼 갈게."

시시해. 그냥 자는 편이 나았겠다.

"기다려."

"뭐? 늙어빠진 감성을 가진 수상한 녀석에게 무슨 볼일이라도?"

"무슨 소리야. 어쨌든 기다려."

검귀는 천천히 태도(太刀)를 뽑았다.

희미한 달빛을 머금은 강철은 등골이 오싹해질 정도로 아름다웠다. 칼에 매료되는 자의 기분도 이해가 갔다.

"부디 한 수 가르쳐다오. 아직 더 높은 경지가 있겠지?"

……뭐, 그래.

"이것밖에 없겠지, 결국."

누가 더 강하다거나, 어느 쪽이 강하다거나.

그런 사소한 일로 싸움을 벌이는 정도가, 우리에게 딱 맞았다.

말을 주고받는 것보다도 말이지.

◆

본선 5일 차 토너먼트 3회전.

오늘도 오후부터 시합이 시작된다.

시합 수는 16번, 현재 선수의 수는 32명이라고 한다.

나중에 정식 발표가 있겠지만, 촬영 관계자라 빠르게 알게 되었다.

부상으로 기권하는 선수들의 빈자리가 신경 쓰여서 빈자리를 채웠다고 한다. 부전승이나 부전패 같은 것이 없도록. 말하자면 운영 측의 손질이다.

그건 그렇고 32명이라.

드디어 확실한 끝이 보이기 시작했다. 이 정도로 좁혀지면 관객도 선수들의 얼굴과 이름을 외웠을 것이다.

내일은 8시합, 모레는 4시합.

그리고 4명이 남았고, 마지막 날은 무기부와 맨손부의 결승전이다.

아직 제자들은 남아 있었다.

제자끼리 부딪치면 당연히 줄어들겠지만, 아직은 서로 만나지 않았다.

——오늘 관심 가는 시합은 간돌프와 토하로우다. 그 푸른 여우 수인 말이다.

그 여자도 읽히지가 않았다.

지금까지의 시합은 사우전과 마찬가지로 상당히 여유 있게 싸워왔다. 특별히 눈에 띄는 점은 없다. 그저 단순히 강했다. 아무 위험도 없고, 오히려 봐주기까지 했다.

개인적으로는 그 녀석과 지온의 시합을 보고 싶었다. 같은 경량급의 수인이라 스피드로 승부하는 난타전이 되지 않았을까. 재빠르게 움직이면 보는 쪽이 즐겁다. 화려하니까.

이 시합은 간돌프가 질 거라고는 보기 어려웠다.

하지만 토하로우는 분명 비장의 카드를 갖고 있다. 그것으로 간돌프를 쓰러뜨릴 수 있을지 없을지가 관건이다.

과연 그녀는 어떻게 싸울 것인가.

간돌프의 승리는 확실할 테니 그녀가 어떻게 싸우는지에 주목해야겠다.

——좋아.

"그럼 갈까요?"

가족과의 아침 식사를 마치고, 응접실에 있던 벤델리오와 촬영반과 가볍게 미팅을 마쳤다.

그리고 오늘도 다시 촬영에 나섰다.

"니아다!"

"아, 니아!"

네네, 저예요.

비행선에서 내려 투기장으로 향하던 중 내 모습을 발견한 관객들 사이에서 소란이 일었다.

그랬다. 이미 관객들이 와 있었다.

어제와 마찬가지로 노점이나 선수들과의 교류 등으로 나름대로 시간을 보낼 수 있는 모양이었다. 오늘도 대성황이라는 느낌이었다.

이 축제 분위기 속에도 왕도나 실버령 촬영반이 투입되어 있었다.

본선에서 싸운 선수와 일반인이 나오는 영상은 평판이 좋은 모양이었다. 힐데트라와 레리아렛도 지금 어딘가에서 인터뷰 등을 하고 있을 것이다.

"리스톤가 왕자님의 여동생 아냐?!"

굵은 목소리를 가진 녀석도 있다. 몇 번 들어본 목소리인데 누구야? 어떤 녀석이야? ……젠장, 사람이 너무 많아서 모르겠다. 오라비에게 무슨 일을 저지를 것 같은 위험 분자 같은 남자가 있었는데, 도저히 특정할 수가 없다. 무슨 생각으로 오라비에게 흥분하는 것인지 따져 묻고 싶었는데.

……어라?!

"벤델리오 님, 잠시만 기다려줄 수 있을까요?"

"어? 아, 레리아?"

내가 가리키는 곳에 레리아렛과 실버령 촬영반이 있는데.

문제는 그 중심이다.

"잠깐이라면 괜찮아."

"알겠습니다."

벤델리오가 '잠깐'이라고 말한다면 서두르라는 뜻이다. 빨리 끝내자.

"무슨 일이야, 니아?"

촬영 중이라 잠시 기다리고 있으니 나를 알아본 레리아렛이 다가왔다.

"뭐 하는 건지 궁금해서."

왜냐하면, 안젤이 있었기 때문이다. 이곳에.

그리고 실버가의 둘째 딸 리클비타도.

도대체 무슨 일이 있어서 이 두 사람이 함께 있는지 확인하고 싶었다.

"아, 리클 언니가 초상화를 그리고 있어. 선수와 일반인을 대상으로 하는 기획이야."

흐음, 재미있는 기획이네.

리클비타는 그 종이 연극에서 그림을 그리고 있었다. 공공연하게 알려지지는 않았겠지만, 그래도 아는 사람은 다 아는 유명 화가였다.

그녀의 그림은 훌륭했고 붓도 빠르다.

참으로 유익한 재능 활용이었다. 그린 그림을 받을 수 있다면 좋은 기념이 될 것이다.

하지만 내가 신경 쓰는 것은 그녀 쪽이 아니었다.

"안젤은?"

스툴에 앉아 있는 그녀는 정면에 있는 커플의 그림을 그리고 있었다. 뭐, 한쪽은 진 선수였지만. 분명 이름이…… 기억은 안 나는데, 리넷과 싸워서 진 여자다. 사이를 쓰는 여자 격투가였나.

그리고 리클비타 옆에는 안젤이 서 있었고, 가끔 관객들이 말을 걸어오면 손을 흔들어 화답해 주고 있었다. 잠깐, 잠깐, 왜 저래? 그런 팬 서비스를 할 만한 쾌활하고 사교적인 캐릭터는 아니었잖아?

"언니 호위를 맡고 있어. 이런 기획이 있는데 해 주지 않겠냐고 부탁했더니 흔쾌히 수락해 줬어."

"흔쾌히 수락했어?"

저 안젤이?

"응. 리클 언니와는 모르는 사이도 아니고, 옆에 있는 것뿐이라면 해 주겠다고."

……뒷세계의 주민이 뭐 하는 거야?

아니, 뭔가 이유가 있겠지. 불러서 이유를 물어볼까도 생각했지만, 그만두자. 일단 이곳에 있는 이유는 알았으니까. 지나치게 간섭하는 스승은 제자에게 미움받기 마련이니까.

굉장히 궁금하지만 시간도 없다. 여기는 그냥 넘어가자.

그림을 그리고 있는 리클비타도 기분 탓인지는 모르지만 기뻐 보이는 것 같고. 방해하지 않는 게 좋겠지.

◆

"본선 5일 차, 드디어 대회도 막바지에 접어들었습니다."

링 옆의 지정석이 된 장소에서, 오늘의 시합에 대해 해설했다.

"여기까지 오니 기본적으로 모든 시합이 기대되네요. 전원이 실력자입니다. 누가 이긴다 해도 이상하지 않습니다. 오늘 제가 특히 관심이 가는 시합은 4번째 시합입니다."

다른 시합은 예상대로 순조롭게 이길 것이다.

하지만 이 시합만은 읽을 수 없었다.

“텐파류 사범 대리 간돌프 선수와 푸른 여우 수인 토하로우 선수의 시합입니다. 예선에서 늑대 수인 지온 선수를 꺾은 간돌프 선수, 하지만 그 시합에는 의혹이 남아 있습니다. 간돌프 선수를 걷어찬 지온 선수가 도리어 부상당해 탈락한 것이 이상하다고 말이죠. 그런 목소리가 아직도 불식되지 않고 있습니다. 지온 선수와 마찬가지로 속도에 특화된 수인 토하로우 선수. 간돌프 선수의 의혹은 오늘 시합에서 밝혀질지도 모르겠네요.”

그런 말을 하는 사이 오늘의 첫 시합이 시작되었다.

순조롭게 진행되어, 눈 깜짝할 사이에 네 번째 시합.

의혹을 안은 간돌프와 여우 귀 수인이 링 위에 섰다.

“방어가 무척 견고한 간돌프 선수와 빠르고 날렵한 토하로우 선수. 토하로우 선수의 공격 방식에 따라서는 간돌프 선수에게 대미지를 입힐 수 없을지도 모릅니다. 그녀가 과연 어떻게 싸울지 주목되는 한판입니다.”

관객들의 함성 속에서, 간간이 간돌프를 향한 야유가 쏟아졌다.

뭐, 이건 그의 시합에서 계속 발생했던 일이었기에 새삼스럽게 언급할 것도 없었다.

본인도 크게 신경 쓰지 않았다. 인터뷰에서 의혹에 관해 묻기도 했지만, 자신의 악평보다도 지온을 더 걱정했다. 그럴 의도는 없었는데 너무 지나쳤던 것 같다고.

그리고 본선에서의 재시합을 기대하고 있었지만…… 뭐, 지온은 리노키스에게 졌으니까. 아쉽게도 재전의 기회는 사라졌다.

간돌프는 여전히 미숙하지만, 어엿한 무인이었다.

무슨 일이 있어도 힘으로 증명한다. 그것을 받아들일 수 있을 정도로는 무인이었다.

그러니 악평도 힘으로 불식시킬 수 있다고 믿고 있을 것이다.

저 녀석은 본질적으로 나와 닮았다. 이것저것 복잡하게 생각하는 것이 귀찮은 타입이다. 모든 일을 힘으로만 해결할 수 있다면 편할 텐데, 라고 생각하고 있을 것이 분명하다.

세상일이 그렇게 간단하지는 않지만, 무의 세계에서는 비교적 잘 먹히는 이치였다. 격투가 중에는 바보가 많으니까.

하지만 문제는 토하로우다.

이렇게 두 사람이 대치한 모습을 보고 있으니…… 어쩐지 불안해지기 시작했다.

강한 거 맞지? 지온보다 강하다고 생각해도 되는 거지? 설마 녀석과 같은 전철을 밟는다거나, 그런 일은 없겠지? 간돌프에게 찰과상 하나 입히지 못하고 패배, 뭐 그런 거 아니지? 용사 후보 맞지? 괜찮은 거지? 본선도 이제 거의 끝나가는데, 맥 빠지는 시합을 하지는 않을 거지?

……부탁할게. 지더라도, 하다못해 최대한 선전한 것처럼 보여줘.

"——시작!"

시합이 시작되었다.

시작과 동시에, 토하로우는 크게 발을 내디뎠다. 음, 꽤 빠르다.

그 속도를 실어서, 방어 자세를 취하고 있는 간돌프의 머리를 노리고 날아차기를—— 아니다.

"읏!"

간돌프가 동요한 것을 확실히 알 수 있었다.

"토하로우 선수, 조르기 기술에 들어갔습니다."

스르륵 달라붙듯이 움직이더니 순식간에 목말을 타는 것처럼 간돌프의 등 뒤로 돌아가 목에 팔을 둘렀다.

상당히 빠른 속도다. 방어가 단단하다면 치지 않는다. 그런 단순한 사고방식이었다.

"아."

목소리는 들리지 않았지만, 확실히 토하로우는 목소리를 냈다.

그리고 재빨리 뛰어내렸다.

"아무래도 조르기 기술은 통하지 않은 모양이네요."

◆

"너 대체 어떻게 된 거야? 너무 단단하지 않아?"

토하로우가 항의했다.

시합 중이지만 그런 말을 하지 않을 수가 없었다.

완전히 목을 조였다. 턱에 걸리지도 않고 완벽하게 목에 팔을 감았는데.

그런데 전혀 조여지지 않았다.

목 주위의 근육조차 단단해서, 아무리 힘을 줘도 소용이 없었다. 목이나 기도 같은 건 그렇게 쉽게 단련되는 부위가 아닌데도.

"네 힘이 부족할 뿐이다."

성실하게 대답이 돌아왔다.

그건 그렇지, 라는 말밖에 할 수 없는 대답이었다.

"목이 안 된다면…… 어쩔 수 없지. 좀 과격해질지도 모르지만 용서해 줘."

"마찬가지다."

――지금 바로 간돌프도 토하로우의 속도를 목격했다.

방심하지도 않았고, 무슨 일이 있어도 요격할 생각이었다.

그런데도, 너무나도 쉽게 목을 잡혔다.

실전이었다면 칼에 뎅강 잘렸을지도 모른다.

육체적이나 정신적으로 어떤지는 둘째치고, 무라는 관념에 있어서는 토하로우가 더 강한 것처럼 느껴졌다.

저 조르기 기술로 들어가는 방법은 분명히 무의 움직임이다.

던지기나 조르기, 관절기 등은 단순한 때리기, 발차기와는 달리 기술이 필요하다. 기술이란 수행이나 연습으로 익히고 갈고닦는 것이다.

그녀의 강함은, 단단한 뿌리가 받쳐주는 느낌이었다.

봐준다거나, 다치게 하지 않겠다고 생각하고 있으면, 진다.

의도하지는 않았지만, 이 대회에서 텐파류 총본산의 사범들을 쫓아내 버린 것은 자신이었다. 여기서 상위에 오르지 못한다면, 더는 텐파류라는 이름을 내세울 수 없었다.

동기 레이타오의 말 그대로다. 결과를 내지 못하면 그 뒤가 힘들어진다. 물론 이에 대해서는 별로 신경 쓰지 않지만. 이기고 지는 것은 흐름에 따라 정해지는 것이니까.

하지만 제자들이 응원하고 있다.

그리고 니아가 보고 있다.

우승 여부를 떠나 쉽게 질 수는 없었다.

그리고 이런 큰 무대에서 후회가 남는 시합은 절대 하고 싶지 않았다.

그렇다면 온 힘을 다해 싸울 수밖에 없었다.

다치게 할지도 모르지만── 아니.

다치게 하는 한이 있더라도.

격투 대회에 나간 이상 상대도 다칠 각오 정도는 하고 왔을 테니까.

자신과 똑같이.

얕보지 마라, 대등하다.

그러니까, 전력을 다한다.

◆

내리기 시작하는 비처럼, 몇 방울의 피가 흩날렸다.

“할퀴기네요. 수인 특유의 단단한 손톱이 간돌프 선수를 덮쳤습니다.”

토하로우의 속도와 방어 상태에서도 통하는 할퀴기 공격.

간돌프가 입은 상처는 얕았다.

도복째로 잘린 탓에 그렇게 큰 대미지도 입지 않았다.

그러나 처음에는 그렇더라도 계속되면 상처는 점점 늘어난다.

그야말로 조금씩 깎여나가는 것이다. 물리적으로.

방어하는 팔, 버티는 다리와 허리, 몸.

얕은 열상이 늘어갔다.

춤추듯, 바람처럼, 종횡무진 빠르게 공격하는 토하로우.

이에 맞서는 간돌프는 줄곧 방어로 일관하고 있었다.

“간돌프 선수는 승부처를 기다리고 있습니다. 자신의 공격이 토하로우 선수에게 맞지 않는다는 것을 이해하고 있는 만큼, 급소를 보호하면서 타이밍을 재고 있습니다. 그러나 이 교착은 괴로울 텐데요. 얕더라도 베인 상처, 출혈도 있습니다. 지금은 찰과상이라도 장기적으로 보면 치명적일 수도 있습니다.”

제법 좋았다.

봐주지도 않고 방심하지도 않는 토하로우, 상처가 늘어가는 와중에도 투지가 흔들리지 않는 간돌프.

일방적으로 보이는 공세와 빈틈없는 방어.

"하지만."

하지만 실제로는 일방적이지 않았다.

"토하로우 선수는 초조함을 느끼고 있을지도 모릅니다. 아무리 빨라도 오래 보고 있으면 눈에 익습니다. 움직임이나 패턴도 읽기 쉬워지죠. 그리고 저 정도의 속도를 유지하고 있는 이상 엄청난 기세로 체력이 소모됩니다. 전속력을 계속 유지하는 것이나 마찬가지니까요. 아무리 수인이라도 무한한 체력을 가진 것은 아닙니다. 제가 보기에 그녀는 순발력이 뛰어납니다. 그렇기 때문에 장시간 움직일 수 있는 체력은 낮습니다. 시간이 지날수록 간돌프 선수의 상처는 늘어나겠지만, 그 전에 토하로우 선수의 움직임이 둔해질지도 모릅니다. 그녀의 입장에서는 완벽하게 움직일 수 있는 지금 상태에서 결판을 내고 싶을 텐데요."

치명상을 노리고 있는 토하로우.

틈을 기다리는 간돌프.

자, 결과는…… 오, 움직였다.

"토하로우 선수, 무릎이 꺾였습니다."

전력을 다해 움직인 대가였다. 버티는 힘이 다한 것인지 쿵, 하고 왼쪽 무릎을 꿇었다.

"——간돌프 선수, 움직입니다."

그건 페이크지만 말이지. 그런 뻔한 함정에 걸리지 말라고.

빈틈이 생겼다고 생각해 주먹을 휘두르는 간돌프. 방어 자세가 풀린 품 안으로 토하로우가 빠르게 뛰어들었다.

좌악!

그런 소리가 들릴 정도로 멋진 어퍼컷이 간돌프의 얼굴을 후려쳤다.

선혈이 튀었다.

턱을 향한 타격은 아니고, 손톱을 쓴 공격이다. 궤적으로 봤을 때 오른쪽 눈을 노렸다. 맞았나?

――아니, 얕다.

그렇다기보단, 간돌프는 피했다. 아슬아슬하게.

혹시 일부러 함정에 빠진 척을 한 건가? 유인한 다음 피한 건가?

뭐야, 서투른 주제에 약삭빠른 흉내를 내네.

"우오오오오오오!"

간돌프가 부르짖었다.

왼손으로 품속을 파고든 토하로우의 멱살을 잡고, 온 힘을 다해 바닥에 내리꽂았다.

내리꽂음과 동시에 주먹 일격.

아, 제대로 들어갔네. 평범한 녀석이었다면 죽었을 위력이다.

"거기까지!"

심판이 막았다.

응, 지금 건 위험했다. 아마추어 눈으로 보기에도 확실히 알 수 있었을 것이다.

"――간돌프 선수의 승리입니다."

내가 멘트를 마치자마자 환호성이 터져 나왔다.

술렁임도 터져 나왔다.

죽인 건가? 역시 지금 공격으로 죽은 거 아닌가? 그런 목소리가 섞여 있었다.

그 정도로 강렬한 주먹이었다.

만신창이가 되어, 얼굴의 오른쪽 절반이 피로 물들어 있는 간돌프는 쓰러진 토하로우를 내려다보고 있었다. 거기에는 동요도 없고, 지나쳤다는 감정도 보이지 않았다. 평소와 같다. 이렇게 될 것을 알고도 했다, 그뿐이다.

훌륭한 전략이었다.

간돌프는 얼굴로 날아온 일격을 피했다. 그 녀석은 움직임이 둔하긴 하지만 보는 눈은 나쁘지 않다. 토하로우의 속도도 보이기는 했을 것이다.

하지만 맞는 것을 전제로 움직이고 있던 토하로우에게는 분명 예상 밖의 회피였겠지. 한순간의 당황으로 인해 이탈하는 타이밍이 아주 조금 늦어진 것 같았다. 원래라면 간돌프에 발차기를 넣자마자 떨어졌을 텐데.

그것이 제시간에 이뤄지지 못하고, 잡혀버렸다.

……그렇지만, 강렬한 한 방이 들어갔네.

가르치는 제자가 있는 탓인지 간돌프는 상대방에 대한 배려를 잊지 않았다. 항상 필요 이상으로 지나치지 않도록 주의한다.

그런 만큼 과감한 공격은 쉽게 쓰지 못했는데…… 드디어 했구나. 그거면 됐다. 비정해지지 못한 격투가는 아무리 강해지더라

도 이류에 그친다.

뭐, 토하로우도 나름대로 각오는 하고 있었을 것이다. 강한 놈이 강한 놈과 싸우는 거다. 다쳤다고 불평은 하지 말…… 어? 죽었어? 괜찮지?

심판들이 분주하게 움직이며 의료반을 부르라고 지시하는 가운데――

"토하로우 선수, 무사한 것 같습니다."

다행이다. 쓰러져서 움직이지 않던 여우 수인이 벌떡 일어났다. 그렇지, 죽지는 않겠지. 저 정도로.

웃는 얼굴로 간돌프에게 뭐라고 말하는가 싶더니 그대로 링을 내려갔다.

아파 보였지.

갈비뼈 몇 개는 확실하게 나갔을 거다, 분명.

◆

"……아야야, 아파……!"

통로로 들어가 관객들의 눈이 닿지 않는 곳에서, 토하로우는 몸을 웅크렸다.

"야, 토하, 괜찮아?!"

기대하고 있었다.

사우전이라면 분명 데리러 와줄 것이라고.

용사 후보로서의 자존심과 허세는 여기까지밖에 버티지 못했다.

"의무실로 데려가줘. 못 걷겠어."

"그 정도인가……. 알았어."

토하로우를 양팔에 안고 사우전은 달리기 시작했다.

"죽은 줄 알았어."

"나도. 실신은 정말 오랜만에 했어. 살살 좀 해달라고."

"그랬으면 또 화냈을 거 아냐."

"당연하지."

불합리하다. 하지만 모르는 것도 아니다.

전력을 다하지 않은 상대에게 지는 것은 생각하고 싶지도 않았다. 굴욕이다.

"있지, 사우전, 도시는 무섭네."

"그러게. 상상 이상으로 강한 자가 많네. 아무리 '신기'가 없다지만 토하가 지다니. 게다가 일개 격투가를 상대로."

용성회에서도 맨손으로 싸워 상위권에 드는 토하로우가 이 모양인 것이다.

"……텐파류의 간돌프라. 잊을 수 없는 이름이 될 것 같아."

제 7 장 격투 대회 최종일

본선 6일 차, 토너먼트 4회전.

남은 선수는 16명, 오늘 시합은 8번이다.

시합 일정으로 따지면 준준결승이 되는데, 그만큼 시합 수가 적었다.

겨우 여덟 번의 시합을 보기 위해 굳이 이 부유섬까지 올까…… 그런 우려도 없지는 않았지만.

오늘도 관객은 가득 찼고, 축제 분위기로 대성황이었다.

역시 그건가. 마정판을 설치해서 여기서도 과거 시합 영상을 볼 수 있게 만든 영향이 큰 것 같았다. 운이 좋으면 시합을 한 선수 본인에게 이것저것 물어볼 수도 있으니까.

뭐, 좋아.

이 정도로 시합 수가 적으면 미팅이니 뭐니 하는 것도 역시 긴 시간이 걸리지 않는다. 길게 이야기할 것이 없으니까.

조금 시간이 남아서 오늘의 리스톤 촬영반은 시합 전 부유섬의 모습을 촬영하게 되었다. 관객들의 인터뷰나 선수의 팬 서비스 등을 촬영한다.

지금까지는 왕도, 실버 촬영반에게 전부 맡기고 있었지만, 이쪽도 꽤 궁금하긴 했다. 어제 안젤 건도 있었고. 의외의 일이 벌어지고 있는 것이 흥미로웠다.

"니아다!"

낮까지 아직 시간이 남았지만 그럼에도 많은 관객이 들어와 있었다. 선수도 그렇지만, 나에게도 자주 말을 걸어준다. 고마운 일이다.

"관전인가요? 아니면 데이트?"

겸사겸사 그 주변 사람에게 인터뷰 같은 것도 건네보았다.

"프리즈 님을 응원하러 왔습니다!"

아, 그래, 프레사 응원을 왔구나. 그녀도 순조롭게 이기고 있으니까.

다만 요즘은 초조한 기색이 좀 늘어났다. 뒷세계의 주민이기 때문에 눈에 띄는 것에 저항감이 있는 것일지도 모른다.

그보다, 이미 눈에 띈다고 할 수준은 넘어섰다.

지금 남겨진 열여섯 명은 이제는 완벽한 알투아르의 유명인사였다.

그건 그렇고.

진 선수들이 밝은 모습으로 일반인들을 상대하고 있는 모습이 곳곳에서 보였다. 패배를 오래 끌지 않는다고 할까. 시합에서 진 영향은 크게 없어 보였다.

덩치 큰 여전사 지나탄도 그렇고, 하프 엘프인 레스트라도 그렇고. 사이를 쓰는 여자 격투가도 그렇고. 개인적으로 강하게 인상에 남아 있는 구절곤 사용자도 그렇고.

그 호랑이 수인 형제도 촬영을 돕고 있었고, 머리 파괴 긱도 어딘가에서 발견했다. 서 있으면 눈에 띄지만 앉아 있으면 그렇지도 않으니까 여기서는 잘 모르겠네.

"하하하하핫! 날 좋아해? 좋아하지?"

어제 간돌프에게 진 여우 수인 토하로우가 웃고 있었다. 마법 치료로 완전히 회복한 모양이다. 내가 보기엔 꽤 크게 다친 것 같았는데.

지금은 어린아이들에게 둘러싸여 목말을 태워주고 있었다. 학교 아이들인가? 아니, 지금은 수업 중인가? 그럼 외국에서 온 아이들이겠네.

어쨌든 고마운 일이다.

시합에서 진 후에도 이 대회를 위해 분위기를 띄워주는 것이다. 감사할 따름이다.

나라면 그 큰 무대에서 졌다면 너무 분한 나머지 분명 바로 수행에 들어갔을 텐데. ……아니, 꼭 그렇지만도 않은가? 마음껏 싸워서 진 것이라면 비교적 개운할지도 모른다. 진 기억이 없어서 모르겠지만.

"니아!"

아, 힐데트라다.

드물게 촬영반을 대동하지 않고, 호위로 보이는 스태프만 두 명 정도 붙어 있었다.

"니아, 지금 시간 괜찮아요?"

그보다는 나를 발견하고 빠져나왔다는 느낌이었다.

"보다시피 촬영은 하고 있지만, 시간은 괜찮아."

나는 시합 촬영이 최우선이었기에 이 촬영들은 힐데트라와 레리아렛에게 맡겨두고 있었다.

지금 하는 촬영은 딱히 찍을 것도 정해지지 않았고, 언제 그만둬도 상관없었다. 일단 찍어두자는 느낌으로 찍는 영상이었다. 여차하면 벤델리오가 주도해서 움직일 수도 있었다.

“지금 마침 저와 니아와 레리아가 이 근처에 있어요. 분명 대회 기간에는 더 이상 이런 기회는 없을 거예요. 세 사람의 초상화를 그려보시지 않을래요?”

초상화라고 하면, 어제 본 리클비타의 그거 말인가.

“이쪽은 괜찮은데, 그쪽은 괜찮아?”

“네, 촬영할 거니까요.”

아, 기념을 위한 게 아니라 촬영 권유였구나. 알았어, 알았어. 그러면 이것도 일이네.

아니, 초상화를 그리는 김에 일도 한다고 해석하면 될까.

힐데트라는 공과 사를 혼동하지 않으니까.

“그런 거라면.”

벤델리오에게 양해를 구하고 빠져나와 세 사람의 초상화를 그려달라고 부탁했다. 각자 한 장씩, 구도나 순서를 약간씩 바꿔가면서.

그런 우리의 모습은 의외로 사람을 끌어모으는 효과가 있었는지, 그리는 동안 일반인들에게 둘러싸이고 말았다.

아까 힐데트라가 말했던 대로, 요즘 세 사람이 함께 모이는 일이 없었던 탓일까. 조금 눈길을 끌 정도로는 보기 드문 광경이었던 모양이다.

그렇게 오전을 보내고, 시합 시간이 다가왔다.

◆

링 옆의 지정석까지 온 우리 리스톤 촬영반은 곧바로 영상을 송출했다.

"오늘 시합은 여덟 시합, 준준결승입니다. 점점 결승전이 가까워지기 시작했습니다. 만 명 중에서 살아남은 정예들의 격돌입니다. 어느 시합에도 결말을 알 수 없는 드라마가 있습니다. 저희는 그것을 지켜보고, 응원하고, 푹 빠져보겠습니다. 지금밖에 볼 수 없는 광경이 여기에 있습니다. 뭐, 매직비전이 있으면 재방송도 마음껏 볼 수 있겠지만요!"

가끔은 노골적이고 다이나믹한 판촉 멘트도 넣어가면서 말을 이어갔다.

"개인적으로 관심이 가는 시합은 사우전 선수 대 리넷 선수, 안젤 선수 대 프리즈 선수입니다. 둘 다 후반 시합이 되겠네요. 사우전 선수는 정말 안정적인 시합 방식으로 승리해 왔습니다. 유명한 모험가인 레스트라 선수를 제압했던 한판은 큰 화제가 되기도 했었죠. 안정감을 넘어서서 안심감마저 드는 실력자입니다. 그에 맞서는 리넷 선수는 검귀 아스마 히노키 선수와의 한판이 화제였습니다. 목검으로 방패를 절단한 달인 아스마 선수에게 보이지 않는 공격을 날리는 묘기로 대응. 무도에 해박한 전문가들 사이에서는 '원리를 모르겠다', '무슨 기술이냐'라며 논의가 끊이질 않는다고 합니다."

이 두 사람의 승부도 예측하기 어려웠다.

리넷이 더 강할 거라 생각하지만, 사우전의 강함이 아직 보이지 않았다.

둘 다 기본을 중요시하는 스타일이다. 과연 어떤 시합이 될지…… 장기전이 될 것 같다는 생각도 들지만, 의외로 간단하게 결판이 날지도 모른다.

"다음은 안젤 선수 대 프리즈 선수. 아직 고전하는 기색이 없는 안젤 선수와 예선부터 격전을 벌여 온 프리즈 선수. 제가 보기에는 둘이 비슷할 정도로 강한 것 같습니다. 그렇기 때문에 승부의 향방이 정말 궁금하네요."

여기서 비로소 제자들이 격돌한다.

뒷세계의 주민들끼리 서로 싸워야 하는 상황은 당사자들은 좀 힘들지도 모른다.

하지만 흥미로워졌다.

대회 규칙상 승리한 선수는 마법 치료를 받을 수 없다. 그래서 부상당한 선수도 많았다. 뭐, 여기까지 오면서도 몇 명이나 기권하는 사람이 나왔으니 그렇게 되지 않는 것이 더 이상하긴 하다.

리노키스는—— 우승 후보 필두인 모험가 리노는 확실히 움직임이 둔했다.

본인은 숨기고 있겠지만 많은 사람이 눈치채고 있을 것이다. 지온에게 물린 어깨가 상당히 아픈 듯했다.

어제 토하로우를 쓰러뜨렸던 간돌프도 오늘은 상반신을 드러낸 채로 나왔다. 도복이 너덜너덜해져서 벗은 거겠지. 오른쪽 눈을 덮은 붕대도 안쓰러워 보이고, 온몸에 새겨진 열상이 선명하게 도드라져 보였다. 눈은 파인 것일까? 그렇게까지 깊게 당한 것처럼 보이지는 않았는데.

그 밖에도 드문드문 움직임이 이상한 자들이 있었다.

흐음, 이렇게 되면 실력 외의 요소도 관련되기 때문에 더더욱 읽기 어려웠다. 정말 큰 대반전이 일어날 수도 있었다.

하지만 맨손부는 부상자가 많은 반면 무기부는 그렇지도 않았다. 상처가 없거나 경상인 사람이 대부분이다. 이런 부분의 차이야말로 무기 유무의 뚜렷한 차이일지도 모른다.

무기부는 대체로 일격에 승패가 정해진다. 선공으로 한 방만 먹이면 끝, 그런 시합도 많았다. 다시 말해 소모전이 적었다.

시합은 순조롭게 진행되어 나갔고, 마침내 이 두 사람이 섰다.

"다음 시합은 사우전 선수 대 리넷 선수입니다. 둘 다 기초가 탄탄하고 기본을 중요시하는 전투 스타일입니다. 견실한 선수들끼리 맞붙는 시합은 과연 어떻게 흘러갈까요. 눈을 크게 뜨고 지켜보세요."

링에 오른 두 사람이 대치했다.

둘 다 날을 뭉툭하게 만든 검을 들고 있었다.

사우전 검이 조금 더 길었다. 폭이 넓은 브로드 소드다. 리넷의 검은 그보다는 한참 작았다. 참고로 이번에는 방패를 들고 있지 않았다.

모조품인 만큼 서로의 무기에 우열은 없다. 얼마나 잘 다루느냐에 달렸다.

자, 어떻게 될까.

"——시작!"

주목할 만한 시합이 시작되었다.

……흐음, 그래. 이렇게 됐구나.

양쪽 다 견실한 스타일이라고 생각했는데, 그래서 그럴까.

처음부터 격렬한 싸움이 시작되었다.

공격하지 않으면 끝나지 않는다는 것을 서로 알고 있기 때문일지도 모른다.

크게 휘두르지 않고, 깊이 파고들지 않고, 그러나 공격의 고삐를 늦추지 않고 공격을 계속 퍼붓는다. 서로 그런 싸움 방식이 특기였기 때문에 공격 횟수가 많아졌다.

공격을 주거니 받거니 하는 모습이 화려해 보여서 관객들에게는 호응이 좋았지만.

내가 보기엔 결정타가 없다는 것이 마음에 걸렸다.

좀 더 말하자면…… 서로 결정타를 날릴 틈을 찾고 있다고 해야 할까.

리넷은 '기권 · 가장'을.

사우전도 뭔가 비장의 카드가 있을 것이다.

…….

리넷, 그게 아니야. 아니라고.

'가장'은 필살기처럼 쓰는 게 아니다. 평소와 같은 공격에 싣는 것이다. 의도하지 않은 것처럼.

그건 평소 쓰는 수준의 '외기' 기초 기술이라고. 노리지 마, 항상 계속 날려. 상대가 거기에 익숙해지면 평범한 휘두르기와 '가장'을 섞어서 농락하는 거야.

……아직 거기까지는 할 수 없는 건가.

저대로 장기전은 위험하다.

실제로 벌써 숨이 차기 시작했다.

"——거기까지!"

잘 싸운 편이다.

리넷의 '기'가 흔들리자, 거기서부터는 순식간이었다.

애초에 사우전은 '기'를 사용하는 리넷과 호각이었다. 시합이 길어지면 사우전이 유리해지는 것은 당연했다.

아니, 종합력은 리넷 쪽이 좀 더 위였다.

하지만 사우전은 단순히 검의 실력이 리넷보다 뛰어났다. 그래서 호각으로 맞설 수 있었다.

답답한 나머지 날린 '가장'도 완전히 읽히고 말았다.

그것을 회피한 순간, 승부는 정해졌다.

목에 칼날을 겨눈, 실로 깔끔한 마무리였다. 사우전의 잠재력도 상당해 보였다.

"사우전 선수의 승리입니다. 리넷 선수는 지구력에서 졌네요. 양측 모두 전에 없던 치열한 시합이었습니다."

그리고 사우전은 숨조차 헐떡이지 않았다. 상처 하나 입지 않았다. 리넷을 상대로도 아직 바닥을 보이지 않았다.

저것이 용성회, 용사 후보인가.

응, 꼭 바닥을 보고 싶다. 같은 용사 후보인 토하로우도.

"다음은 안젤 선수 대 프리즈 선수의 시합…… 어?"

벤델리오가 내민 칠판의 글자를 읽고, 나도 모르게 놀라버렸다.

'정말로?'라고 눈으로 묻자 벤델리오는 진지한 얼굴로 고개를 끄덕였다.

정말이구나.

그래, 슬슬 타임 리미트였나, 프레사.

"아, 프리즈 선수는 기권이라고 합니다. 자세한 정보는 나중에 보내드리겠습니다."

프레사는 뒷세계의 주민이다.

이 이상 눈에 띄면 정말 위험하다고 판단한 거겠지. 여기까지

남은 것도 상당히 무리했다고 생각한다. 실제로도 유명인이 되기도 했고.

……아마 뒷거래겠지. 안젤에게 돈으로 매수당했을 것이다.

뒷세계 주민다운 승부 아닌가.

딱히 불평할 생각은 없었다. 여기까지 승리해서 화제도 만들고 대회의 흥을 올려주었다. 그런 퇴장 방식을 선택한 그녀의 의사를 존중하고 싶었다.

자, 기분을 전환해서 다음 시합으로 가볼까.

◆

——니아의 예상은 맞았다.

본선 5일 차 밤, 안젤과 프레사는 만났다.

장소는 조용히 만나기 좋을 것 같아 눈여겨보고 있던 숙소 옆. 들여다보지 않으면 보이지 않을 정도로 어두운 곳이다.

낮의 시끌벅적함과 비교하면 귀가 먹먹해질 정도로 고요한 밤.

불어오는 바람은 차갑지만, 본격적인 겨울은 지금부터다. 앞으로도 계속 추워지겠지.

벽에 기대 담배를 피우고 있던 안젤 옆에, 소리 없이 프레사가 다가왔다.

"봤어. 꽤 들떴던데."

갑작스러운 인사였다.

"초상화 영상 말인가? 인기 관리야. 난 너처럼 도망갈 수 없으니까."

프레사는 여차하면 언제든 알투아르에서 탈출할 수 있었다.

그러나 안젤은, 아직 도망칠 수 없었다. 격투 대회에서 우승하건 하지 않건, 아마 마지막까지 싸운 뒤가 될 것이다.

아니면 죄인으로 잡혀가기 직전이라거나.

그때는 더 이상 사양할 필요가 없었다. 커프스도 불평하지 않을 것이다. 불평해도 곤란했다. 만약 한다면 '처음부터 당신 안목이 틀렸다는 거겠지'라고 반박할 것이다.

"인기 관리?"

"인기가 있으면 가치가 있다. 가치가 있기 때문에 눈감아주고 있다. 그래서 난 아직 잡히지 않고 여기 있는 거겠지. 그게 아니면 진작에 체포됐을 거야. 그것도 본선이 시작되기도 전에 말이지."

그에 더해 커프스가 손을 써두었을 가능성도 생각해 볼 수 있었다. 확증은 없으니 말할 수는 없지만.

프레사는 이해했다는 얼굴로 코웃음을 쳤다.

"흥, 그런 거구나. 지금은 이용 가치가 있으니까 놔둔다는 거네. 뭐, 안젤은 변장도 안 했으니까. 조금만 조사해 보면 이것저것 알 수 있겠지. ……나도 들킬까?"

"가능성은 높지 않겠어? 나라도 바보는 아닐 거고, 너도 너무 눈에 띄었어."

상식적으로 생각해도 여기까지 남은 선수들의 신상은 조사할 것이다.

이만한 대규모 격투 대회에서 상위권에 진입한 것이다. 적으로 돌리면 위협이 되는 전력이다.

어디의 누구인지, 어느 단체에 소속되어 있는지, 어느 나라 사람인지, 무슨 일을 하는지, 그동안 무엇을 해 왔는지.

나라 입장에서는 알고 싶을 것이고, 어지간한 얼간이가 아니라면 알아볼 것이다. 때 묻지 않은 인재라면 확보도 하고 싶을 것이다.

그러니 안젤에 대해서는 이미 들켰겠다고 생각한다. 나올 먼지가 가득한 범죄자라는 것을.

"이제 슬슬 물러날 때 아닌가?"

안젤이 프레사를 부른 이유는 매수 협상을 위해서였다.

뭐, 물러날 때가 된 것은 자신도 마찬가지라고 생각하긴 하지만. 커프스의 명령이 아니었다면 이미 도망쳤을 것이다. 출전조차 하지 않았을지도 모른다.

"알아. 애초에, 이미 한참 전부터 그랬어야 하는 느낌이야. 하지만 여기까지 와서 돈 한 푼도 못 버는 건 싫어."

물론 프레사 자신도 이 이야기라는 것을 알고 온 것이다.

"깔끔하게 1억."

그래서 단도직입적으로 말했다.

"이자도 없고, 지불은 분할도 괜찮아. 단 1년에 천만은 꼭 내줘. 이 조건을 받아들일 수 있다면 난 기권할게."

"알았어. 그거면 됐어."

안젤은 즉답했다.

"리노키스가 이기면 상금은 나눠 갖는다고 했잖아? 고스란히 너한테 주지."

"그 녀석이 이기지 못하면?"

"그때는 내 우승 상금으로 낼게. 만약 그 녀석도 나도 우승하지 못한다면…… 그때는 일단 난 알투아르에서 도망치겠지. 하지만 알투아르에서는 도망치겠지만 너한테까지 도망칠 생각은 없어. 도망칠 수 있다고 생각하지도 않아. 나는 네 무서움을 잘 알고 있으니까."

프레사가 진심으로 움직이면 도망갈 수 없었다.

본래도 프리 암살자로 생계를 유지하고 있던 실력자다.

실력도 있지만 무엇보다 정신력이 강했다. 한번 결정한 일은 반드시 해내고, 죽이기로 마음먹으면 상대가 누구든 죽인다. 안젤이 아는 한 한번 맡은 일은 포기한 적도 실수한 적도 없었다. 들었던 이야기와 다르니 뭐니 하며 의뢰인과 다투는 일은 많았지만, 그것은 사리에 어긋나는 일을 하지 않는다는 신념이 있기 때문이었다.

그 흔들림 없는 부분이 무서웠다.

머리도 행동거지도 가벼워 보이지만, 실제로는 상당히 무겁고 끈질기다. 한번 흥미를 느끼면 집요할 정도였고, 쉽게 포기하지 않았다.

어쨌든 절대 적으로 돌리고 싶지 않은 여자다.

"만약 내가 사라지면, 날 찾아와. 너라면 누구든, 죽지만 않으면 찾아낼 수 있잖아? 그때 낼게. 돈은 모아둘 테니까."

꽤 무모한 소리를 하고 있다.

하지만 도망 루트가 정해지지 않았기 때문에 어쩔 수 없었다.

도망간다면 어쨌든 필사적으로 도망칠 뿐. 어디로 간다느니, 어디서 만난다느니, 그런 한가로운 생각을 하고 있을 시간은 없었다. 생각하는 시간조차 아까워하며 도망칠 뿐이다.

방심했다가 붙잡힌 뒷세계 주민들을 셀 수 없이 많이 봐왔다. 도망간다면 전력으로 도망갈 수밖에 없었다. 전력으로, 말이다.

"흐음…… 뭐, 좋아. 그럼 1억으로 타협하는 걸로 하자."

그 말을 남기고 프레사는 어두운 밤의 어둠 속에 스며들듯이 사라졌다.

왔을 때처럼 홀연히, 소리 없이.

"……우승이라."

앞으로 두 번, 아니면 세 번.

그것만 이기면, 5억이다.

정말 손이 닿을 만한 곳까지 와버렸다.

……뒷세계의 주민인 것을 들킨 이상, 입장상 받을 수 있을지 어떨지는 모르겠지만.

하지만 여기까지 온 이상 멈추지 않고 가는 수밖에 없었다.

다음 날 이른 아침, 프레사는 스태프에게 말을 걸어 몸 상태가 좋지 않다는 이유로 기권을 선언했다.

그 길로 아침 첫 왕도행 배를 타고 격투 대회장인 섬을 탈출했다.

◆

본선 7일 차, 토너먼트 5회전.

남은 것은 4시합, 오늘이 준결승이다.

무기부와 맨손부의 시합이 각각 두 개씩 열리고 내일의 결승을 맞이하게 된다.

……사실 오늘 시합은 딱히 볼거리가 없었다.

이길 선수들은 예상대로 이길 것이다. 아마 반전 같은 것도 없겠지.

경기가 열리는 부유섬은 오늘도 뜨겁게 들끓고 있었다.

우리 리스톤 촬영반은 오늘도 선수와 일반인이 교류하는 모습을 찍으려고 어슬렁거리고 있는데…… 역시 들려오는 말은 오늘 시합에 대한 기대의 목소리였다.

드디어 준결승이다, 기대된다.

누가 이길까, 역시 리노는 강하다, 간돌프는 위험하다, 등등. 프레사의 기권을 진심으로 아쉬워하는 목소리도 있었다. 우리 오라비의 이름을 중얼거리며 배회하는 자도 있…… 누구야?! 굵은 목소리를 가진 그 녀석 맞지?! 위험 분자잖아?! 빌어먹을, 모르겠어! 근처에 있을 텐데!

…….

진정하자. 살기를 내지 마라. 들킬지도 몰라. 찾아도 안 보이는 이상 여기서는 넘어가자.

뭐, 어쨌든.

주위의 기대는 크지만, 그것을 배신하듯이 오늘의 시합은 순조롭게 결판이 날 것이다.

조합의 결과이니 이의를 제기할 생각은 없지만…… 아니.

오늘은 그렇지만 결승은 재미있어진다.

이건 틀림없다.

그렇게 생각하면 오늘의 순조로운 시합도, 뭐 용서하지 못할 정도는 아니다. 그런 걸로 치자.

그렇다 치더라도, 관객들 말이다.

오늘도 만원에 가까운 인원이 와 있는데…… 4시합밖에 안 하는데 그렇게 보고 싶은가? 저렴하지 않은 돈까지 주고서 보러 오고 싶은가? 내일은 심지어 결승전 한 시합뿐인데?

음── 좋아, 나도 팬 서비스 좀 열심히 해 볼까!

오늘의 시합은 별로지만, 적어도 즐거운 추억을 갖고 돌아가게 해 줘야지!

◆

본선 8일 차, 토너먼트 6회전.

결승전이다.

어제의 준결승은, 아니나 다를까 정말 맥이 빠질 정도로 어이없게 끝나버렸다.

하지만 오늘 시합은 재미있을 것이다.

"드디어 격투 대회 마지막 날, 결승전입니다."

오전에는 확실하게 팬 서비스를 하고, 낮이 조금 지났을 무렵, 우리는 지정석인 링 옆에서 촬영에 들어갔다.

카메라가 빙글빙글 주위를 돌며 객석을 비췄다.

빈자리 없음. 모든 좌석을 꽉 채운 채, 웅성거리는 관객들은 시합이 시작되기만을 애타게 기다리고 있었다. 참고로 회장 밖에 있는 마정판을 통해 보고 있는 관객도 있다고 한다. 떨어진 선수들과 함께 말이다.

회장은 크고, 진행할수록 시합 수는 줄어든다. 일반인의 반응은 어떠려나 걱정했는데…… 막상 뚜껑을 열어 보니 연일 만석에 대성황이었다.

뭐랄까…… 노력한 보람이 있었네.

격투 대회를 열기로 한 뒤부터 정말 여러 일들이 있었다. 벤델리오에게 살의를 품은 밤도 있었고, 혼잡함을 틈타 한 대 때려주자고 진심으로 생각한 적도 여러 번 있었다. 지금도 그 마음은 변하지 않았다. 매일 촬영에 쫓기고, 돈을 버느라 정신없고, 완전한 휴일은 손에 꼽을 정도밖에 없었다.

하겠다고 결심한 뒤로, 눈 깜짝할 새에 1년 넘는 시간이 지나갔다.

모든 것은 알투아르에서 가장 강한 사람은 누구인가. 그것을 알고 싶었던 내 이기적인 호기심에서 비롯된 것이었다.

생각보다 규모가 커져서 분주함도 가속화됐지만, 그것도 이제 곧 막을 내린다.

여러 사람의 생각들이 교차하고 있겠지만, 결국은 하나의 질문으로 향하고 있다.

누가 제일 강한가.

그 답이 이제부터 결정되는 것이다. 감개무량했다.

하지만 뭐, 예상대로라고 할까. 나를 만족시킬 만한 사람은 없었다. 하지만 그건 됐다. 처음부터 그렇게까지 큰 기대는 하지 않았으니까.

그리고 수확이 전혀 없었던 것도 아니다.

"오늘 마지막 날은 두 시합, 맨손부와 무기부의 결승전이 됩니다. 일단 맨손부, 리노 선수 대 간돌프 선수. 다음으로 무기부, 사우전 선수 대 안젤 선수. 솔직히 저는 결말을 읽을 수 없습니다. 여러분과 함께 그 행방을 지켜보도록 하겠습니다."

본심이다.

맨손부는, 종합력은 역시 리노키스가 높다고 생각하지만, 간돌프의 성장세는 예상 이상이었다. 그만한 속도를 내는 토하로우를 이겼으니까.

게다가, 둘 다 부상당했다. 이것이 어디까지 영향을 미칠지가 관건이었다.

무기부는 사우전이 더 강하다고 생각한다. 리넷과의 시합을 봤을 때는.

하지만 안젤이 약하다는 것은 아니다. 애초에 이 큰 무대에 나왔다는 것은, 어쩌면 녀석은 목숨을 걸 각오마저 했다는 뜻이 아닐까.

분명 은인을 위해 출전한다고 했던가?

……어쨌든, 결승전에 어울리는 시합을 기대하고 싶었다.

""와아——!""

통로에서 나온 리노키스와 간돌프의 모습을 보고, 언제 시작하나 애타게 기다리고 있던 관객들이 폭발이라도 하듯 소리를 질렀다.

개개인의 목소리를 알아들을 수 없을 정도로 큰 함성.

틀림없이 여기까지 이겨서 올라온 두 사람에게 보내는 기대의 목소리였다.

"맨손부의 결승전이 시작됩니다! 들리시나요, 이 큰 소리가! 이 모든 목소리가 지금 링 위에 서려는 두 사람에게 향하고 있습니다!"

주위의 소리에 지지 않게 나도 소리를 질렀다. 내 근처에 집음기가 있는데도, 그래도 묻힐 것 같았다.

통증마저 느껴질 정도로 피부에 박히는 수많은 목소리.

그것을 온몸으로 받으며, 두 사람이 링 위에서 대치했다.
한쪽은 언뜻 보기에는 멀쩡해 보이는 여자.
왼쪽 어깨에 제법 깊은 상처가 나 있었다.
한쪽은 오른쪽 눈에 붕대를 감고 웃통을 벗은 덩치 큰 남자.
온몸에 뚜렷한 열상이 있고, 만신창이였다.
"——우승 후보 필두, 모험가 리노 선수. 상대는 덴파류 사범 대리 간돌프 선수. 드디어 결승전, 이 한판으로 맨손부의 최강이 결정됩니다."
심판이 다가왔다.
약간 표정이 경직되어 있다. 긴장한 모습이다.
두 사람 곁에 서자 환호성이 잦아들었다.
마치 신성한 의식 앞에서 옷깃을 여미듯.
심판이 손을 들었다.
그리고 선언했다.
"——시작!"

쿵!
시작 직후였다.
낙뢰 같은 소리를 남기며, 리노키스의 주먹이 간돌프의 가슴을 때렸다.
곧바로 떠나려던 심판이 미처 피하지 못해, 그 엄청난 소리와 위력에 놀라 엉덩방아를 찧었다.

하지만, 아무도 그쪽은 보고 있지 않았다.

쿵!

땅이 울리고, 리노키스가 무릎을 꿇었다.

위로 올라가 있던 간돌프의 오른손 손날이 내려앉았기 때문이었다. 리노키스의 어깨에 맞으며, 짓눌리듯 무릎이 꺾인 것이다.

아니, 아니다.

리노키스는 스스로 몸을 낮춰 타점을 비껴갔다. 제대로 맞지 않았다.

그리고 서로의 첫 공격이 끝나자마자 거리를 벌렸다.

한 박자 늦게, 두 사람을 찬양하는 소리가 터져 나왔다.

이거다, 이게 바로 결승전이지, 라는 것처럼.

"첫 공격에서는 서로 방어했습니다! 리노 선수의 전격과도 같은 일격을 간돌프 선수는 반걸음 물러나 직격을 피했습니다! 간돌프 선수의 땅이 울릴 정도의 강렬한 반격을, 리노 선수는 스스로 몸을 낮춰 직격을 피했습니다! 서로 기합이 넘칩니다! 방심도 빈틈도 없습니다!"

둘 다 제법이잖아!

애초에 제자 사이라 안면도 있고, 나 빼고 같이 술을 마시러 간 적도 있는 녀석들이다. 봐주지 않을까 걱정했는데, 이거라면 문제없겠네.

리노키스가 날린 '기권 · 뇌음'에, 간돌프는 '기권 · 굉뢰'로 응했다. 간돌프도 가르친 자세 이외에도 쓸 수 있게 된 것 같았다.

지금 그거, 둘 다 제대로 맞았으면 죽었을 것이다. 리노키스는 간돌프의 명치 혹은 심장을 겨냥했다. 그리고 간돌프도 리노키스의 머리를 겨냥했다. 피했기에 어깨에 맞은 것뿐이다.

좋잖아! 이런 걸 기다렸다고!

자, 가라! 더 빛나봐!

너희들의 무를, 아름다운 최후를 보여달라고!

◆

그 시합은 예선부터 세어봐도 치열하기 그지없었다.

솔직히 말하면, 단순한 주먹싸움.

빠르지는 않았다.

한 방 한 방, 제대로 박아 넣는 그런 주먹싸움이었다.

단, 그 한 방 한 방의 무게가 달랐다.

서로가 날리는 공격이 천둥과도 같은 소리를 동반하고 있었기 때문이다.

리노의 가느다란 팔과 다리에서 날아오는 주먹과 발차기는 간돌프의 굵은 팔과 몸을 뒤흔들 만큼의 위력이 있었다.

방어하는 경우가 많았지만, 간돌프의 공격도 제대로 나오고 있었다.

그 거구에서 뿜어 나오는 공격이 무겁지 않을 리가 없었다. 실제로도 여우 수인을 한 손으로 잡아 던지듯이 내리꽂기도 했다.

그것들은 리노에게 닿고 있었다── 전부 직격하고 있는 것처럼 보였지만, 미묘하게 피하고 있었다. 아마추어는 모를지도 모르지만, 직격은 없었다.

주먹이 오간다.

피가 튀었다.

체격 차이에도 개의치 않는 리노의 용맹한 모습.

상처투성이가 되든, 멍투성이가 되든 한 발짝도 물러서지 않는 간돌프의 자세.

그런 두 사람의 모습을, 모두가 숨을 죽인 채 보고 있었다.

소리 지르는 것도 잊고, 숨을 쉬는 것조차 잊을 정도로 넋을 잃고 바라보았다.

고요했고, 두 사람이 발을 구르는 큰 소리만이 울려 퍼졌다.

몇 번이고, 몇 번이고.

격투 대회 결승전, 맨손부는 그런 시합이었다.

한없는 진흙탕 싸움, 화려함이나 우아함 따위는 존재하지 않는, 그저 원초적이고 본능적인.

그런 시합이었다.

◆

──승부가 났다.

"윽!"

리노키스의 발차기에서 나온 '뇌음'이 간돌프의 배에 들어갔다.

방어하는 팔을 튕겨내고.

주먹싸움이 시작되고, 한 방 날릴 때마다 서로의 움직임이 둔해졌고, 슬슬 때가 됐다고는 생각했다.

어느 한쪽의 공격이 들어간다.

그것으로 결정될 것이라 예상했었다.

간돌프의 몸이 뒤쪽으로 날아가며 링에 쓰러졌다.

뭐, 당연하지. 간돌프 쪽이 대미지가 더 클 테니까.

더는 팔이 움직이지 않았다.

몇 번이고 계속 받아낸 바람에 팔의 뼈가 나간 것 같았다. 처음에는 괜찮았겠지만, 머지않아 '기'는 다하고, 근육으로는 막을 수 없게 되며 뼈에 금이 가고, 더 혹사해서 결국 부러진 거겠지.

그리고 오른쪽 눈.

오른쪽 시야가 제한된 탓에 피하겠다는 선택을 하지 못한 상황이 많았다. 어설프게 피했다가 반대로 제대로 맞으면 버틸 수 없을 테니, 차라리 확실히 방어하는 편이 나았다.

내친김에 리노키스의 부상도 말하자면.

지온에게 물린 어깨 때문에 상체의 움직임에 제한이 생겼다. 하지만 리노키스는 발기술이 특기였다. 발차기를 통한 '뇌음'을 날릴 수 있을 정도로는.

부상으로 인한 단점이 적었다.

"윽, 아아아아아아아!"

후들거리는 팔을 짚고, 간돌프가 일어서기 위해 애썼다. 귀기 어린 표정이었다.

탐욕스럽게 승리를 갈망하는, 굶주린 무인의 모습이었다. 평소늘 온화한 저 녀석이 저런 얼굴을 하다니.

좋잖아. 역시 본성은 무인이구나. 앞으로 더 강해질 것 같다.

"힘내라! 일어서!"

"간돌프! 간돌프!"

조용하던 관객들이 성대가 찢어져라 소리를 지른다.

서 있는 리노키스와 쓰러져 있는 간돌프.

어깨로 숨을 몰아쉬며, 자세히 보면 곳곳에서 피를 흘리고 있는 리노키스. 만신창이였다.

당연히 쓰러져 있는 간돌프도 마찬가지였다. 무거운 공격을 계속 받아낸 양팔은 멍이 든 정도가 아니었다. 내출혈이 너무 심해 검푸른색을 띠고 있었다.

넋을 잃고 관전하고 있던 사람들이, 드디어 상황을 파악했다.

하지만 더는 무리였을까.

일어설 수는 있어도, 더 이상은 싸울 수 없을 것 같았다.

"……커헉!"

아, 피를 토했다. 저건 안 되겠네.

"거기까지!"

여기서 심판이 막아섰다. 토혈했다면 내장이 손상되었을 가능성이 높다. 생명과 직결된다.

"승자, 리노!"

심판이 말했다.

속행은 불가능하다고 판단했다. 본인은 아직 의욕이 있는 것 같지만, 어떻게 해도 몸이 따라주지 않았다.

응, 좋은 시합이었다.

"맨손부, 결판이 났습니다! 우승은 리노 선수입니다!"

하늘을 찌르는 듯한 함성과 박수 속에서, 나는 감정을 실어 이름을 알렸다.

내 애제자의 승리를 자랑하며.

무인으로서 크게 빛난 애제자의 패배를 받아들이며.

서로의 건투를 기리며.

간돌프는 4명의 손에 의해 들것에 실려 갔고, 리노키스도 절뚝거리며 링을 내려갔다.

비틀거리기도 했지만, 그래도, 제대로 자기 발로 걸어갔다.

리노키스는 경상으로 보였지만, 보이는 것 이상으로 몸이 한계였던 모양이다. 뭐, 직격은 피했지만 맞긴 맞았으니까.

……별로 말하고 싶지는 않지만, '뇌음'도 '굉뢰'도, '기'의 기초 기술이다.

좀 더 고도의…… 아니, 관두자.

앞으로 성장하면 되는 것이다. 제자 육성을 조급해하면 일을 그르치는 법이다.

지금은 이것으로 충분하다.

오늘은 두 시합뿐이었기에 느긋하게 진행되었다. 조금 전까지 격투가 벌어졌던 링의 청소가 이루어졌고, 리노키스와 간돌프가 흘린 피를 씻어내고 있었다.

하지만 완전히 씻겨나가지는 않았고 흔적이 남았다.

그동안 이곳에서 시합을 펼친 선수들의 흔적이다. 무인들의 역사라고 해도 과언이 아니다.

불과 몇 달 치의 역사일 뿐이지만, 그것은 확실하게 무인이 빛났다는 증거였다.

참고로 지금은 실시간으로 다른 장소의 영상이 나오고 있을 것이다. 혹은 과거의 영상이 나오고 있을지도 모른다.

그래서 리스톤 촬영반도 미팅하면서 조금 휴식을…….

"니아 씨, 잠시 괜찮을까요?"

응?

벤델리오 일행과 다음 시합, 그리고 그 후의 스케줄을 확인하고 있는데, 대회 스태프 완장을 착용한 남자가 다가왔다.

"리노 선수와 간돌프 선수가 부르시는데…… 와주실 수 있나요?"

어?

"절 부른다고요? 왜?"

나는 당황하면서도 당연한 의문을 입에 담았다.

하지만 부르러 온 그도 당황스럽기는 마찬가지인 얼굴이었다.

"죄송해요. 저도 사정은 잘 모르겠고…… 그냥 서둘러 데려오라는 부탁을 받아서요. 애매해서 죄송하지만…….”

정말 애매하다.

“부탁을 받았다고요? 리노 선수와 간돌프 선수가 부탁했나요?”

그 두 사람은 지금쯤 의무실에 있을 텐데.

“아니요, 의사 중 한 명이 부탁하셨어요. 여성이었는데…….”

……아.

의사. 여자. 의무실.

짚이는 것이 아예 없는 것은 아니었다.

그런데, 이건 좀 위험한데.

“알겠습니다. 벤델리오 님, 잠시 자리를 비울게요.”

녀석의 대답을 기다리지 않고 나는 이미 달려가고 있었다.

“응? 아, 빨리 돌아와!”

물론 그럴 생각이다.

무기부 결승전은 나도 기대된다. 부재한다는 것은 있을 수 없었다.

“빠, 빨라…….”

“여기까지면 충분해요. 감사해요.”

여기까지 안내를, 아니, 이제는 거의 저 멀리서 따라오고 있는 스태프에게 감사의 인사를 전하고 나는 의무실의 문을 열었다.

“기다리고 있었어. 이쪽.”

안에는 한 명의 의사와, 간소한 침대에 누워 있는 간돌프와 리노키스가 있었다.

"상태는?"

리노키스는 의식이 있는지 이쪽을 보고 있었지만, 간돌프의 반응이 없었다.

"그녀는 그렇다 쳐도, 이쪽은 꽤 심각해. 치료는 할 수 있지만 몸이 그걸 버틸 수 있을지 모르겠어. 그 힘 좀 빌려줘. 그리고 오른쪽 눈의 상태도 나빠."

"알겠습니다."

——서로 많은 것을 묻지 않았다.

이 의사는 암투기장에서 만난 그 뒷세계 의사였다.

검귀에게 잘려 날아간 리노키스의 팔을 치료할 때 만난 그녀다. 역시 그녀는 나를 기억하고 있었던 모양이다.

그때는 변장도 하고 있었는데…… 뭐, 기억하고 있었다면 어쩔 수 없다.

간돌프를 바라보았다.

온몸이 멍투성이에 상처투성이었지만…… 아, 이건 위험하네. 마지막 리노키스의 발차기 흔적이 선명하게 남아 있다. '기'로 전혀 방어하지 못한 모양이다. 그럼 당연히 내장이 상했겠지.

"시작해도 될까?"

"네, 언제든지."

나와 의사가 간돌프를 사이에 두고 섰고, 그녀가 손을 가져갔다.

"——'하이 힐(각중회복, 角重回復)'."

빛이 떠올랐다.

그녀의 손에서 나온 평면 오각형이 간돌프의 복부에 천천히 달라붙었다.

거기에 '기'를 침투시키고, 간돌프 안에 있는 '기'를 강제로 움직여 자연치유력을 높여주었다.

"아, 이제 된 것 같아."

아, 그래?

"역시 힘을 합치니까 빠르네."

그때도 비슷한 말을 했던 것 같다.

"거기에 더해 본인의 생명력도 한몫했을 거야."

그렇군, 생명력인가.

확실히 살고자 하는 힘이 강해 보인다. 체격도 크고.

"눈은? 도려냈나요?"

"아니. 하지만 상처가 나서 실명했어. 바로 치료하면 문제가 없었을 텐데, 다친 지 시간이 좀 지났으니까. 부상 자체는 고칠 수 있지만 시력까지 돌아올지 어떨지는 반반이라는 느낌이네."

그런가. 뭐, 문제없겠지.

"해 보죠."

만약 시력이 돌아오지 않으면 오른쪽 눈을 뽑은 다음 재생시키자. 선천적인 것이 아니라면 그것으로 나을 수 있다.

――다행히 멀쩡하게 시력까지 회복했다.

이것도 본인의 생명력 덕분일지도 모른다.

"하고 싶은 말이 없는 건 아니지만, 다음 기회가 있으면 그때 하자."

간돌프의 치료를 마치고, 내친김에 리노키스의 치료도 끝냈다.

리노키스는 결승전을 보기 위해 경기장으로 돌아가지만, 간돌프는 당분간 안정을 취해야 해서 이대로 남겨둘 예정이었다. 뭐, 의식도 없으니까 자게 놔두자.

그녀가 말하길 다른 의사들은 다 밖으로 내보냈다고 했다. '진심으로 마법 치료를 할 거다, 정신이 산만해지니까 잠깐 나가 있어 달라'라고 말하며 사람들을 물린 모양이다.

어쨌든.

지명되어 불려온 이상 이 이상 속이는 것은 불가능했다. 그래서 '나에 대해서는 어쩔 거냐?'라고 직설적으로 물어보았고, 아까 그것이 그녀의 대답이었다.

다음 기회가 있으면.

"있을까요?"

"없다고는 단언할 수 없지 않을까? 벌써 두 번이나 만났으니까."

그렇다면 세 번째도 있을지도 모른다는 이야기였다.

"귀찮은 일에는 별로 엮이고 싶지 않지만, 네 의술에는 큰 관심이 있어. 내가 모르는 의학이 있다면 꼭 알고 싶어. 하지만, 지금은 천천히 이야기할 시간이 없어."

그렇지. 앞날이야 어떻든 지금은 무리였다.

"적극적으로 만날 생각은 없어요?"

"글쎄…… 니아 씨는 아무리 생각해도 평범하지 않아. 난 의학을 탐구하고 싶을 뿐, 트러블은 필요 없어. 당신과 엮인다는 건 그 문제에도 엮인다는 거잖아? 그럴 만한 각오는, 아직 나에게는 없어."

그런가.

그렇게까지 생각하고 있다면 굳이 입막음할 필요도 없겠지.

"앞으로 뭔가 막히는 일이 생기거나 더 많은 의학이 필요해졌을 때. 그때야말로 다시 니아 씨를 만나고 싶어지겠지. 적극적으로 만난다면 그 이후가 되지 않을까."

"알았어요. 당신의 이름은?"

"샤인. 왕도에 있는 큰 병원의 마법의야."

"기억해 둘게요."

그녀와 다시 만나게 될 날이 올까.

나는 어느 쪽이든 상관없지만, 기억에는 넣어두자.

——참고로 샤인과는 곧 재회하게 된다.

구체적으로는, 오늘 중으로.

◆

"어, 어라? 니아?"

의무실에서 나오자 여러 의사가 통로에 서 있었다. 안쪽 상황이 궁금해서 기다리고 있었던 모양이었다.

일 났네. 의무실에 내가 있었던 이유는 말할 수 없었다. 그런데도 나오는 모습을 보이고 말았다. 이건 도저히 변명할 길이 없었다.

……어쩔 수 없지, 이렇게 된 이상——

"저희의 유언을 전하려고 와달라고 했어요."

말한 것은 함께 나온 리노키스였다.

"저도 간돌프도 크게 다쳐서 생명이 위험한 상태였거든요. 만일의 일이 생기면 매직비전으로 유언을 전하고 싶어서요. 근데 부르는 건 꼭 니아가 아니라도 상관없었네요. 요즘 매직비전으로 많이 보던 아이라서 가장 먼저 떠올랐어요. 정신이 없었나 봐요."

아, 최근에는 시합 해설 등으로 자주 나와서 얼굴이 머릿속에 박혀 있었다, 뭐 이런 느낌인가. 정신이 혼미한 탓에 무심코 자주 보던 얼굴을 불렀다는, 그런 변명이다.

자, 그럼, 이 변명이 통할까?

"그, 그렇군요……."

납득한 건지 아닌지는 모르겠지만, 그 이상 파고들 생각은 없어 보였다.

후우, 다행이다. 이렇게 된 이상 전원을 기절시키고 도망쳐서 '사람을 잘못 본 게 아닌지?'라는 말로 넘어가려 했는데.

아무 잘못도 하지 않은 의사에게 손을 대야 하는 것도 마음이 아팠고.

"치료는 무사히 끝났습니다."

곧 샤인이 나왔다.

"한때는 위험했지만, 어떻게든 무사히 치료했습니다. 간돌프 씨는 휴식이 필요합니다. 사실은 리노 씨도 쉬어야 하지만, 본인의 희망으로 회장에 돌아가고 싶다고 합니다."

……좋아, 변명이 통했다고 봐도 좋겠다.

의사들이 이야기를 나누는 사이 나와 리노키스는 슬쩍 그 자리를 벗어났다.

"그럼 전 이만 가볼게요."

그 후 곧바로, 선수 대기실에 있는 마정판에서 관전하겠다며 리노키스와는 헤어졌다.

한 달 넘게 떨어져 지낸 만큼 할 이야기는 많았다.

하지만, 오늘이 마지막이다.

리노키스는 '모험가 리노'로서 끝까지 해낼 모양이었다. 그래서 딱히 아무 말도 하지 않았고, 나도 아무 말도 하지 않았다.

다른 곳에 들르지 않고 링 옆에 있던 리스톤 촬영반과 합류했다. 벤델리오가 진심으로 안도한 표정을 지었다. 시간이 정말 아슬아슬했던 모양이다.

자, 격투 대회의 마지막 시합이다.

◆

맨손부의 결승전이 끝났다.

우승이 정해진 리노의 과거 시합 영상이 흘러나왔다. 소위 말하는 시간 때우기용이었다. 지금쯤 다음 시합 준비를 하고 있겠지.

결승전은 재미있었다.

회장도 꽤 들떠 있었고, 마정판으로 보아도 매우 즐거웠지만.

이곳 사람들에게는 지금부터다.

잠시 기다리고 있는데, 흰머리의 아이가 영상에 다시 등장했다.

——"이제부터 무기부 결승전이 시작됩니다."

드디어.

"이것으로 결정되겠군."

그래, 커프스의 말이 맞았다.

남은 시합은 딱 하나.

——악당들의 불법 도박도 클라이맥스에 달했다.

왕도의 항구에 있는 한 창고에는 연일 악당들이 모여 있었다.

매일 매직비전으로 함께 관전하며 자신이 건 말의 승패에 일희일비했다.

누가 뭐래도 500억 크람의 승부다.

이기면 크지만, 졌을 때는 상당히 아프다.

그리고 이미 진 말도 있었다.

——프로젠 가이츠가 건 프리즈는 기권으로 탈락.

납득하지 못한 당사자는 엄청나게 날뛰었지만, 날뛰든 폭력을 쓰든 상관없었다. 패배는 패배. 녀석의 승리는 사라졌다.

그리고 지금은 굉장히 안색이 좋지 못했다.

500억을 지불하는 것이 확정되었으니까.

──우하이트의 노인들, 케야 킨과 젠 포워도 베팅한 말은 이미 졌다.

그보다는 조합으로 인해 서로 무너지는 형태가 되어 버렸다. 두 사람이 베팅한 리넷 블란과 아스마 히노키가 시합해서, 리넷이 이겼다.

뭐, 그 부분은 상관없겠지. 결국 둘 다 졌으니까.

하지만, 그들은 평온했다. 오히려 평범하게 시합을 관전하며 즐기는 기색마저 엿보였다. 술도 가끔 마시면서, 이 시합은 어쩌고저쩌고하며 지루하고 장황한 설명을 늘어놓았다. 끊임없이, 정말 즐겁다는 듯이. 흰머리 아이가 하는 말보다 훨씬 더 믿을 수 있을 만한 소리를.

그리고.

이 프로젠과 케야, 젠 3명은 이 결승전에서 어느 쪽이 이기든 판돈을 지불해야 했다.

결승전까지 올라온 안젤과 사우전에게 베팅한 사람이 있었기 때문이다.

어느 쪽이 이기든 도박의 승자가 생기는 결과가 된다.

"……."

손을 잡고, 무릎을 떨며, 매우 불안정한 모습의 레스텐.

사우전에게 베팅한 남자다.

아직 젊어서 그런 것일까. 판돈을 지불하는 것에도, 모두에게서 500억씩, 총 2,500억의 돈을 받는 것에도 부담감을 느끼고 있는 모양이었다.

아니.

지면 어쩌지, 쪽으로 더 기울어 있을지도 모른다.

안젤에게 건 사람은 두 명이니까.

여기서 안젤이 우승을 차지한다면, 내야 하는 돈은 500억이 아니라 두 사람 몫인 1,000억이 된다.

500억마저 치명상인데 그 배라고 하면…… 목숨마저 빼앗길지도 모른다.

"괜찮은가? 안색이 안 좋은데?"

안젤에게 건 커프스는 얄미울 정도로 여유로웠다.

"고작 500억의 도박 아닌가. 좀 진정해."

마찬가지로 안젤에게 건 그리그도.

"시, 시, 시끄러워! 이게 내가 즐기는 방식이라고!"

누가 봐도 분명하게 동요한 레스텐의 모습.

이런 상황에서도 강한 척 허세를 부리는 것을 보니, 젊은 녀석치고는 그나마 배짱이 있는 편이었다.

"……."

커프스는 직원에게 눈짓을 했다.

——준비를 해놓으라는 의미를 담아서.

그것을 알아차린 것은, 방심하지 않고 동향을 지켜보고 있던 그리고 그뿐이었다.

◆

노크 소리가 나고, 선수 대기실의 문이 열렸다.

대회 기간 중에는 늘 몇 명이 자리를 채우고 있던 넓은 방이었지만.

그곳에는 이제, 한 명밖에 없었다.

"안젤 씨, 나가실 차례입니다."

스태프에게 호명받고, 안젤이 몸을 일으켰다.

이 방에 남은, 마지막 한 명이다.

다른 한 사람은 다른 대기실에서 똑같이 혼자 대기하고 있을 것이다.

"여기서 기다려 주세요."

링으로 나가는 통로에서 잠시 멈춰 있게 되었다.

어둠의 끝은, 햇빛 쏟아지는 커다란 링. 사람들의 시선, 커다란 함성, 온갖 관심이 모두 모이는 밝은 장소다.

"……정말로 안 어울리네."

"네?"

목소리가 너무 작아서 듣지 못한 모양이다. 스태프에게 "아무것도 아냐"라고 말한 안젤은 담배를 입에 물었다.

"차분해 보이네."

옆에 나란히 선 남자가 말했다.
사우전이다.
링으로 가는 길은 몇 군데 있었고, 다른 곳에서 나올 수도 있었다.
하지만 그는 여기서 함께 나갈 모양이었다. 뭐, 스태프가 데려온 것일 수도 있지만.
"속으로는 쫄고 있어."
안젤은 불을 켜고 연기를 내뿜었다.
——비교적 진심이다.
큰 무대라거나 앞으로 싸운다거나 하는 것은 아무래도 상관없었다. 그저 밝은 장소에서 대중의 주목을 받는다는 것 자체가, 역시 버거웠다.
그런 눈부신 장소에 서 있어도 될 신분이 아니라고, 진심으로 그렇게 생각했다.
"그래도 여기까지 온 이상 초조함을 느껴도 어쩔 수 없으니까. 너도 침착하잖아."
"나는 싸우는 것 정도밖에 못해. 할 수 있는 일을 하는 것뿐이라면 부담 가질 필요는 없지."
알기 쉬운 대답이다.
안젤의 본질도 그에 가깝다고 생각했다.
자랑할 만한 것이라면 조금 튼튼한 몸과 조금 강하다는 것 정도였으니까.

“넌 예전에 보디가드였어? 그런 것치고는 꽤 강하네.”

“단련했으니까. 넌? 슬렌클라드 왕국에서 온 거지? 소문에 의하면 용성회 중 한 명이라고 하는데, 실제로는 어때?”

“으, 응. 아니, 야.”

“티나게 동요하지 마.”

뭔가 숨기고 있는 게 분명한 개그 캐릭터.

그런 말을 듣고 있는 사우전은 어디까지 진심인지 알 수 없었다. 이 동요도 연기일까, 아니면 진심일까.

“이제 곧입니다.”

직원이 말했다.

안젤은 휴대용 재떨이에 담배를 비벼끄고 고개를 돌렸다.

딱 하나, 이것이 마지막 시합.

여기까지 온 이상 절대 지고 싶지 않았다.

“이봐, 3억으로 져줄 수 없을까?”

안 될 거라고는 생각하지만, 일단 말해 보았다.

“하하하, 재미있는 농담이네. 내 파트너였다면 반나절 정도는 웃어댔을 거야.”

역시 먹히지 않았다.

——이렇게 된 이상 각오할 수밖에 없었다.

◆

"알투아르 왕국 격투 대회, 드디어 마지막 시합이 되었습니다. 한발 앞서 우승을 확정 지은 리노 선수와 나란히 서는 것은 사우전 선수일지. 아니면 안젤 선수일지. 약 1만 명이 참가한 격투 대회의 정점이, 지금 여기서 결정됩니다. 오랫동안 계속된 이 대회 중에서도 가장 놓칠 수 없는 시합입니다. 화장실은 다녀오셨나요? 마실 것은 준비하셨나요? 이 시합을 지켜볼 준비가 끝나셨나요? 자, 결승전의 시작입니다!"

내가 멘트를 마치고 몇 초 후, 등장한 두 사람의 모습에 엄청난 환호성이 쏟아졌다.

안젤과 사우전이 나란히 걸어왔다.

부담이 느껴지지 않는 안젤은, 평소와 같았다. 조금 나른해 보이고, 의욕도 별로 느껴지지 않았다.

하지만 그렇게 보일 뿐이다.

저 녀석은 꽤 광폭했다.

제자 중에서는 가장 투지가 강했다. 예전에는 나에게 몇 번이고 덤벼들었다가 몇 번이고 두들겨 맞았다. 그렇게 쉽게 마음이 꺾이지는 않는다. ……어쩌면 지금도 여전히 나에 대해 납득하지 못하고 있을지도 모른다. 아직도 나에게 복수할 생각을 품고 있을지도 모른다. 안젤이 진심으로 굴복하는 모습은 상상이 가지 않으니까.

시합 상대는 사우전 플라민.

날렵한 얼굴을 가진 청년. 이렇게 보니 안젤과 동년배 정도로 보였다. 저 녀석은 실력의 바닥이 아직 보이지 않았다. 어디까지 강한지 확인하지 못한 채로 여기까지 이겨서 올라왔다.

리넷을 상대했을 때도 아직 여유가 있었으니까.

힘들 거다, 안젤.

그 녀석은 강해.

내가 보기에 이 대회에서 가장 강한 것은 저 사내다.

뭐, 나라면 사다리꼴 면적을 구하면서도 이길 수 있겠지만. 여유롭게.

양쪽이 링 위에 올라 마주 섰다.

한쪽은 상의를 벗은 검은색 정장, 한쪽은 가벼운 느낌의 모험가 차림.

한쪽은 쇠파이프를 쥐고 있고, 한쪽은 날이 뭉툭한 검을 쥐고 있다.

마치 다른 세계에서 온 인간처럼 보이지만, 힘에 있어서는 모두가 평등하다.

상대가 누구든 강한 자가 이긴다.

말로 하면 딱 그뿐이지만, 그것을 이곳에 모인 전원이 알고 싶어 했다.

숨을 죽인 채.

그 순간이 오기만을 기다린다.

고요한 회장에, 심판의 목소리가 드높이 울려 퍼졌다.

"——결승! 시작!"

맨손부와 마찬가지로 이 시합도 처음부터 난타전이 되었다.

아니, 안젤이 일방적으로 공격하는 쪽인가.

직선적이고, 날카롭게, 한없이 사납게. 계속 앞으로 나서는 안젤의 공격에 사우전은 냉정하게 대처하고 있었다.

안젤도 받거나 피하고는 있지만, 여러 번 맞았다. 그래도 전혀 물러서는 기색도 없이, 돌진했다.

그것이 맞는 전략일지도 모른다.

사우전은 놀랍도록 안정적이었고 수비도 견고하다. 무턱대고 공격한다 해도 뚫을 수 있을지 어떨지는 모르지만, 공격하지 않으면 그럴 가능성마저 사라진다.

안정적이고, 리넷전에서는 지구력이 있다는 것도 밝혀졌다.

길어지면 안젤에게 불리할 뿐이다. 두른 '기'가 흔들리면 단번에 밀린다. 그 전에 매듭을 지어야 했다.

그 타개책이, 어쨌든 앞으로 나서서 공격한다, 였다.

단순하긴 하지만, 정답일 수도 있다.

일단 관망한다는 식의 전략을 선택하지 않아서 다행이라고는 생각한다. 지구전으로는 안 되니까. 실력 차이가 확실하게 드러날 것이다.

……이런.

"안젤 선수, 멈췄습니다. 손을 들었군요. 잠시 기다려라, 라는 뜻일까요?"

뭐야, 뭐야. 무슨 일 있어?

전에 없던 선수의 움직임에 나도 관객들도 동요했지만…… 아.

“안젤 선수, 벗었습니다. 아무래도 옷이 방해된다고 판단한 모양입니다.”

안젤은 웃통을 벗고 근처에 아무렇게나 내던졌다.

마른 몸이지만 훌륭하게 단련된 근육이 드러났다. 방금 맞은 자리에 무수한 멍이 새겨져 있다.

앞머리를 쓸어올린 뒤…… 시합이 재개되었다.

옷을 벗은 정도로 무언가가 달라지지는 않았다.

역시나 안젤은 앞으로 나섰고, 사우전에게 휘둘렸다.

몇 번이나 맞았다. 그럼에도 앞으로 나섰다.

그리고, 알아차린다.

저 녀석…… 조금씩 익숙해지고 있네.

몸에 상처가 늘어가고, 역시 기술에서는 한두 단계 뒤처져 있었다.

뒤처져 있지만, 조금씩, 사우전의 공격을 피하기 시작했다. 사우전의 공격 방식, 발의 움직임, 검의 움직임, 그것들을 학습하기 시작했다.

――역시 무인은 접전을 통해 가장 크게 성장한다.

싸움 중에 상대를 알게 된다. 상대를 통해 자신을 알게 된다. 실력이 비슷하면 비슷할수록 상대가 곧 자신의 거울이 되어 장단

점을 알려준다.

사우전의 검술과 안젤의 쇠파이프 움직임이 비슷해졌다.

평소보다 직선적이고, 평소보다 날렵해진다.

불필요한 움직임, 불필요한 힘이 사라지고, 최적화된 움직임으로 바뀐다.

훌륭하다.

이것이야말로 무인이다. 약간의 실력차라면 싸움 속에서 성장해서 뒤집는다. 실로 무인다운 시합이었다.

이길 수 있다면, 말이지.

너무 많이 맞았다, 안젤.

아무리 급소는 모두 피했다고 해도, 대미지는 쌓인다. 실제로 간돌프는 두 팔을 당했다. 내장의 대미지도 심했지만, 계속 받아낸 양팔도 너덜너덜했다. 마법 치료가 없었다면 완치될 수 있었을까 의심스러웠을 정도로.

게다가 시간도 그렇다.

슬슬 '기'를 유지하기 힘들어지고 있을 것이다. 가끔 흔들리는 것이 보였다.

서둘러 승부를 내지 않으면, 이대로 흐름에 따라서 지게 된다.

그야말로 사우전에게 땀 한 방울 흘리게 하지 못하고.

어떻게 할 거지? 안젤.

너는 이대로 질 건가?

◆

안젤은 초조했다.

한계에 가까웠다.

몇 번이고 사우전을 공격하고 있지만, 아직 주도권을 잡지 못했다.

공격에도 여러 차례 맞아서 온몸이 아팠다. 사실 아직 서 있는 게 신기할 정도로 아팠다.

그런데, 상대를 향한 투쟁심만은 점점 더 날카로워졌다.

서서히 사우전의 움직임을 따라잡을 수 있게 되었다.

느낌이지만── 녀석은 아직 전력이 아니라는 것도 피부를 통해 느껴졌다. '전력을 낼 필요도 없는 상대'로 간주하고 있을지도 모른다.

얕보인 것이다.

이 거만한 남자에게 초조함을 안겨줄 비장의 카드는 있었다.

하지만, 아직 꺼낼 수는 없었다.

꺼내봤자 빗나갈 것이다. 설령 맞는다 해도 어중간하게 맞혀서는 쓰러뜨릴 수 없었다.

그리고 거기서 실수하면 확실하게 진다.

비장의 카드를 꺼내는 것은, 그것으로 승부를 낼 때였다.

다음 패는 없었다. 그것으로 승부를 내야 한다. 실수하면 리넷의 전철을 밟을 뿐이다.

하지만 그곳으로 이을 수가 없었다. 공격 수단이 부족했다. 결정타가 없었다. 어떻게 해도 사우전의 공방을 흐트러뜨릴 수가 없었다. 닿지 않는다. 한 방도 들어가지 않았다.

단단하다.

리넷과 같은, 견실하고 단단한, 재미는 없지만 확실하게 강한 타입.

화려하지도 않고, 누군가를 매료시키지도 않고, 그저 기초가 강한 타입.

기교를 부리지도 않고 큰 기술도 없다.

그저 기초가 강하다. 그것이 전부다. 그게 이렇게나 성가실 줄이야…….

이제 곧 한계가 온다. '기'를 유지할 수 없게 된다. 그렇게 되면 바로 질 것이다.

그 전에, 아직 움직일 수 있을 때.

비장의 카드를 사용할 수 있는 지금, 승부를 걸어야 했다.

거기서 문득 깨달았다.

——아니다.

——비장의 카드를 쓰는 방법이, 틀렸다.

이 짜증 나는 남자의 안면에 비장의 카드를 때려 박는 것만 생각했는데, 그게 아니었다.

비장의 카드는 지금 사용한다.

사우전의 공방을 무너뜨리기 위해 사용하면 되는 것이다.

무너뜨리면, 뒤는 아무래도 상관없다.

죽을 각오로 때려눕힌다!

◆

"안젤 선수, 다시 멈췄습니다."

해설할 새도 없을 정도로 빠른 공방이, 딱 멈췄다.

아까는 안젤이 옷을 벗었지만, 이번에는…… 아, 뭔가 생각했네.

"안젤 선수, 무기인 쇠파이프를 구부리기 시작했습니다. 의도는 알 수 없지만 뭔가 할 생각인 모양입니다."

쇠파이프의 양 끝을 잡고 조금씩 구부려 나갔다.

팔 근육이 솟아올랐다.

상태를 주시하고 있는 사우전을 노려보면서, 곧게 뻗어 있던 쇠파이프가 직각으로 구부러졌다.

"던졌습니다!"

예상치 못한 투척이었다.

구부린 쇠파이프를 사우전을 향해 힘껏 던진다. 아니, 뭐야, 그 이상한 행동은. 무슨 의미가 있는 거야? 부메랑처럼 구부린다 해도 돌아오지는 않잖아.

당연히 사우전은 아무 감정도 보이지 않고 그것을 피하려 했지만——.

퍽!

맞았다.

날아간 쇠파이프의 궤도가 변하면서 사우전이 비틀거렸다. 아니, 반대다. 맞았기 때문에 움직임이 달라졌다.

지금 것은 '외기'다. 내가 알려준 늘리는 공격의 응용.

'외기'로 범위를 늘린 상태에서 쇠파이프를 던졌구나.

이 거리에서 던진 것이니 유지하는 시간은 1, 2초면 충분하다. 그리고 늘린 거리도 주먹 하나 정도일까. 그 정도로 작은 거라면 미숙한 '외기'로도 할 수 있었다. 머리를 썼네.

예상보다 길었던 그것은, 예상이 정확했던 사우전에게 맞았다.

지금까지 싸우는 사이에 배운 것이다.

사우전은 안정적이었고, 쓸데없는 행동은 하지 않았다. 그렇기 때문에 크게 피하지 않는다. 필요 최소한의 움직임으로 피할 것이다, 라는 것을.

예상대로다.

그리고——

"먹어라아아아!"

쇠파이프가 닿았고, 예상치 못한 공격을 받아 비틀거리는 사우전을 향해.

안젤은 기합 소리와 함께 달려들어 팔을 휘둘렀다.

다시 소환한 쇠파이프는 곧게 뻗어 있었고, 당장이라도 누군가를 때려죽이기 안성맞춤인 형태였다.

"앗, 안 돼!"

망설임 없는 움직임으로 돌격하는 안젤의 모습에, 나도 모르게 소리가 터져 나왔다.

소리를 질렀을 때는, 이미 늦었다.

사우전의 검끝이 앞으로 고꾸라지듯 다가오는 안젤의 목을 겨냥하고 있었다.

——목을 찌르는 건 위험해! 저건 죽는다!

비틀거렸고, 예상치 못한 공격을 맞았음에도, 그래도 사우전은 냉정했다.

냉정하게, 안젤에게 반격의 수를 내민 것이다.

"……윽!"

하지만.

안젤은 밀어붙였다.

조금도 물러서지 않고, 여전히 앞으로 나아갔다.

칼끝이 미끄러지듯 안젤의 목 옆을 스쳐지나갔다.

설마…… '외기'에 의한 방어인가? 마지막 순간에 해낸 거야?

거의 카운터 같은 형태로, 안젤이 휘두른 일격이 사우전의 측두부로 향했다.

기술도 뭣도 없는, 힘만을 밀어붙인 일격이었다.

하지만 그것으로 충분했다.

회장이 고요해졌다.

맨손부와 마찬가지로, 이쪽도 숨 쉬는 것을 잊을 정도의 격전이었다.

안젤은 심하게 기침을 하면서도, 비틀거리며 걸어가 벗어던진 옷을 도로 주웠다.

그리고 링을 내려갔다.

——쓰러진 채 움직이지 않는 사우전을 놔두고.

그가 통로로 사라질 무렵, 비로소 환호성이 터져 나왔다.

오늘 중 제일 큰 환호성이.

"승자, 안젤 선수! 무기부의 우승자는 안젤 선수입니다!"

◆

길었던 격투 대회가 끝났다.

오늘의 두 시합은 명승부였다.

그 증거로, 관객들의 흥분은 도무지 식을 줄을 몰랐다.

조금 시간이 지난 후 시작된 폐회식 때까지 떠들썩했지만, 역시 왕의 연설이 되자 잦아들었다.

"——훌륭했다. 오늘 우승을 차지한 리노와 안젤 선수의 시상식을 진행할 예정이었으나, 당사자들의 피로가 극심하여 보류하게 되었다. 곧 매직비전으로 방송할 예정이니 그때까지 기다려주길 바란다. ……자, 지금은 긴 이야기를 해 봤자 재미없겠지. 알투아르의 국민들이여, 그리고 외국에서 온 손님들이여, 격투 대

회에 협력해 준 것에 감사한다. 아쉽게 패한 선수들이여, 그대들의 건투를 기린다. 후방에서 도와준 협력자들에게도 아낌없는 감사를 전한다. 다들 이후에는 맛있는 음식과 술을 마음껏 즐기도록 해라. 이야기할 거리는 충분하겠지. 그럼, 알투아르 왕국 격투대회는, 이것으로 폐회한다.”

박수와 함성으로 배웅을 받으며 국왕은 물러났다. 음, 시작도 그렇지만 끝인사도 간단하게 끝냈다.

뭐, 여러모로 바쁘겠지, 주최 측은. 뒷정리도 남아 있을 테고.

——그리고 나도 개인적으로 하고 싶은 일이 생겼고 말이지.

관객들이 돌아갔다.

오늘 시합은 어땠느니 흥분 섞인 어조로 이야기하며.

부유섬에 남아 있던 선수들도 돌아가기 시작했다. 결말을 지켜보고 싶었던 사람이 많았던 모양이다. 이 결과에 납득했는지 어떤지는 모르겠지만, 모두 끝났다.

돌아가는 모습을 촬영한 후, 나는 귀빈석으로 불려갔다.

양친과 오라비와 함께 각국의 높으신 분들에게 인사를 하러 돌아다녔다.

실은 반돌루즈의 크리스토 황자나 크로우엔 황녀가 와 있었다. 그리고 군 총대장 두 명도. 그 결혼식 이후로 만날 기회가 없었는데, 건강해 보였다.

참고로 우리 쪽 왕족들은 뒷정리하러 간 탓에 이미 없었다. 오늘 밤은 호화로운 회식이 진행되기 때문에 높으신 분들은 그때 다시 모인다고 했다. 이쪽도 고생이 많다.

회식이라고 하면 오늘 밤은 리스톤가도 마찬가지다.

레리아렛과 실버가, 그리고 힐데트라와 함께하는 식사 모임이 개최될 예정이었다. 힐데트라는 왕족인데, 높으신 분들이 오는 만찬에는 가지 않아도 되는 것일까. ……뭐, 문제없겠지.

어느 쪽이든 딱 좋았다.

오늘 밤은 어떻게든 이 부유섬에 남을 생각이었다. 뒷정리를 돕고 싶다거나 다른 무슨 핑계를 대서라도.

하지만 식사 모임이 실버가의 비행선에서 열리기 때문에 리스톤 가족도 오늘 밤까지 남게 된다. 분명 어른들은 늦은 시간까지 이야기를 나눌 것이다. 운이 좋았다.

자, 오늘 밤의 일정을 정해 볼까.

◆

"간돌프 선수의 상태는 어떤가요?"

회장의 청소와 기자재나 기기의 뒷정리를 돕다가, 틈을 봐서 의무실로 향했다.

이곳도 철수 준비를 하는 것인지 의사들이 분주하게 움직이고 있었다.

"아직 자고 있을 거야."

그중 한 명이 알려주었다.

“그럼 샤인 씨는 어디에 있나요?”

“샤인? 중환자용 방에 있는 것 같던데…… 미안해, 확실하게는 몰라.”

뭐, 이 모습을 보니 그런 것 같다. 정리하느라 바빠 보인다.

중환자용 방이라고 하면 간돌프를 치료했던 방인가. 그럼 이쪽 방은 경상용이라는 거겠지.

좋아, 잠깐 들여다볼까?

알려준 의사에게 감사 인사를 전하고 이번에는 중환자용 방을 들여다보았다.

……이쪽은 반대로 한 명밖에 없었다. 간돌프가 자고 있을 뿐이다.

“아, 니아 님.”

아니, 깨어 있었다. 누워서 쉬고 있었던 것뿐인가.

“그대로 있어도 돼.”

나는 의무실에 들어가 그의 곁으로 다가갔다.

자고 있다면 놔두려고 했는데, 깨어 있다면 괜찮겠지.

“상태는 어때?”

“좀 나른한 정도고 통증은 없습니다. 한동안 쉬라고 하더라고요.”

“나른한 건 ‘기’를 너무 많이 써서 그래. 많이 먹어.”

“알겠습니다. 오늘 밤은 제대로 먹겠습니다.”

응, 그거면 됐다.

역시 사람은 먹지 않으면 기운이 나지 않는다. 생명력의 원천은 밥이다. 고기를 먹어라.

"안젤과 사우전은 왔어?"

"네, 왔습니다. 시합이 끝나자마자. 여기까지 함성이 들리더군요. 무기부 결승도 분위기가 달아올랐던 모양이네요."

달아올랐지.

"네 시합도 좋았어."

"하지만 졌습니다."

충분히 잘 싸웠다고 생각하는데. 리노키스 쪽이 '기'를 배운지 더 오래되었다. 상대가 강한 것은 당연했다. 오히려 좀 너무 고전한…… 아니, 역시 관두자.

둘 다 열심히 했다.

오늘은 이제 그것으로 충분하지 않나.

"이길 수 없는 상대라는 생각은 안 들었지? 그럼 다음에는 이기면 돼."

"예, 정진하겠습니다."

음, 강해지도록 해. 할 수만 있다면 나보다도 말이지.

……아, 맞아.

"전언을 좀 부탁해도 될까?"

이곳에는 샤인을 만나러 왔다.

모처럼이니 간돌프에게 도움을 받을까.

◆

밤, 실버가 소유의 비행선에서 만찬이 열렸다.

힐데트라의 말로는 '후일 관계자들만 모여서 제대로 된 위로회를 연다. 그때는 아버지가 주관할 것이다'라고 한다. 흔히 말하는 뒤풀이였다.

이렇게까지 큰 행사라면 관계자도 꽤 많을 테니까. 왕이 직접 주관하는 정도가 아니면 수습이 안 될 것 같긴 했다.

양친은 내일 영지로 돌아간다. 실버 가문도 그럴 모양이었다. 힐데트라는 며칠 더 남아서 뒷정리에 참여한다고. 왕족이 아니면 처리할 수 없는 일이 있는 것일지도 모른다.

나와 오라비도 학교 기숙사로 돌아가야 하므로 이 섬에서 지내는 것은 오늘이 마지막이다.

――자.

소박한 연회가 끝나고 해산하여, 리스톤가 소유의 비행선으로 돌아왔다.

어쩐지 피곤해서 잠시 침대에 누웠다가, 눈을 뜬 것은 한밤중이었다.

슬슬 괜찮겠지.

더는 쓸 일이 없을 거라 생각했던 가발을 쓰고, 코트를 입고, 방을 나섰다.

모두가 잠들어 고요해진 비행선 안을 이동해 언젠가 그랬던 것처럼 앵커 로프를 타고 육지로 내려섰다.

대회가 끝났기에 더 이상 스태프는 없었다.

여기 있을 이유가 없는 선수들도 왕도로 이동했다. 일부 남아 있는 것은 남을 이유가 있는 자들뿐이었다.

대회 최고의 열기를 보인 날 밤은, 역시 조용했다.

축제 후의 고요함이라고 해도 좋을 것이다.

고요하고 어두운 가운데, 나는 회장으로 향했다.

"늦었군."

출입문 근처에 있던 남자가 나를 알아보고 움직였다.

안젤이다.

"와 있어?"

"그래."

"그렇구나. 미안하지만 잠시 부탁할게."

"상관없어. 빨리 가."

주고받은 말은 그뿐이었다.

안젤의 옆을 지나갔―― 아, 일단 말해둘까.

"우승 축하해."

"뭐, 고마워. 마지막은 요행이었지만."

요행이라.

그럴 수도 있고 아닐 수도 있다.

단 한 가지 말할 수 있는 것은, 그 순간, 아주 잠깐, 안젤은 사우전을 넘어섰다. 그래서 이길 수 있었다. 그것은 틀림없는 사실이었다.
자랑해도 된다고 생각해. 하지만.
“내 제자라면 그 정도는 셰이커를 흔들면서라도 이겨줬으면 좋겠지만.”
“칵테일을 만들면서 하라고? 그런 이상한 짓은 하고 싶지 않은데.”
그런 가벼운 농담을 주고받으며 나는 안으로 향했다.

이동할 때 몇 번이나 오갔던 선수용 통로를 걸어갔다.
낮에는 촬영을 위한 이동이지만 지금은 아니다.
심정은, 마치 한 명의 선수가 된 기분이었다.
희미한 별빛 아래 어렴풋이 링이 떠올라 있었다.
그리고 두 사람의 그림자도.
“――왔어. 기다렸어?”
링에 올라 두 사람에게 다가갔다.
사우전과 토하로우다.
“……으음…….”
사우전은 얼굴색 하나 변하지 않지만 토하로우는 나를 보고 어리둥절한 표정을 지었다.
“우리에게 도전하고 싶다는 강한 녀석이, 너야?”
아, 응.
“응, 맞아, 나야.”

간돌프에게 전언을 부탁했다.

——말도 안 되게 강한 사람, 둘이 합쳐서 덤벼도 상대가 안 될 정도로 강한 사람이 너희를 보고 싶어 한다.

만약 관심이 있다면 오늘 밤 링에서 만나자, 라고.

도전이니 뭐니 하는 소리까지는 하지 않았지만, 아마 이야기의 흐름상 그렇게 느껴졌을 것이다. 딱히 싸울 수 있다면 아무래도 상관없었다.

그리고 제자들에게도 부탁해 두었다.

이 시간에만 사람들을 내보내달라고. 아까 만났던 안젤을 비롯해 리노키스 일행이 곳곳의 출입문에 서서 망을 보고 있을 것이다.

그리고, 만일을 위해 샤인에게도 남아달라고 부탁했다.

마법의인 그녀는 오늘 밤 의무실에서 대기하고 있었다. 이것으로 그들이 다쳐도 안심할 수 있다. ……전언만 부탁하고 확인하지는 않았는데, 남아 있겠지?

"저기, 우리보다 강한 사람이 있다고 해서 왔는데."

"응, 난 강해. 솔직히 시합에서 본 바로는, 양팔을 쓰지 않고도 여유로울 정도로."

"여유롭다니……."

토하로우는 명백하게 당황한 얼굴이었다.

믿지 않는다, 아니…… 믿을 수 없는 거겠지. 완전히 어린애로만 보고 있으니까.

"당신들은 그거지? 용성회 소속의 용사 후보지? 아, 대답은 필요 없어. 말할 수 없을 테니까. 사실 그 부분은 아무래도 상관없어. 맞든, 아니든. 다만 이대로 나라로 돌려보내는 건 좀 가엾게 느껴져서."

"가엾다니?"

"그야, 당신들은 전력이 아니었잖아?"

거기까지 말하자 비로소 토하로우의 얼굴이 굳어졌다.

모처럼 멀리서 왔고, 마지막으로 있는 힘껏 싸울 기회를 주고자 이 자리를 마련한 것이다.

이 두 사람은 격투 대회의 분위기를 크게 띄워주었으니 말이다.

말하자면, 내 개인이 주는 보상이었다. 뭐, 내가 싸우고 싶은 것도 있지만.

"격투 대회, 당신들에게는 부족했지? 좀 더 말하자면—— 져도 상관없다는 정도의 마음가짐 아니었을까? 필사적으로 이기겠다는 태도가 아니었으니까. 곳곳에서 여유도 보였고."

그렇다고 진지하게 싸우지 않았다는 뜻은 아니다.

단지, 어떤 제한을 두고서 시합에 임했을 거라는 생각은 했다. 특기 기술을 금지했다거나, 자신에게 족쇄를 채우고 있었다거나.

왜냐하면 이 녀석들은 비장의 카드를 쓰지 않고 졌으니까. 승부처를 모르는 아마추어도 아니고, 둘 다 그런 일은 있을 수 없다.

"우리들의 전력은."

사우전이 입을 열었다.

"인류의 위협에 대항하기 위한 거다. 결코 인간에게 써도 되는 게 아니야. 오늘 시합도 나는 순간적으로 상대를 죽일지도 모르는 공격을 날려버렸어. 아직은 미숙해. 미숙한 나는 더더욱 함부로는 싸울 수 없어."

안젤에게 날린 찌르기 공격을 말하는 거겠지.

그것은, 지금까지의 사우전의 공격 방식과는 다른, 실로 살상력이 높은 공격이었다.

"당신들이 상정한 인류의 위협이란, 마왕 같은 걸까?"

"……그래. 그 정도의 상대다."

"그럼 괜찮아."

나는 단언해 주었다.

"난 이 근처에 있는 마왕보다 강하니까. 안심하고 전력으로 덤비도록 해."

뭐, 이 근처에 마왕은 없지만 말이다. 있었으면 좋겠다. 싸움 상대로 딱 좋을 것 같기도 하고.

"아…… 어쩌지, 사우전?"

"농담으로 하는 말은 아니지만 진실이 어떻든 저 녀석을 죽여버리면 돌이킬 수 없어. 애초에 사람에게 써서는 안 돼."

에잇, 여전히 답답한 소릴 하네.

"그럼 모험가 리노."

"뭐?"

"그녀를 따라해 볼까?"

나는 토하로우를 가리켰다.

"일격에 링에서 날릴게. 당신이라면 죽지 않겠지? 반응도 빠르니까."

스스로 뒤로 날아가는 정도는 할 수 있겠지.

간돌프의 그 공격을 맞고도 죽지 않은 걸 보면 수인답게 나름 튼튼한 것 같기도 하고. 제대로 힘 조절도 해 줄 테니까.

"음…… 뭐, 그걸로 기분이 풀린다면――."

역시 마음이 내키지 않는 모습으로 거기까지 말하고는, 곧바로 자세를 취했다.

내가 살기를 내뿜었기 때문이다.

"간다?"

날씨도 춥고, 빨리 돌아가야 하고, 제자들도 빨리 해산시키고 싶다.

음…… 이 정도면 괜찮겠지?

쿵!

낙뢰 같은 소리가 남과 거의 동시에, 나는 토하로우를 후려치고 있었다.

제대로 방어한 것을 확인한 다음 때려주었다.

응, 좋은 반응이다. 아슬아슬하게 뒤로 날아가 위력을 죽인 것을 손의 감촉으로 알 수 있었다.

때린다기보다는 미는 형태에 가까웠을지도 모른다. 방어하는 팔이 무척 부드러웠다. 팔을 당겨서 타격의 위력마저 죽였다. 고도의 방어법이다.

언어맞고 날아가더니 데굴데굴 링을 굴러 그대로 떨어졌다.

역시나. 무리해서 저항하거나 버티려고 했다면 그것은 명확한 틈이 된다. 그 속도로 다가설 수 있다면 굴러가는 시간조차 추격할 수 있는 타이밍이었다.

멈추지 않는다, 그것이 토하로우의 선택.

그리고——.

"토하!"

사우전이 날카롭게 소리칠 무렵, 토하로우는 바로 내 곁에 있었다.

빠르다.

대회에서 보여준 속도보다 더 빠르다.

한번 링에서 떨어져 시야에서 사라지고—— 그 직후에는, 이미 돌아와 있었다.

발에 금속 부츠를 신고서.

그 발로, 날아차기 모션을 취하고 있었다.

바람이 느껴졌다.

그녀의 공격에 빨려 들어갈 것 같은, 내 등 뒤로 불어오는 순풍을.

"——아하."

머리를 겨냥한 강렬한 상단 발차기를 손바닥으로 받아냈다.

"어?"

경악스러운 얼굴로 눈을 부릅뜬 토하로우가 거리를 벌렸다.

"……너 뭐야?! 정말 마왕이야?!"

아무래도 이제야 믿어준 모양이다.

아니, 아직인가.

"마왕 아니야. 아까 말했잖아? 마왕보다 강하다고."

토하로우가 양발에 장착한 그것은 이른바 성(聖)무구라고 하는 것이었다.

이 녀석들이 두르고 있던 '신기'의 정체는 이것이었나.

아마도 안젤이 사용하는 매직웨폰과 이치는 같을 것이다. 본인의 의사 하나로 순식간에 무장할 수 있는 것이다. 편리하네.

몸속에 지니고 있는 것일까? 이것이 두르고 있는 '기'가 몸 밖으로 새어나왔던 거겠지.

성무구인가.

강력한 마법이 걸린 성스러운 무구, 정도로 생각해도 좋을 것이다. 내 기억으로는. 이것이 성검 정도가 되면 좀 다른 이야기가 되지만.

"토하, 규약 위반이야! '신기'를 사람에게 사용하는 건——."

"잠꼬대도 적당히 해, 이 먹보야!"

불만을 제기하는 사우전을 토하로우가 큰 소리로 비난했다.

"이 자식이 내 발차기를 받아내는 걸 넘어서서 막았다고! 뿌리치려고 한 건데 꼼짝도 안 했다고! 이런 비정상적인 녀석을 조사하지 않으면 어쩌겠다는 거야! 마왕일지도 모르고, 그게 아니더라도 인류의 위협일지도 몰라! 여기서 싸우지 않는 게 훨씬 더 용성회의 이름에 먹칠하는 짓이라고!"

아, 대놓고 용성회라고 말했다.

비밀 유지 의무가 있을 거라고 생각해서 일부러 명확하게 말하지는 않았는데…… 아, 뭐 괜찮아. 아무것도 못 들은 걸로 하면 된다.

"싸울지 말지는 자유롭게 선택해."

나는 여전히 내키지 않는 사우전에게 말했다.

"당신의 파트너는 이미 할 의욕이 가득해 보이는데, 당신은 하기 싫은 거지? 그럼 파트너가 신나게 두들겨 맞는 모습을 잠자코 보고 있도록 해. 아, 링에서 내려가줄래? 싸우지 않는 사람이 있으면 방해되니까."

그건 그렇고.

"성풍(聖風) 마법이 걸린 무구네? 바람의 힘으로 더 빨리 움직이는 원리인 거지? 좀 더 말하자면, 바람을 모아주는 효과도 있는 걸까?"

"그런 건 끝나고 알려줄게!"

오, 역시 빠르네. 간돌프와의 시합에서 봤을 때보다 훨씬 빠르다.

공격의 수도 많고 위력도 있다.

게다가 바람이 성가시다. 후후, 모래를 일으켜서 눈을 가리려는 건가? 이런 잔꾀도 사용하는 것을 보니 실전 경험도 풍부한 모양이네.

"……말도 안 돼……."

133발.

발차기도, 주먹도, 바람에 의한 보이지 않는 공격도.

다 받아냈다.

토하로우는 놀람과 동시에, 웃었다.

실로 흉악하게, 단순히 피에 굶주린 짐승처럼.

"진심으로 해도 되는 거지? 안 죽는 거지? 응?"

나는 고개를 끄덕였다.

이건 대회 분위기를 띄워준 보답이니까. 제대로 모두 받아줄게.

"잠깐."

계속해서 즐기려던 여우 수인을 사우전이 말렸다.

"이제 적당히 해. 너부터 날려버린다."

토하로우는 더 이상 멈출 수 없는 흥분 상태가 되어 있었다. 수인은 투쟁본능이 강하니까.

"아니, 나도 하겠어."

사우전은 오른손을 들었다가—— 내렸다.

파직.

금색의 번개와 함께 검 하나가 소환되었다.

응, 이쪽도 성무구구나. 성뢰(聖雷)를 띤 정통적인 브로드 소드인가.

"나도 토하와 같은 결론에 이르렀다. 이 아이를 방치할 순 없어. 정체를 확인해야만 해── 용사 후보로서."

응, 지금 말도 못 들은 걸로 할게.

"싸울 마음이 생겼다니 다행이네. 계속 장식품 노릇만 하고 있으면 어쩌나 걱정했는데. 그나저나, 시작하기 전에 한가지만 확인해도 될까?"

두 사람은 아무 말도 하지 않고, 그러나 시선으로 뒷말을 재촉했다.

"그 무구, 부수면 위험한가?"

망가지거나 부서진다면 원래대로 되돌릴 수 있느냐는 이야기였다.

저게 매직웨폰과 같은 것이라면 부쉈다고 해도 다시 불러내면 원래대로 돌아오겠지만.

"괜찮아. 그렇게 쉽게 부러지지 않으니까."

"아니, 잠깐만, 사우전."

이번에는 토하로우가 말렸다.

"만일의 일이 있어. ……너 '신기'가 부서졌다는 말 들어본 적 있어?"

"없어. 하지만 신이 내린 무기야. 부서질 리가 없어."

"만일 부서지면 큰일이잖아. 이거 수리 같은 거 가능해?"

"안 부서져."

"만일의 경우라고 말했잖아! 신중한 주제에 이상한 데서 고집을 부리네! 피할 수 있는 리스크라면 최대한 줄이자는 거야, 이 먹보야! 날 좋아하면 좀 따르라고!"

네네, 알았어, 알았어.

"이제 됐어. 부수지 않도록 내가 알아서 조심할게."

콤비, 까지는 아닌 건가.

그러나 조합으로서는 꽤 괜찮은 편이었다.

팽팽한 근접전을 벌이는 토하로우, 그녀를 방해하지 않게 작은 틈새에서 공격을 찔러넣는 사우전.

가끔 예상치 못한 타이밍이나 각도로 바람이 날아오는 것이 교묘했다.

그리고, 방전.

뭐, 이건 아무래도 상관없다. '기'로 막으면 되니까.

번개는 빠르다.

번개 사용자는 속공으로 때려눕혀야 하는 상대였지만, 이번에는 때려눕히는 것이 목적이 아니었다.

"후후."

그렇다 치더라도 훌륭한 실력이다.

혼자라면 부족했겠지만, 둘이 동시에 달려드니 조금 즐거웠다. 방심하면 당할지도 모른다는 점이 좋은 자극이 되어주었다. 콤비네이션치고는 그럭저럭이다. 익숙해지면 조금 더 즐거울 텐데.

서로를 죽일지도 모르는 아슬아슬한 연계였으면 좋겠는데, 거기까지는 무리겠지.

성무구에 의한 신체 강화도 있는 것 같고, 대회 때와는 강도가 차원이 달랐다. 이 힘이 있었더라면 압도적으로 우승했을 것이다.

쓰지 못하게 제한하고 도전한 이유도 알 것 같았다. 사우전이 사람들에게 쓸 수 없다고 말한 이유도 말이다. 뭐, 본래 살상력이 높은 무기니까 대회에서는 규약 위반이겠지만.

나로서는 강력하기 때문에 오히려 많이 써야 한다는 의견이었다.

강력한 힘을 사용하기 위해서는 많이 써서 익숙해져야 한다. 중요한 순간 사용하는 것도 좋지만, 수행과 실전은 또 다른 문제다.

실전에서도 사용해서 익숙해지는 편이 제어도 훨씬 잘될 것으로 생각한다.

계속 공격하던 두 사람이 초조해하는 것이 보였다.

흐음, 강력한 만큼 시간 제한이 있구나. 이 부분은 우리 제자들과 같은가. 아직 성무구에 익숙하지 않은 것일까, 원래부터 소모가 심한 것일까.

뭐, 편리하기만 한 힘은 그렇게 많지 않으니까. 어딘가에 부담이 갈 수밖에 없겠지.

"사우전! 간다!"

"그래!"

뭔가 하려는 모양이다.

즐겁게 보고 있으니── 토하로우의 모습이 사라졌다.

오, 오늘 최고 속도다. 나조차 안 보이는 속도다.

하지만 기척은 읽을 수 있다.

위다.

무거운 바람이 쏟아져내렸다. 내 움직임을 봉쇄하기 위해, 땅에 찍어 누르듯이.

그리고, 그 순풍을 등에 업은 토하로우의 발차기, 발꿈치가 내리꽂혔다.

응, 빠르다. 거기다 무거워 보였다.

그리고 위를 향하게 했구나. 아래에서는 사우전이 공격해 오고 있다.

살의가 높아서 마음에 든다.

——좋아.

이것은 보답으로 해 주는 대련이다. 진심으로 덤벼든다면, 기술 하나는 보여줘도 좋겠지.

"무슨……?!"

언젠가는 간돌프에게는 가르쳐 주고 싶었다.

날카롭게 파고드는 사우전의 옆치기를 왼팔로 받아냈다.

칼날이 팔을 파고들었다.

하지만, 아주 살짝. 본디 칼날은 미끄러지면서 무언가를 절단하지만—— 파고든 살점으로 움켜쥐어 그 움직임을 봉했다.

기억해 둬.

이 세상에는 베지 못하는 살점도 있다는 것을.

기권 · 죽신락(竹神樂).

인체를 휘어지는 대나무에 비유한, 칼날에 쓰는 방어 기술이다.

미숙한 녀석은 뼈로 막지만, 나는 가죽 한 겹 아래 살점으로 막는다. ……그래도 옷과 피부 한 겹은 베이니까 다치기는 한다. 그래서 별로 좋아하지는 않는다.

내가 이걸 쓸 정도로 몰리는 일은 거의 없으니까. 보통은 피한 다음 때린다.

——자, 이번에는 위인가.

공격한 타이밍은 사우전이 아주 조금 빨랐다.

사우전의 공격은 견제가 목적이었다. 맞아도 되고 안 맞아도 되는.

진짜 공격인 토하로우의 공격이 맞게 하기 위한, 말하자면 미끼.

지금 막 내려오는, 바람을 등에 업고 휘두르는 무섭도록 빠르고 무거운 일격이 진짜였다.

그래—— 바람 사용자에게는, 결코 흔들리지 않는 대지의 힘을 알려줄까.

사우전에게서 한 걸음 물러선 뒤, 나는 그 자리에서 옆으로 회전했다.

회전으로 가속해서—— 내려오는 발꿈치에 맞춰 차올렸다.

쿠우우웅!

묵직한 충격음이 밤하늘 저편까지 울려 퍼졌다.

끼긱, 하는 소리가 났다.

아마 토하로우의 성무구가 지른 비명, 삐걱이는 소리일 것이다. 안 부서졌지? 이 정도로는 안 부서지지?

"어, 어째서……?!"

혼신의 일격을 가로막힌 토하로우는 내려서서 거리를 벌렸다. 앞서 거리를 벌리고 있던 사우전과 어깨를 나란히 했다.

절대로 방어할 수 없는 공격이라고 생각했겠지. 뭐, 대부분은 죽거나 반드시 피했을 것이다.

어쩌면, 지금에서야 겨우 마왕보다 더 강하다고 느꼈을지도 모른다.

기권 · 산문(山門).

지면과 몸을 일체화시켜서 땅의 단단함을 빌리는 기술이다. 이것도 방어 기술로, 간돌프의 단단한 방어보다 더 상위 기술이었다.

발차기를 날렸지만, 그것은 발차기가 아니다.

충격을 상쇄하기 위한 방어 동작이다. 방패를 갖다 댔다, 라는 설명이 가장 비슷할까. 그냥 받아도 괜찮았지만. 기술을 쓸 정도의 일격은 아니었으니까.

음.

"그럭저럭이네."

이것이 전력인가.

음…… 두 사람 합쳐서 지금의 나의 절반 정도려나.

이것이 현대의 용사 후보인가.

이 정도로 강한 녀석이 열 명 정도 있으면 좀 더 재미있게 놀 수 있을 것 같은데. 아직은 부족하다. 좀 더 몰아붙이고, 좀 더 격렬하게 달려들었으면 좋겠다. 그게 아니면 재미없다.

하지만 뭐── 있긴 하네. 이 시대에도 나름대로 강한 자들이.

"……거짓말……."

"……."

두 사람은 넋이 나가 있었다.

혼신의 힘을 쏟은 일격이 아까 그 공격이었겠지. 기분탓인지는 모르겠지만 그들의 성무구까지 묘하게 기운이 없어 보였다. 생기가 빠져 있다고 해야 하나. 에너지가 부족한 걸까.

"다 쏟아냈어? 이제 됐을까?"

나는 한 발짝 앞으로 나아갔다.

"그럼 다음에는 내가 갈게. 괜찮아, 상냥하게 해 줄 테니까."

약자의 공격을 받아주는 것이야말로 강자.

다 받았다면, 이번에는 이쪽의 차례다.

아주 부드럽게 두들겨 패주었다.

둘 다 일어설 수 없을 때까지.

다쳐도 의사가 대기하고 있으니까. 안심할 수 있었다.

──"승자, 안젤 선수! 무기부의 우승자는 안젤 선수입니다!"

말도 안 되는 함성 속, 파묻힐 것 같은 흰머리 아이의 선언이 있었고.

"칫!"

"빌어먹을!"

한 창고에서 불법 도박에 푹 빠져 있던 악당이, 도망쳤다.

레스텐과 프로젠이다.

두 사람은 쏜살같이 창고를 달려나갔다. 호위이기도 한 각자의 부하들이 황급히 뒤를 따랐다.

"후후후."

"허허허."

우하이트의 노인들은 웃고 있었다.

기세등등했던 애송이들이 보이는 추태가 몹시 재미있는 모양이었다.

이 자들에게는 500억이든 1,000억이든 별 대단한 액수는 아니었다.

도망친 두 사람에게 있어서는 파멸할 만한 액수라 해도.

"커프스, 이제 어쩔 건가?"

안젤이 이겼다.

즉, 커프스는 도박에서 이긴 것이다. 겸사겸사 그리그도.

"부하들에게는 지시를 내려놨네. 저 녀석들은 도망칠 수 없어."

아까 눈짓했던 것은, 그 신호였다.

분명 어떤 식으로는 행동을 취할 테니 경계하라고. 사전에 미리 협의해 둔 것이다.

"그리그, 곧 반돌루즈로 돌아갈 거지? 내 부하 좀 데려가줘. 징수를 부탁하고 싶군."

레스텐과 프로젠의 거점은 반돌루즈다.

그리그의 지배지 바로 옆이다.

"추심이라…… 저 녀석들은 500억이나 갖고 있지는 않을 거야. 그렇게 되면 가진 만큼을 나와 자네가 나눠야 하는데?"

"3대7이면 돼."

샅샅이 뒤져서라도 전부 받아낼 테니 나름대로 수고와 시간이 걸릴 것이다.

그런 것을 부탁하는 이상 절반을 달라고는 할 수 없었다.

"……흠, 뭐 좋아."

그렇게 말한 그리그가 일어섰다.

"그럼 나는 돌아가보지. 즐거웠어, 커프스. 다음에는 내가 뭔가 이벤트에 초대하고 싶군."

"기대하지 않고 기다리지."

덩치 큰 부하 두 명을 데리고 그리그가 창고를 나갔다.

"그럼 우리도 돌아갈까, 영감."

케야 킨이 일어섰다.

"그래. 오랜만에 아주 신나는 시간이었구먼."

젠 포워도 자리를 떴다.

"커프스, 돈은 나중에 보내주지."

"수고비는 주마. 낭비하지 말라고."

속을 알 수 없는 노인들도 부하들을 데리고 떠났다.

"레스텐과 프로젠이 어떻게 되었는지 확인하고 와."

남은 직원에게 지시를 내리고, 창고에는 커프스만 남았다.

마정판에서는 아직도 환호성이 터져 나오고 있었다.

서서히 실감이 났다.

——이겼다.

500억 도박에서, 이겼다.

"……정말로 우승해 버렸군, 그 녀석."

술을 잔에 따르는 커프스는 그것을 단숨에 들이켰다.

드물게, 웃었다.

역시 이겼을 때 마시는 술맛은, 특별하다.

◆

길었던 격투 대회도 무사히 끝났고, 관계자들은 각자의 생활로 돌아갔다.

그렇게나 열광하던 알투아르 국민들도, 조금씩 격투 대회 전의 일상을 되찾았다.

일주일이 지나자, 외국 선수들이 대부분 사라졌다.

한 달이 지나자, 선수 관련 상품들이 매장에서 사라졌다.

시합의 재방송도 눈에 띄게 줄었지만, 그럼에도 격투 대회를 즐기는 사람은 여전히 남아 있는지 재방송을 원하는 목소리가 많다고 한다.

물론 그 대회로 인해 바뀐 것도 많았다.

예를 들면 선수.

알투아르가 마음에 든 사람이 제법 있었던 것일까, 모험가 길드를 드나드는 사람이 늘었다.

게다가 호랑이 수인 형제는 매직비전 관련 일로 일거리가 제법 들어오는지 한동안 남게 되었다고 한다. 그 밖에도 몇몇 적성에 맞는 것 같은 사람이 있었다. 밤의 독나비 스칼렛이나. 그 사람은 어떻게 됐을까?

용성회의 사우전과 토하로우도 이 나라를 떠났다.

제자들도 평소의 일상으로 돌아갔다.

그리고 나도, 라고 말하고 싶지만.

나에게는 일상으로 돌아가는 길은 없었고, 터무니없는 결말이 기다리고 있었다.

"그럼 니아 리스톤. 너를 국외 추방형에 처하겠다."

그것은 왕이 직접 내린 결정이었다.

Nia Liston

후기

계속 마음에 걸렸던 큰일을 해치웠습니다.

안녕하세요, 미나미노 우미카제입니다.

이 후기를 쓰고 있는 것은 2025년 3월 말입니다.

8권입니다. 7권에 이어서 웹판에 없는 새로 집필한 8권입니다.

써도 써도 끝나지 않는다고 통곡하던 그 시절을 지나 무사히 간행되었습니다. 열심히 했습니다. 칭찬해 주세요.

이번에는 후기 페이지에 여유가 있습니다. 그래서 조금 느긋하게 쓸까 했는데 느긋하게 쓸 바에야 필요한 내용을 써라. 그런 소리가 들려온 기분이라 느긋하게 쓰는 것은 관두겠습니다. 지면은 한정적이니까요. 쓸데없는 말을 쓰고 있으면 금방 채워지니까요. 채워야 할 때는 전혀 채워지지 않고, 쓸 수 없을 땐 도저히 써지지 않는 경우도 있는데, 아무래도 상관없는 쓸데없는 경우라면 의외로 술술 써집니다. 뭘까요? 무책임하게 써도 앞뒤 내용을 따지지 않아도 되기 때문일까요? 아니면 제 마음대로 써도 되기 때문일까요? 아무튼 쓸데없는 말은 쓰지 않겠습니다. 두서없는 글을 읽게 하는 것도 죄송하니까요. 그래도 계속 쓰고 싶었습니다. 계속 쓸데없는 소릴 쓰고 싶었습니다. 후기를 헛되이 채우고 싶었습니다. 그런 작가의 이기심을 용서해 주세요. 하지만 이제 슬슬 그만두겠습니다. 내용이 너무 없으니까요.

흉란영애 니아 리스톤, 8권입니다.

굉장합니다. 8권이 나오다니 대단한 일입니다. 얼마나 대단하냐면, 두 자릿수에 현실감이 느껴질 정도입니다.

두 자릿수라고 하면 그 드○나 F○와 같은 자릿수입니다. 그렇게 생각하면 두 자릿수의 압도적 존재감을 느끼실 수 있을 겁니다. 사실상 ○퀘나 ○F 같은 거니까요.

계속 이어진다면 좋겠습니다, 꿈의 두 자릿수까지.

일러스트 담당 카타나 선생님, 멋진 일러스트 감사합니다.

내용상 배틀씬이 많았습니다. 본문을 물들이는 생동감 넘치는 일러스트가 무척 아름다웠습니다.

그림을 그릴 수 있다는 건 좋네요. 저는 그림 실력이 조금도 없는 사람이라 부러울 따름입니다.

만화화 담당이신 코다이 선생님, 항상 재미있는 만화를 그려주셔서 감사합니다.

이 책이 발매되기 전에 코믹스 신간 6권이 나오려나요? 무척 기대가 됩니다.

여러분도 꼭 친구나 주위 사람들에게 추천해 주세요. 책을 읽지 않는 분들께 노벨은 문턱이 높을 수 있지만, 만화는 추천하기 쉬우니까요. 꼭 추천해 주세요.

담당 편집자님인 S씨, 신세를 졌습니다.

새로 쓴 전편과 후편, 어떻게든 완성까지 도달했습니다. 고생하셨습니다. 살짝 기합이 들어가 너무 많이 쓴 부분도 있고 해서 진행이 더디게 되었습니다. 현 단계에서는 아직 조금 작업이 남아 있지만…… 이 책이 발매될 무렵에는 분명 전부 끝나 있을 겁니다.

S씨 및 관계자 여러분, 감사합니다.

마지막으로 독자 여러분.

8권입니다.

여러분들의 응원 덕분에 8권까지 올 수 있었습니다. 정말 감사합니다.

내용적으로는 7권을 읽은 뒤에 읽는 것이 좋으니 꼭 7권부터 즐겨주세요.

전권에는 후기 페이지가 적어서 필요한 내용밖에 쓰지 못했습니다. 그러니 쓸데없이 긴 것은 그 반동이라고 생각해 주시면 감사하겠습니다.

웹판에서는 과감하게 생략했던 격투 대회 이야기는 어떠셨나요? 즐겁게 읽으셨다면 좋겠습니다.

여기서부터 이야기의 방향이 크게 전환됩니다.

앞으로도 니아와 다른 사람들의 이야기를 잘 부탁드립니다.

그럼 다음에 또 뵙겠습니다!

흉란영애 니아 리스톤 8

2025년 12월 15일 1판 1쇄 발행

저 자 미나미노 우미카제
일 러 스 트 카타나 카나타
캐릭터디자인 지샤쿠
옮 긴 이 이소정
발 행 인 유재옥
이 사 조병권
편 집 부 정영길 박치우 조찬희 이소의 정지원 최유정 김혜주
디자인랩팀 김보라 전세연
디지털사업팀 김지연 윤희진 장혜원
라이츠사업팀 김정미 유아현 이지현
영업마케팅팀 최원석 윤아림
물 류 팀 백철기
경영지원팀 최정연
인쇄제작처 ㈜코리아피엔피
발 행 처 ㈜소미미디어
등 록 제2015-000008호
주 소 서울시 마포구 토정로222, 502호 (신수동, 한국출판콘텐츠센터)
판매 및 마케팅 (070) 8822-2301

ISBN 979-11-384-8868-6
ISBN 979-11-384-8008-6 (세트)